KB030160

못 먹는 남자

못 먹는 남자

정해연 장편소설

엘릭시르

차례

프롤로그

그날은 아침부터 신이 났었다. 단순히 아버지의 회사를 구경할 수 있어서만은 아니었다. 학교에 직업 탐구 인터뷰 숙제를 제출할 것을 생각하니 벌써 어깨가 으쓱하는 기분이었다. 어쩌면 숙제를 검토한 선생님은 수업 시간에 교탁 앞으로 아이를 불러 대표로 발표하게 할지도 모른다. 그러면 다른 아이들은 기가 죽겠지. 이번에야말로 아이가 자신들과는 다르다는 것을 인정할 것이다.

그 동네의 아이들 대부분은 지저분한 부모를 두었다. 농사를 짓거나 공장의 노동자들이었다. 항상 옷이 더러웠고 누런 이를 드러내며 웃었다. 갈색 피부는 가난을 드러냈다. 아버지는 달랐다. 항상 깔끔했고 하얀 셔츠에 겨울이면 편안해 보이는 카디건을 걸쳤다. 피로해서 안경을 쓱 내리는 모습마저 아이에게는 자랑이었다. 너희들과 난 달라, 그렇게 말했을 때 아이는 친구를 잃었지만 우월한 사람은 포기해야 하는 것도 있다고 생각했다.

하지만 점점 다른 아이들이 무시하기 시작했다. 아버지도 어머니도 아이의 학교 행사에는 한 번도 얼굴을 들이밀지 않았다. 부모님들이 참여하는 일일 교사 행사에도 아이의 부모님은 오지 않았다. 강제도 아닌데다, 아이들의 비위나 맞춰가며 놀아주듯 뭔가를 가르치는 것이 바보 같다는 아버지의 말에 역시 아버지는 다르다고 생각했다. 그러나 일일 교사의 첫 타자가 된 민지의 아빠가 진행한, 밭에 사는 각종 곤충의 세계를 주제로 한 수업은 아이가 생각해도 너무 재미있었다. 손톱 밑에 시커먼 때가 낀 손으로 벌레 모양 종이접기를 해낼 때는 아이도 입을 떡 벌렸다. 그것을 시작으로 다른 아이들의 부모 역시 일일 교사 행사를 열었다. 아이는 점점 위축되었다.

"너 주워 온 거 아냐?"

누군가 그렇게 말하자 다른 아이들은 기다렸다는 듯 아이를 향해 손가락질하기 시작했다. 그렇게 잘난 척하더니 왜 부모님이 오지 않느냐고, 혹시 친아빠가 아닌 거 아니냐고까지 했다. 사실이 아니었지만 아이는 대꾸하지 못했다. 다른 아이들의 부모와는 달리 아빠는 자신에게 관심이 없는 것 같았다.

그럴 때쯤 아이는 그 종이를 발견했다. 아버지가 폐지로 내놓은 박스 안에 들어 있던 종이에는 회사 이름과 함께 "전 직원 가족 행사"라고 적혀 있었다. 어려운 말들이 많아 전부 이해할 수는 없었지만 어쨌든 직원의 가족들이 회사를 견학하고 회사에서 준비한 식사를 대접받는 행사인 것 같았다. 왜 아버지는 이걸 말없이 버렸을까. 그런 생각도 못 한 채 아이는 종이에 적힌 날짜와 시간에 맞춰 아버지의 회사로 향했다. 아버지에게 물어볼 생각조차 안 했다는 것은, 아버지가 아이를 회사에 부르고 싶어 하지 않는다는 것을 본능적으로 알았던 거라고, 아주 나중에 생각했을 뿐이다.

연구소 앞은 인산인해였다. 많은 차량을 향해 수신호를 하느라 경비원이 애를 먹고 있었다. 번쩍거리는 차에서 내린 사람들은 하나같이 깔끔하게 차려입은 모습이었다. 연구소 이전으로 이곳에 내려올 때 핵심 인력은 모두 도시에서 차출되어 온다며 주민들이 불만을 터뜨리던 일이 떠올랐다.

—시골 무식한 놈들이 뭘 할 줄 안다고.

퇴근하여 들어온 아버지가 코트를 벗으며 퉁명스럽게 말하던 모습이 기억났다. 아이도 아버지의 말이 맞는다고 생각했다.

복도에 붙은 많은 팻말들 중에서 아이는 아버지가 일하는 곳을 어렵지 않게 찾을 수 있었다. 제2연구실. 아버지의 출입증을 자랑스러워하며 몇 번이나 보았으니 모르는 것이 더 이상한 일이다. 1층 벽에 붙어 있는 안내도를 보고 곧장 지하로 내려갔다. 제2연구실은 가장 안쪽에 있었다. 반투명한 유리 안쪽으로는 흰 벽이 보였다. 유리문을 열고 들어가 벽을 따라 어딘가로 가면 또 다른 사무실이 있는 모양이었다. 하지만 아이는 유리문 앞에서 걸음을 멈춰 세울 수밖에 없었다. '관계자 외 출입 금지' 팻말 때문은 아니었다. 유리문을 밀어보았지만 꿈쩍도 하지 않았다. 문을 억지로 밀 때마다 출입문 옆 벽에 붙어 있는 손바닥만 한 기계에서 삐빅거리는 소리가 연신 들렸다. 안으로 들어가려면 기계에 뭔가를 읽혀야 되는지도 몰랐다.

아이는 잠긴 문 앞에서 발을 굴렀다. 어떻게 해야 할지 몰랐다. 아버지의 전화번호는 외우고 있지만 전화를 걸 마음은 없었다. 아버지는 자신이 여기에 온 것을 알면 곧장 돌려보낼 것이다.

실망감에 몸을 돌린 순간이었다. 갑작스러운 충격에 아이의 등이 밀렸다. 아이는 발이 엉켜 넘어질 뻔했다. 뒤돌아보자 얼굴색이 유난히 하얀 남자아이가 눈을 휘둥그레 뜨고 있었다. 연구실 안에서 나온 것 같았다.

"미안. 사람이 있는 줄 몰랐어."

자신과 비슷한 또래로 보였다. 학교에서 이런 아이를 본 적은 없었다. 이 아이 역시 본사에서 차출되어 온 연구원의 가족인지도 모른다. 이곳에 가족들과 함께 내려오지 않고 주말마다 올라가는 직원들이 많았다. 아이는 열린 문 너머를 보았다. 이 애가 방에서 나왔다면 연구원의 가족이 맞을 터였다.

"문 닫지 마. 나 좀 들어갈게."

얼굴이 하얀 아이는 곤란한 표정을 지었다.

"아빠가 나가서 기다리라고 했는데."

"난 아빠를 못 만났어. 연락도 안 된단 말이야."

얼굴이 하얀 아이는 이 말을 금방 믿었다. 상대의 입장이 얼마나 곤란할지를 생각하며 우물쭈물하는 게 겉으로 드러났다. 아이가 기회를 놓치지 않고 재빨리 입을 열었다.

"너 이 동네 안 살지? 이름이 뭐야?"

"제영. 민제영."

"그렇구나. 제영아, 너는 날 모르겠지만 우리 아빠는 이 회사에서 엄청 대단한 사람이야. 그러니까 걱정 말고 문 열어줘."

"그래?"

제영은 안심하는 표정을 지었다. 그러고는 옆으로 비켜서서 아이를 들어오게 했다. 아이가 들어가자 제영이 머뭇거리며 뒤를 따라왔다. 혹시 열어주면 안 되는 건데 문제가 생겨 혼나지는 않을까 걱정하는 모양이었다.

유리문 안쪽에는 예상대로 긴 복도가 나 있었다. 왼쪽과 오른쪽, 어디로 가야 하는지 아무 표시도 없어서 알 수 없었다. 아이는 뒤에 있는 제영이 신경 쓰여 자연스러운 척 왼쪽으로 몸을 돌렸다.

"너희 아빠는 어디 계시는데?"

"우리 아빠도 그쪽에."

제영이 그렇게 대답한 순간 아이는 걸음을 멈췄다. 안쪽으로 또 다른 유리문이 있었는데 거기에서 아버지의 모습을 발견했다. 여남은 개보다 많아 보이는 모니터 앞에서 아버지와 한 남자가 마주 서 있었다.

"우리 아빠야."

속삭이는 제영을 향해 아이는 검지를 입술 중앙에 올려 보였다.

모르는 아저씨가 아버지에게 화를 내고 있었다.

"……벌써 넣었어요."

"미쳤어?"

"언제까지고 승인이 나길 기다릴 수는 없어요. 어차피 모든 개발은 위험을 동반한다고요."

"여기 있는 기계는 그 가스를 담아낼 수 없어. 이게 터지면

마을의 피해가 얼마나 클지 알기나 해?"

"테스트 삼아 절반만 채울 거예요. 그 정도면 이걸로도 가능하다고요. 이것만 잘되면 우리는 새로운 에너지의 개발자가 될 수 있어요. 언제까지 남 밑에서 하라는 연구만 할 거예요?"

아버지가 갑자기 이쪽을 향해 고개를 들었기 때문에 아이는 황급히 벽에 몸을 숨겼다.

"왜?"

제영이 미심쩍은 얼굴로 보았다. 아이는 재빨리 입술 중간에 손가락을 가져다 대었다. 그러고는 몸을 낮춘 채 제영의 손목을 잡아끌고 반대편 복도로 쏜살같이 내달렸다. 지금 아버지에게 들키면 곧바로 쫓겨날 터였다. 그럴 수는 없었다. 아이는 연구소를 조금이라도 더 구경하고 싶었다. 자신의 눈에 가득 담아 다른 아이들에게 자랑해야 했다. 약간의 허풍을 담아도 아이들은 눈치챌 수 없을 것이다.

아이는 아버지에게 들켜 쫓겨나기 전에 얼른 내부를 훑어볼 생각이었다. '관계자 외 출입 금지'라는 팻말은 아이가 몰래 들어가야만 하는 당위를 강하게 만들었다. 반대편 복도 끝에는 이전처럼 유리문이 아니라 거대한 방화문이 설치되어 있었다. 아이는 까치발을 하고 손잡이를 틀어 문을 열었다.

"뭐 하는 거야?"

제영이 물었지만 아이는 대답 없이 안으로 들어갔다. 제영도 호기심을 억누를 순 없는지 잔뜩 걱정스런 얼굴을 하면서도 주춤주춤 안으로 따라 들어갔다. 다시 긴 복도가 이어졌다. 그리고 그 길 끝에 철 난간이 보였다. 그곳으로 가까이 다가간 순간 펼쳐진 장관에 아이는 완전히 압도되었다.

아이가 살고 있는 아파트는 7층이었다. 아파트의 베란다에서 내려다볼 때보다 훨씬 더 아찔한 절벽이 난간 아래로 펼쳐져 있었다. 깊이를 알 수 없는 바닥에서부터 거대한 원통형 기계가 솟아 올라 있었다. 어디선가 쉴 새 없이 김을 뿜는 소리가 들려왔다. 기계들이 뿜어내는 소음으로 귀가 먹먹했다. 제영이 소리를 질렀지만 알아들을 수가 없었다. 아이는 홀린 듯 안쪽으로 들어갔다.

난간 앞으로 수십 개의 모니터가 그래프를 그리고 있었는데 그 수치가 계속 변화했다. 모니터 아래로는 몇백 개나 됨직한 형형색색의 버튼들이 불을 밝히고 있었는데 용도를 알 수는 없었다. 아이는 눈을 휘둥그렇게 뜨고 버튼들 위를 손바닥으로 훑어보았다. 사진기를 가져오지 않은 것이 후회될 정도였다. 이걸 보여주면 반 아이들이 얼마나 부러워할지 생각하자 어깨가 절로 으쓱했다.

그 생각뿐이었다. 그때 왜 그랬냐고 누군가 물어봐도 마땅한 대답을 찾을 수 없다. 왜 자신이 그 버튼을 눌렀는지.

버튼에 빨간 불이 들어오면서 머리를 깨뜨려버릴 것 같은 경고음이 울렸다. 아이는 귀를 막으면서도 무서웠다. 뭔가 큰일이 날 것만 같았다.

이어 뻑, 하는 소리와 함께 딛고 선 바닥이 우드드 떨렸다. 아이는 반사적으로 문 쪽을 보았다. 복도 저쪽에서 누군가 달려왔다. 아이와 제영의 아버지였다. 아이는 달려오던 아버지가 자신을 발견하고는 눈을 크게 뜨는 것을 보았다. 아이가 왜 여기에 있는지 이해하지 못하는 얼굴이었다. 아이는 아버지의 표정을 보고 화가 난 거라고 생각했지만, 그때 아이의 뒤편에서 샛노란 구름 같은 것이 불쑥불쑥 뿜어져 올라왔기 때문이라는 것을 나중에 알았다.

두 아버지가 사력을 다해 달려왔을 즈음 제영은 완전히 노란 구름 속으로 들어가 보이지 않았고 아이는 이제 막 빨려 들어가는 중이었다. 그때 아이는 얼핏 제영의 아버지가 발을 멈추는 것을, 주먹을 움켜쥐는 것을, 피를 토해내듯 얼굴을 일그러뜨리는 것을 보았다. 그가 팔을 뻗어 벽에 달린 무언가를 눌렀다.

쾅.

거대한 철문이 떨어져 내리더니 아버지의 모습을 감췄다. 도미노가 넘어지는 것처럼 순차적으로 두 번의 소리가 더 들렸다. 아이는 벽이 두 개 더 내려왔음을 알았다. 점점 시야가 흐릿해졌다. 숨이 쉬어지지 않는다. 구역질이 나서 손으로 얼굴을 가리자 코에서 난 피가 손을 적셨다.

아이는 땅으로 고꾸라졌다. 뻗은 손이 부르르 떨렸다. 정신이 점점 혼미해졌다. 제영이란 아이가 어떻게 됐는지 생각할 여유는 없었다.

쾅쾅. 엄청난 소리가 들렸다. 아이는 가물거리는 시야 속에서 문이 부서지는 것을 본 것 같았다. 괴물처럼 변한 아버지의 얼굴이 기억에 남았다.

1

남자의 옷을 걷어 올렸다. 주름진 옷 아래로 알량한 유두가 드러났다. 그녀는 고개를 외로 틀며 상체를 숙이고 남자의 옷 안쪽으로 이어져 있는 맨살을 시선으로 훑었다. 툭 불거진 남자의 늑골 위에 그녀의 한쪽 손이 내려앉았다.

"주 쌤, 뭐 해요?"

솔지는 굽혔던 허리를 펴고 소리가 난 쪽을 돌아보았다. 흰 간호복 위에 초록색 카디건, 자신과 같은 유니폼이지만 날씬하고 균형 잡힌 몸매 때문인지 훨씬 더 패셔너블해 보이는 차설아가 눈을 동그랗게 뜨고 이쪽을 보고 있었다. 솔지는 남자의 옷을 걷어 올린 채로 차설아를 향해 말했다.

"이 환자요. 경찰에 신고해야 하는 거 아닐까요?"

솔지는 걱정스러운 눈으로 다시 남자의 몸을 훑었다. 남자는 사십여 분 전, 구급차로 이곳 영인대학병원 응급실에 실려왔다. 버스 정류장에서 의식을 잃고 쓰러진 채 발견되었다고 했다. 콜을 받고 까치집이 지어진 머리로 내려온 응급의학과 김 선생이 진료를 보았다. 진단 결과 맬뉴트리션malnutrition, 영양실조라고 했다. 남자의 팔에는 수액이 꽂혔고 김 선생은 까치집을 지은 머리를 긁으며 의국으로 돌아갔다. 솔지의 우려 따위는 불필요하다고 말하는 것 같았다.

남자의 몸은 정상이 아니었다. 빼빼 말랐다는 말로는 도저히 표현이 안 될 만큼 남자의 몸은 참혹했다. 이런 몸을 본 것은 대학 시절 봉사 동아리방에 붙은 사진에서가 전부였다. 제대로 된 물도 없는 곳에서 사는 아이들이 제 얼굴에 들러붙는 파리조차 치울 힘이 없어 축 늘어진 몸을 시뻘겋게 녹이 슨 철제 침대 위에 눕힌 채로 카메라를 올려다보고 있었다. 어떤 간호사가 되고 싶은지를 처음으로 고민하게 해주었던 사진이었다.

하지만 그것은 먼 나라 이야기가 아니었던가? 여덟 살도 안 된 아이가 물동이를 이고 세 시간을 걸어야 가족들이 목을 축일 수 있는 나라, 먹을 것이 없어 일분일초마다 아까운 목숨들을 잃어야 하는 나라, 제대로 된 교육조차 바랄 수 없는 그런 나라의 이야기. 이 남자의 모습은, 아니 몰골이라고 표현해야 적당할 법한 이 형체는 믿을 수 없을 정도로 비현실적이었다. 남자의 쭉 뻗은 다리는 정강이뼈가 칼날처럼 두드러졌다. 움푹 들어간 볼에는 생기가 없었다. 안색은 파리했고, 입술은 쩍쩍 갈라져 있었다.

이건 분명 예사 상황이 아니라고, 솔지는 생각했다. 정상적인 생활을 하는 사람이라면 이런 상태가 될 수 없었다. 누군가에게 감금되어 학대를 당한 건지도 모른다는 생각이 들었다. 남자의 모습은 얼마 전 뉴스를 장식한 어떤 이의 모습과 상당히 닮아 있었다. 지방에 있는 염전에 감금되어 노예처럼 부려지던 지적장애인이 탈출해 가까스로 구조된 사건이었다. 가출한 장애인을 취업을 미끼로 데려가 외부와의 연락을 전면 차단하고 새벽부터 어두워질 때까지 일을 시켰다. 소금 창고에서 잠을 재우고 급여는 한 푼도 주지 않았다. 그에게 돌아가는 인간적인 대우는 소금보다 짰다. 주어지는 식사는 하루에 고작 한 끼, 그나마도 주지 않는 날이 잦았다. 남자에게 가해진 폭행은 그가 받아본 음식의 수를 압도했다.

그렇기에 솔지는 남자의 몸을 확인했던 것이다. 그러나 남자에게는 폭행의 흔적이 보이지 않았다. 결박의 흔적도 없었다. 길지 않은 손톱, 하얀 피부, 기름지지 않은 머리칼은 적어도 남자의 위생 상태가 나쁘지 않다는 것을 증명했다.

"아, 그 사람."

철제 병상으로 시선을 던졌던 차설아가 그를 바로 알아보고는 한숨처럼 말을 뱉었다.

"그 사람 단골손님이에요."

단골손님? 대형 병원의 응급실에 어울리지 않는 단어에 솔지는 궁금하다는 표정을 했다. 차설아는 안고 있던 서류 더미를 한 번 들썩, 고쳐 쥐고는 대답했다.

"이것 좀 처리하고 올게요. 그 사람은 그냥 두세요. 곧 깨어날 거예요."

그러고는 빠른 걸음으로 응급실을 나갔다. 새해가 시작된 지 고작 이 주, 지난해의 서류들을 모두 분류해 옮겨야 했다. 솔지는 이 병원에 근무한 지 한 달도 채 되지 않았기에 아무래도 이런 업무들이 차설아에게 몰리는 경향이 있었다. 미안한 마음으로 차설아를 바라보다가 다시 남자에게로 시선을 돌렸다. 침대에 붙어 있는 이름표에 적힌 것은 '민제영'. 나이는 서른두 살로 되어 있다.

의사의 진료도 받았고, 차설아도 신경 쓰지 말라고 했으니 뭔가 이유가 있을 터였지만 계속해서 신경이 쓰였다.

솔지는 주변을 슬쩍 둘러보았다. 데스크에는 다른 간호사들이 있긴 했지만 딱히 이쪽을 주시하고 있지는 않았다. 침대를 반쯤 가리고 있는 커튼 안쪽으로 들어가 몸을 숨겼다. 솔지는 조심스럽게 민제영의 주머니를 뒤졌다. 만약 장애인이라면 안 보이는 문제가 있을지도 모른다. 폭행의 흔적은 없지만 육체에 가해지는 공격만을 폭행으로 보는 시선 때문에 벌어지는 문제가 많잖은가.

남자는 흰색 티셔츠에 두꺼운 슬랙스를 입고 있다. 고개를 내려 아래를 보니 검은색 패딩 점퍼가 둥글게 말려 침대 밑 철제 선반에 놓여 있었다. 점퍼를 들고 조심스럽게 겉을 만져보았지만 지갑으로 보이는 것은 잡히지 않았다. 다음으로 솔지의 손이 향한 곳은 남자의 바지였다. 셔츠에는 주머니가 없으니 남은 곳은 바지 주머니였다. 버스 정류장에서 쓰러졌다고 하니 지갑이 없을 리 없다. 솔지는 조심스레 민제영의 왼쪽 바지 주머니에 손을 집어넣었다. 만져지는 것은 실밥뿐이었다. 이번에는 오른손으로 반대편에 손을 넣었다. 누워 있는 자세 때문인지 손이 잘 들어가지 않았다. 솔지는 천장을 향해 눈을 흰자만 보일 정도로 올려 뜨며 집중했다. 만져지는 것은 역시나 아무것도 없었다.

'지갑이 없다. 쓰러진 사이에 도둑질을 당한 건가? 그럼 어떻게 접수를 했지? 아, 단골이라고 했지.'

민제영의 얼굴을 알고 있는 접수 직원이 접수했을 가능성도 있다. 그 정도로 자주 온다면 혹시 섭식장애가…….

거기까지 생각했을 때 솔지는 몸이 빳빳하게 굳고, 온몸에 돌던 피가 발가락을 통해 빠져나가는 충격을 느꼈다.

동굴처럼 움푹 들어간 눈덩이의 검고 커다란 눈동자가 이쪽을 보고 있었다. 언제 눈을 뜬 것인지, 언제부터 자신의 행동을 보고 있었는지 모를 일이다. 민제영의 검은 눈이 빙그르르 돌더니 아래쪽으로 내리깔렸다. 그가 보고 있는 것이 뭔지 깨달은 솔지는 화들짝 놀라며 민제영의 바지 주머니에서 손을 빼고 물러섰다. 의식이 없는 사이 몸을 숨기고 들어온 간호사가 자신의 바지 주머니에 손을 넣고 있는 것을 그는 뭐라고 생각할까? 얼굴에 열이 몰려 화륵 달아올랐다.

"아, 이건…… 그냥 신분을 확인하려고…… 그러니까 지갑……."

그러나 민제영은 솔지의 말을 듣고 있는 것 같지는 않았다. 솔지에게서 무심히 떨어진 눈이 천장을 올려다보았다. 병원에 와 있고 자신이 쓰러졌다는 것을 확인하는 듯했지만 놀라는 것 같지는 않았다. 그는 느릿하게 일어나 앉았다. 서걱거리는 소리가 들릴 듯 메마른 눈으로 손목에 꽂혀진 바늘과 바늘에 달린 링거 줄을 따라 시선을 옮겼다. 민제영의 다른 쪽 손이 바늘 위로 올라갔다. 솔지는 그가 무엇을 하려고 하는지 알아차렸다.

“빼면 안 돼요!”

민제영은 움푹 꺼진 눈으로 그녀를 응시했다. 솔지는 움찔했지만 물러서지 않았다. 민제영은 그녀를 빤히 응시한 채로 잠깐 있다가, 여봐란듯이 바늘을 잡아 뺐다.

“뭐 하시는……!”

바닥으로 떨어진 바늘 끝에서 링거액이 뚝뚝 떨어졌다. 민제영에게 다가가려던 솔지의 어깨를 누군가 잡아 세웠다. 돌아보니 어느샌가 차설아가 다가와 있었다. 그녀는 솔지를 향해 살짝 고개를 저어 보이고는 민제영에게 말했다.

“정산하고 가시면 돼요.”

솔지는 도무지 이해할 수가 없었다. 그러나 그녀의 혼란은 상관없다는 듯 민제영은 천천히 응급실을 걸어 나갔다. 걸을 때마다 바짓단이 펄럭거려서 허수아비를 떠올리게 했다. 차설아가 말했다.

“주 쌤, 단골이라고 했잖아요.”

“저 사람 장애인이에요?”

“노. 비장애인.”

“혹시 섭식장애 같은 거예요?”

“노. 먹을 수 있는데 안 먹는대요.”

"왜요?"

차설아는 어깨를 으쓱했다.

"알게 뭐예요. 다이어트라도 하나 보지."

다이어트를 저렇게 하는 사람은 없다. 가난. 그 단어가 솔지의 머리에 맴돌았다. 지독한 가난 때문인 거다. 병든 홀어머니, 줄줄이 딸린 동생들. 그 입을 채우느라 자신의 입은 제일 마지막으로 미루는 남자의 모습이 눈앞에 보이는 듯했다.

솔지는 남자를 뒤따라 나갔다. 뒤에서 차설아가 불렀지만 발을 멈추지 않았다.

솔지가 응급실 밖 복도로 뛰어나갔을 때 민제영이 창구 앞에서 돌아서는 것이 보였다. 지갑도 하나 없던 것이 떠올랐다. 솔지의 눈에는 정산을 하지 않으면 퇴원시킬 수 없다는 냉정한 대답을 듣고 기죽어 돌아서는 걸로 보였다.

"저기!"

민제영이 걸음을 멈추었다. 가까이 서서 보니 키가 상당히 큰 편이었다. 솔지보다 머리 하나만큼 더 컸다. 저 큰 키를 저렇게 마른 몸이 버텨내려니 얼마나 힘들까. 솔지는 그렇게 생각하는 한편으로 자신의 말이 동정으로 들리지 않게끔 최대한 신경 써서 말했다.

"혹시 도움이 필요하시진 않나 해서요. 여기 종합병원이라

전담 복지사분이 계시거든요. 상담하시면 지원받으실 수도 있고……. 아, 그리고 혹시 필요하시면…….”

솔지는 유니폼에 달린 작은 주머니에 손을 넣었다. 그녀의 지갑이 손에 들렸다. 횡설수설하는 그녀의 말과, 주섬주섬 지갑을 꺼내는 행동에 담긴 의미를 읽어내듯 응시하던 남자가 천천히 주머니에서 뭔가를 꺼냈다. 스마트폰이었다.

민제영은 깡마른 손가락 끝으로 휴대폰을 조작한 뒤 말없이 솔지의 눈앞에 스마트뱅킹 화면을 내보였다.

“파, 팔천칠백……!”

“정확히는 팔천칠백이십구만 이천팔백오십육 원.”

그것도 일반 통장에 들어 있는 잔액만 그랬다. 이거면 설명이 됐느냐는 듯 민제영은 휴대폰을 주머니에 넣고, 특유의 힘없는 걸음으로 바지를 펄럭거리며 병원을 나갔다.

그대로 한참을 멍하니 서 있던 솔지는 정신을 차리듯 고개를 들고는 창구로 달려들었다.

“조금 전에 나간 남자요, 민제영 씨.”

“누구? 아, 우리 단골?”

“그분 계산했어요?”

창구 직원인 신영미가 눈을 동그랗게 뜨더니 이내 웃었다.

“했죠.”

"지갑이 없던데?"

"뭐라는 거예요. 요즘은 모바일 페이로 결제 많이 하잖아요. 주 쌤, 몇 년대 사람이에요?"

"아…… 모바일 페이."

신영미가 장난스럽게 웃었다.

솔지는 남자가 나간 출입문 쪽을 응시했다. 돈도 많고, 병이 있는 것도 아니면 왜 쓰러질 정도로 먹지 않는 걸까. 답을 낼 수 없는 생각 뒤로 문득, '목소리가 참 좋았어' 하는 생각이 맥락 없이 끼어들었다.

2

언젠가부터 죽음이 보이기 시작했다. 그것도 밥을 먹을 때.

처음에는 과도한 스트레스 때문이라고 생각했다. 직장인이 대부분 그렇듯 영양 상태가 좋지 않아 그런 거라고, 잠시 정신이 혼미해져 꿈 같은 걸 꾼 거라고 생각했다. 당시에는 가정 형편이 좋지 않아 직장과는 별개로 아르바이트도 하고 있었기에 피로가 극심하던 차였다. 우울증 비슷한 것일지도 모른다는 생각도 해봤지만 병원을 찾아가보려는 생각은 없었다. 그도 그럴 것이 매번 벌어지는 일은 아니었기 때문이다. 처음 한두 번은 희한한 일도 다 있다 하며 그냥 넘겼다.

'희한한 일'이 공포로 변하기까지는 오래 걸리지 않았다. 헛것들이, 헛것이어야만 하는 것들이 현실이 되었기 때문이다.

대상은 연예인이나 정치인일 때도 있었고, 가족이나 먼 친척 중 누군가일 때도 있었다. 타인의 죽음을 보게 된 칠 년 동안 민제영은 몇 가지 법칙을 알아냈다.

첫 번째 법칙. 죽음이 보이는 대상은 자신이 얼굴을 아는 사람이다.

민제영은 디지털 도어 록의 잠금을 풀고 집 안으로 들어갔다. 기운이 없어서 발이 질질 끌렸다. 식은땀이 흐른 몸은 무거웠다. 시야는 혼탁했고 내내 얕은 어지럼증이 그를 괴롭혔다. 한여름 강한 햇빛 아래에서 갑자기 일어났을 때 눈앞이 캄캄해지면서 중심을 잃도록 하는 어지럼증 같은 것이 계속되는 기분이었다.

힘겹게 신발을 벗고 거실에 올랐다. 짙은 회색의 벽지, 어두운 브라운의 바닥 타일, 베란다 창을 가려놓은 암막 커튼이 그를 맞이했다. 불은 켜지 않았다. 힘겨운 하루 끝에 벗어던진 코트처럼 그는 바닥에 쓰러져버렸다. 가슴이 답답해 뛰어오기라도 한 듯 숨을 헐떡였다. 제영은 입을 살짝 벌린 채로 깜깜한 천장을 빤히 올려다보았다. 어둠 속에 자신이 묻힌 것인지, 어둠에 눌리고 있는지를 알 수 없었다.

그의 집에는 그 흔한 장식장이나 소파, 액자 하나 없었다. 모델하우스처럼 생활에 필요한 세간이 없는 공간이었다. 텅 빈 공간 속에 존재하는 것은 벽에 걸린 TV와 제영뿐이었다. 주방도, 그가 잠을 자는 방도, 욕실도 다르지 않았다. 그나마 있는 TV는 귀퉁이가 깨진 그대로였다.

사고사, 자살, 살인, 자연사.

그가 보는 죽음들은 대상만큼 다양했다. 그리고 그 어떤 죽음도 잔혹하지 않은 것은 없었다. 교통사고로 깨진 머리에서 흐르는 뇌수, 살인을 당하면서 튀어나온 살점들, 죽고 싶지 않다며 마지막까지 치는 몸부림, 뚫린 목구멍에서 나오는 쇳소리와 바람 소리, 파르르 떨리는 눈꺼풀과 그 사이로 흐르는 눈물, 고장 난 기계처럼 덜컥거리며 빠진 목뼈와 기이하게 늘어진 혀, 다리 사이로 흐르는 오물들. 죽은 사람을 보는 것과 죽는 사람을 보는 것은 다른 차원의 경험이다.

배 속의 오장육부가 뒤틀어진다. 모든 피가 역류한다. 구역질이 밀려와 구토를 하지 않고는 견딜 수 없다. 배 속에 들어 있는 것을 눈물과 함께 게워내도 없어지지 않는 고통들이 그를 괴롭혔다. 사람의 죽음에 대한 애통함보다 역겨움을 먼저 느끼는 자신이 역겨워 견딜 수가 없다. 그가 본 죽음의 주인이 언젠가는 죽는다는 사실이, 그 사이의 시간들이 너무나 무겁고 잔혹했다.

영화나 TV 드라마에서 가끔 비슷한 상황이 나오곤 한다. 주인공들은 누군가의 살해 현장을 본다. 사이코메트리일 때도 있고, 예지몽일 때도 있다. 그들은 마치 대단한 능력자인 것처럼 다뤄진다. 좌절을 할 때도 있지만 결국에는 운명을 바꿔 살인이나 불행을 막는 특별한 능력.

그 역시도 운명을 바꿔보려는 헛된 희망을 가져본 적이 있었다. 이미 두 번의 실패가 있었음에도 미련을 버리지 못했다.

그날 먹었던 음식이 무엇이었는지는 기억이 나지 않는다. 다만 눈앞이 흐려지고, 그가 보던 풍경들이 구겨지면서 다른 모습들이 끼어들던, 불쾌한 감각만은 또렷이 기억난다. 그것은 여전히 그렇듯 불쾌하니까.

정신이 돌아왔을 때 제영은 순간 자신이 본 죽음 속의 그가 누구였는지 바로 알아보지 못했다. 거뭇한 머리와 탄력 없고 주름진 피부를 덮은 검버섯, 그리고 굽어진 등은 그것들이 찾아오지 않았을 때의 모습을 알아차릴 수 없게 만들었다. 그러나 그 세월동안 희한하게도 변하지 않은 차가운 입매가 교복에 붙은 명찰처럼 그의 존재를 증명하고 있었다.

—시발. 안 그래도 찜찜했는데 괜히 계약해줘서 더러운 꼴을 보네, 내가. 알았어, 보증금 빼줄 테니까 꺼져. 재수 없게 아침부터 와서 징징거리지 말고.

귀신이 붙을까 봐 뿌리는 소금처럼 온 힘을 다해 가시 돋친 말을 뱉고는 무거운 현관문을 힘주어 닫던 그의 모습이 또렷이 기억났다. 한 발자국이라도 더 들이면 제영의 불행이 옮기라도 할 것처럼 구는 그의 모습을 보면서 제영은, 신발이라도 좋은 걸 신고 올걸, 보세지만 새 신발이 있긴 한데, 하고 뜬금없는 생각을 했다. 그의 태도에 자신의 아버지가 뛰어내린 곳이, 남자에게 세를 얻은 아파트라고 착각할 뻔했다. 그의 아파트에 들어왔던 것은 돈뿐이었는데, 왜 재수가 없다는 것인지 납득할 수가 없었다. 아버지를 잃은 자신과 계약자를 잃은 남자 중 더 재수가 없는 것은 누구였던 걸까.

대상이 기억나자 그의 이름이 또렷이 따라붙었다. 조철옥. 일흔 중반의 나이가 되었을 것이다. 죽어도 잊지 못할 이름이었지만, 그를 다시 찾아갈 일이 있을 거라고 생각해본 적은 없었다.

인상을 쓰고 씹어뱉듯 욕을 하던 그날, 제영은 이를 악물었다. 증오에 가까운 감정이었다고 기억한다. 그렇다고 그가 불행하기를, 처절한 죽음을 맞이하기를 바라지는 않았다. 그러나 행복하게 살기를 바라지도 않았다. 제영이 조철옥의 죽음을 보고 그것을 막아보기로 결정한 것은, 그것이 있어서는 안 될 일이었기 때문이다.

제영이 본 죽음의 순간, 조철옥의 뒤에는 다른 남자가 있었다. 조철옥에게 투명한 액체를 뿌리고 거기에 불을 붙였다. 한 순간에 활활 타오른 불은 조철옥을 집어삼켰다. 불기둥 안에서 조철옥은 그가 살아온 칠십 평생 중 가장 처절했을 몸부림을 쳤다. 그가 지른 절규는 제영의 뼈 사이사이에 파고들어 그 이후에도 한동안 악몽 속에서 되살아났다.

제영은 조철옥에게 불을 붙인 살인자에게 주목했다. 정확히는 남자가 입은 옷이었다. 상하의가 모두 짙은 남색이었고, 같은 색인 모자의 테두리에는 누런색 실이 수놓아져 있었다. 경비원이었다.

두 사람이 서 있는 곳은 좁은 복도였다. 왼쪽 옆으로 조철옥의 허리춤까지 올 만한 높이의 벽이 있었고, 그 너머에 영인숲 둘레길이 보였다. 영인시의 관광객 증가를 위해 조성된 길이었다. 그곳이 영인숲 둘레길이라는 것을, 대연아파트라는 것을 바로 알아본 것은 자신이 살려던 곳이었고 또한 자신이 쫓겨난 곳이기도 했기 때문이다. 주소도 명확히 기억하고 있다. 영인시 은파구 연꽃마을 대연아파트 303동 506호. 어쩌면 조철옥은 제영이 살려던 집에 들어가 살고 있는지도 모른다.

인간으로서 살인은 절대 저질러서는 안 되는 것이다. 그리고 누구든 자신의 생을 끝까지 살 자격이 있다. 그러나 그 대상이 조철옥이라는 데에는 동정이 멈칫한다. 조철옥은 동네에서도 알아주는 괴팍한 노인이었다. 본인 성격만의 문제라면 그런 사람도 있겠구나 하고 넘어갈 수 있는 문제다. 그러나 그것이 남에게 피해를 줄 때 문제는 진짜로 모습을 드러낸다. 조철옥은 자신에게 피해를 끼치는 모든 일을 극도로 싫어했다. 그것은 때로 남에게 피해를 끼치는 일로 변질됐다. 한번은 외국인 노동자 부부가 아파트에 입주한 일이 있었다. 조철옥은 아파트에 누군가 이사를 올 때마다 기웃거리고는 했는데, 그날은 피부가 검고 입술이 두꺼운 부부가 조철옥의 심기를 건드렸다.

—남사스러워서 원! 니들 때문에 아파트값 떨어지면 어떻게 할 거냐!

월세를 들어온 부부는 당황했고, 굴욕감을 느꼈으며, 분노했으나 대항할 수 없었다. 조철옥이 워낙 나이 들어 보였고, 부부는 한국말이 서툴렀으며, 더듬거리는 말이라도 해볼 틈을 얻지 못했기 때문이다. 그들이 월세로 들어왔다는 사실을 알고 나서 조철옥의 다음 분노는 외국인 노동자에게 세를 내어준 집주인에게로 향했고, 이내 '이 나라가 어찌되려고 그러냐?' 하는 식으로 확대되었다.

조철옥의 자존감은 집이었다. 그는 아파트가 자신이 다스리는 나라라도 되는 것처럼 굴었다. 경비원과 미화원, 관리소 직원은 모두 자신의 말을 잘 들어야 한다고 생각했다. 그것이 입주민 모두를 위하는 일이었다. 자신을 입주민들의 대표라고 떠들었지만, 그가 아무것도 아님을 모르는 사람은 조철옥뿐인 것 같았다. 조철옥은 단지 내 쉼터에 앉아 있는 노인들과 어린이 놀이터에 나와 있는 아이의 엄마들과 단지 내를 걷는 학생들에게까지 참견을 했고, 주로 쓰레기 분리수거장을 주시하며 그곳을 이용하는 거의 모두에게 잔소리를 퍼부었다. 입주민들은 조철옥을 싫어했고, 관리원들도 마찬가지였다. 그는 자신이 '더러워서 피하지 무서워서 피하나'의 주인공이 된 것을 모르고 있었다.

조철옥은 자신의 돈으로 월급을 받아 먹고사는 관리원들이 굽실대지 않는 것을 싫어했다. 단지 내 주차 문제, 쓰레기 수거장 정리 문제 등을 놓고 경비원들에게 대거리를 하는 일이 잦아졌고, 그것은 거의 집착으로 보이기까지 했다. 경비원에게 유통기한이 지난 두유를 줬다가 항의를 받은 적도 있지만 자신이 뭘 잘못했는지 아는 얼굴은 아니었다.

모두가 조철옥을 싫어했다.

그런 조철옥을 경비원이 죽인다. 그렇게 되기까지의 인과관계는 쉽게 떠올릴 수 있었다. 그럼에도 벌어져서는 안 되는 일이었다. 조철옥의 목숨을 지켜야 한다는 생각이 아니었다. 아무리 나쁜 짓을 하는 사람이어도 죽임을 당해선 안 된다, 는 정의감도 아니었다. 그 일이 경비원의 인생을 어떻게 쑥대밭으로 만들지를 알기 때문이었다.

모두들 알고 있다. 조철옥이 나쁘다는 것을. 하지만 그것만으로 살인이 용납되지는 않는다. 물론 동정에 기반한 정상참작을 받을 수는 있다. 그러나 자신이 누군가를 죽였다는 잔인한 진실은 스스로에게 깊이 박혀 삶을 망칠 것이다. 그건 누구보다도 제영이 잘 아는 일이었다.

'조철옥은 살 운명인 것이다.'

집을 나서면서 제영은 그렇게 생각했다. 그가 죽음을 본 것은 조철옥이 처음이 아니었다. 그러나 앞선 두 번의 실패에도 이번만은 죽음의 운명을 빗겨나가게 할 수 있을 거라고 확신했다. 그것은 조철옥 덕분이기도 했다.

몸에 기름이 부어지기 직전, 자신이 그렇게도 업신여기던 경비원이 숨을 죽이고 그림자처럼 뒤따르던 것을 모르던 조철옥이 휴대폰을 봤다. 노안이 오고도 남았을 조철옥은 화면의 글자를 크게 해놨기 때문에 제영의 눈에 그것이 보였다. 3월 19일 2시 54분.

시간과 장소를 아는데 죽음을 막지 못할 이유는 없다.

제영은 시간에 맞춰 대연아파트 303동으로 향했다. 그의 기억 그대로 경비실은 동별 1층 입구에 두 평이 될까 말까 한 크기로 붙어 있었다. 그는 조심스럽게 경비실 쪽으로 다가갔다.

이렇다 할 계획은 없었지만 일단 경비원의 위치를 파악하는 것이 중요했다. 경비실은 비어 있었다.

어디에 간 걸까. 혹시 휘발유라도 사러 간 것이 아닐까. 그런 생각을 하는데 눈을 사로잡는 것이 있었다. 책상 밑에 있는 흰색 플라스틱 기름통이었다. 누렇게 때가 찌든 통에는 기름이 절반쯤 차 있었다. 책상 옆으로 등유 난로가 보였다.

저기에 쓰는 건가, 하고 생각할 수도 있었지만 제영은 그런 생각이 들지 않았다. 물론 겨울이니 등유 난로에 들어갈 기름이 항상 비축되어 있어야 할 것이다. 하지만 화기 옆에 기름통을 갖다 놓는 사람은 없다. 경비원은 항상 화재 사고를 포함한 안전에 주의를 받는 사람이다. 실수로 갖다 놨을 가능성은 없다고 봐도 무방하다.

제영은 곧장 경비실로 들어갔다. 기름통 손잡이를 쥐었을 때 인기척이 들렸다. 반사적으로 책상 밑에 몸을 구겨 넣었다. 한 손은 기름통 손잡이를 쥔 그대로였다. 어떤 상황이 오든 빼앗기지는 않아야 한다는 생각이었다.

들어온 것은 경비원이었다. 분명 조철옥의 죽음에서 제영이 본 사람이었다. 자신이 벌일 일 때문인지 얼굴은 몹시 굳어 있었고, 주먹을 살짝 쥐고 있었다. 긴장이 되는지 혀로 마른 입술을 적셨다. 그는 굳은 듯 선 채로 잠시 동안 눈을 감고 있었다.

그리고 결심한 듯 눈을 떴다. 경비원은 곧장 팔을 뻗으며 허리를 숙였다. 동시에 책상 밑에 몸을 구겨 넣고 있던 제영과 눈이 마주쳤다.

"당신 누구야?"

경비원이 떨리는 목소리로 외치자 제영은 퉁겨지듯 책상 아래에서 빠져나왔다. 그런 제영의 손에 들린 기름통을 본 순간 경비원이 그것을 도로 뺏으려 들었다.

"안 돼요, 아저씨! 안 된다구요!"

"뭐라는 거야! 그거 내놔!"

"아저씨, 제발요! 그런 짓을 하면 안 돼요! 그런 사람 때문에 아저씨 인생을 망치면 안 된다구요!"

제영의 목소리에 경비원의 미간이 구겨졌다.

"무슨 헛소리야."

말은 그렇게 하고 있지만, 그의 목소리는 파르르 떨렸다. 경비원은 제영이 무엇을 알고 있는 것인지를 읽어내려는 사람처럼 그를 살폈다. 그러나 곧 정신을 차린 듯 다시 제영의 손을 향해 달려들었다.

몸싸움이 벌어졌다. 고함과 호소가 있었다. 둘 다 필사적이었지만 체력적인 면에서 제영은 고령의 그보다 우위에 있었다. 제영이 팔을 크게 한 번 휘두르자 경비원이 벽에 몸을 부딪치고는 반동으로 바닥에 풀썩 무릎을 꿇었다. 그 틈을 놓치지 않고 제영은 경비실 밖으로 뛰어나갔다. 지나가던 중년 여자가 느닷없이 뛰어나오는 제영을 보고는 깜짝 놀란 듯 뒤로 물러섰지만 제영은 사과를 할 틈이 없었다. 제영은 거친 손길로 기름통의 뚜껑을 열고 그대로 화단에 쏟아부었다.

후우.

안도인지 안타까움인지 모를 한숨을 내쉬고 경비실로 돌아갔다. 경비실 입구에서 조금 전 마주쳤던 중년 여자가 안을 기웃거리고 있다가 돌아온 제영을 보고 재빨리 동 안으로 들어갔다. 여자가 사라진 자리에서는 경비실이 훤히 보였다. 거기에 경비원이 무릎을 꿇은 채로 어깨를 움츠리고 있었다. 그는 울고 있었다.

"아저씨가 어떤 결심을 하시려고 했는지 알아요. 왜 그런 결정을 하셨는지도요. 그 인간은 죽어 마땅한 놈인지도 모르지만 아저씨는 아니잖아요. 그런 놈 때문에 아저씨의 인생을 망쳐서는 안 돼요."

상투적인 위로의 말이라 안됐지만, 다른 말이 떠오르지 않았다. 벽에 걸린 작은 시계를 보았다. 삼십 년 전, 시공사가 기념으로 나눠준 시계는 3시 8분을 가리키고 있었다.

'운명을 바꿨다.'

그는 나직한 한숨을 내쉬었다. 바닥에 검은 반지갑이 하나 떨어져 있었다. 제영은 허리를 굽혀 그것을 집어 들었다. 인조인 듯한 가죽은 오랜 시간을 증명하듯 여기저기가 갈라져 있었다. 조심스레 펴보니 신분증을 넣어야 하는 투명 칸막이에 사진 한 장이 들어 있었다. 아들 하나 딸 하나, 다정히 미소를 띤 사람들. 전형적인 모습의 가족사진이었다. 제영은 지갑을 편 채로 경비원의 숙인 고개 앞에 놓았다.

"아저씨가 지켜야 하는 거잖아요."

나직한 흐느낌이 들려왔다. 그것이 오열로, 그리고 포기로 이어질 시간을 가질 자격이 경비원에게는 마땅히 있었다. 제영은 천천히 걸어 나왔다. 303동을 벗어나 옆 동을 지나쳐 정문으로 걸어가는 동안 그는 먼 하늘을 보며 천천히 걸었다. 제영은 자신이 막으려 했던 첫 번째 죽음을 떠올렸으며, 그를 좌절하게 했던 두 번째 죽음을 떠올렸다. 그리고 이제는 알 것 같았다.

모든 죽음을 막을 수는 없지만, 어떤 죽음은 막을 수 있다.

그렇게 생각하는 순간이었다.

쾅!

엄청난 굉음이 지축을 흔들었다. 동시에 누군가의 날카로운 비명이 들려왔다. 소리가 난 쪽을 향해 몸을 돌린 순간 제영은 경악했다. 녹슬고 칠이 벗겨진 낡은 승용차 하나가 벽에 박혀 있었다. 앞 범퍼는 종잇장처럼 짓이겨졌다. 운전대에 머리를 박고 있는 누군가의 굽은 어깨가 제영의 심장을 움켜쥐었다. 짙은 남색의, 유니폼.

"아저……."

제영이 후들거리는 다리를 떼는 것과 동시에, 차가 폭발하며 화염에 휩싸였다.

누군가의 신고로 출동한 119가 화재를 진압하고 차를 인양한 뒤에야 벽과 차 사이에 낀 조철옥이 발견되었다. 사고의 충격 때문인지, 불에 타 죽은 것인지는 국과수의 부검을 통해 알 수 있을 거라는 것을 경찰 관계자의 말을 빌렸다는 어떤 뉴스에서 보았지만 다 무슨 소용인가 싶었다.

그 사고로 제영은 또 하나의 법칙을 찾았다.

두 번째 법칙. 생의 운명은 바꿔도 사의 운명은 바꿀 수 없다.

죽음의 대상은 반드시 죽는다.

화재로 인해 경비원 역시 목숨을 잃었다. 죽음 뒤에야 제영은 뉴스를 통해 그의 이름을 알게 되었다. 황대권.

만약 제영이 살인을 막지 않았다면 황대권은 살인자가 될지언정 죽지 않을 수 있었다.

그 사건 뒤로, 죽을힘을 다해 먹지 않았다. 더이상은 보고 싶지 않았다. 살고자 먹는 순간, 죽음을 봐야 하는 아이러니는 그를 허덕이게 만들었다. 이후로 쓰러지는 일이 잦았다. 이러다간 정말 죽을지도 모른다는 의사의 말처럼, 죽음을 실감한 순간에야 의식처럼 수저를 들었다. 제발, 이번만은 무사히 식사하게 해달라고, 아무것도 보지 않게 해달라고 빌었다. 그럴 때마다 뼈저리게 실감했다.

'그럼에도 나는, 살고 싶다.'

그는 힘겹게 몸을 일으켰다. 팔이 덜덜 떨려왔다. 한계인 것 같았다. 최소한의 것이라도 먹어야 했다. 손을 뻗어 리모컨을 쥐고 TV를 틀었다. 제목을 알 수 없는 토크쇼의 방청객들이 무슨 재미있는 소리라도 들었는지 짜기라도 한 것처럼 동시에 까르르 웃었다. 보고 싶어서 튼 것은 아니었다. 소리가 들리지 않으면 오늘처럼 병원에 실려 갔다 돌아온 날에는 하고 싶지 않은 생각들이 자꾸만 끼어들었다.

제영은 간신히 몸을 추슬러 주방 쪽으로 발을 내디뎠다. 그런 그의 눈길을 TV 화면이 잡았다. 화면 아랫단에는 붉은색 띠가 둘러져 있었다.

뉴스 속보. 아이돌 가수 쥬엘, 자택에서 숨진 채 발견.
사인은 조사중.

자살이다.

긴 샤워 타월을 커튼 봉에 매던 떨리는 손가락을, 줄줄 흐르던 눈물을, 이를 악물던 결심을, 버둥거리다 툭 떨어지던 두 다리와 이내 힘이 빠져 늘어지던 목뼈의 모습을 제영은 고스란히 기억했다.

첫 번째 법칙. 보이는 대상은 제영이 얼굴을 아는 사람이다.

두 번째 법칙. 생의 운명은 바꿔도 사의 운명은 바꾸지 못한다.

제영은 무심히 TV에서 눈을 떼고 주방으로 들어갔다. 최대한 짧은 시간 안에 죽지 않을 정도만, 살기 위해 먹는 나날이었다. 이런 날들이 쌓여가면서 확실히 알게 된 것이 있다.

'이런 삶이더라도, 나는 살고 싶다.'

그의 운명을 좌우하는 절대적인 존재가 있다면, 그 발 앞에 엎드려 짐승 흉내를 낼 수도, 발가락을 핥을 수도 있었다. 제발 아무것도 보지 않게 해달라고 빌고 싶었다.

3

제영은 자꾸만 멈칫거리는 걸음을 애써 옮겼다. 기운이 없어서가 아니었다. 매일같이 가는 길이었지만 가고 싶지 않은 데에는 이유가 있었다.

사거리가 나왔다. 여기서 오른쪽으로 꺾어야 했다. 그러나 제영의 발은 차마 방향을 바꾸지 못하고 다시 멈춰 섰다. 제영은 눈을 감았다. 다른 길이 있다면 돌아가고 싶었다.

제영은 영인시 도심에 위치한 인테리어 회사에서 디자이너로 일하고 있다. 하지만 명함에만 인테리어 디자이너라고 적혀 있을 뿐 디자인이나 인테리어 어느 쪽도 전공하지 않았고 제대로 배워본 적도 없다. 고객이 들으면 화를 낼 만한 일이지만 업무 역시 디자인과는 전혀 상관이 없다.

인테리어를 요청해 오는 고객은 두 부류다. 정확히 원하는 인테리어가 있는 고객과 없는 고객. 없는 고객 쪽이라면 가지고 있는 자료들을 보여주고 선택하게 한다. 고객은 팸플릿이라고 생각할지도 모르겠지만 인터넷에 올라와 있는 전 세계의 수많은 '예쁜 집' 자료다. 권하는 것은 적당히 비싼 자재들을 쓰는 디자인이다. 여기서 '적당히'가 중요하다. 너무 비싸면 사람은 주춤하게 마련이다. 마음이 뒷걸음질 친다. 제대로 설명도 듣지 않고 "좀더 알아보고 올게요" 하며 나갈 공산이 크다.

그러나 '적당히' 비싼 디자인이라면 마음이 조금 달라진다. 인테리어라는 것은 정기적으로 하는 행사가 아니기에 '조금 비싸더라도 한번 할 때 제대로 해야 돼'라는 당위를 부여한다.

고객의 확고한 니즈가 있다면 일은 더 쉽다. 원하는 대로 해주되 역시나 '적당히' 비싼 자재를 권하는 것이다. 만약 고객이 고집을 부려 싼 자재를 쓰겠다고 할 경우에는 문제가 생겨도 책임을 묻지 않겠다는 서약서를 쓰게 한다. 그것이 사장의 경영철학이라면 철학이다.

'인테리어 디자이너'인 그는 이런 사정들에 맞춰 물건을 발주하고 인력을 배정하는 일을 주로 한다. 중도금을 받아내거나, 처음에 계약한 금액이 아닌, 현장의 사정에 맞춰 금액을 조정하는 일도 맡고 있다. 그가 일하고 있는 '더 샘 인테리어'의 직원은 그를 포함해 총 다섯 명이다. 사장, 경리주임, 디자인 차장과 과장, 영업부장이다. 일반 사원은 없는 이상한 조직이다.

딱히 마음에 들어서 계속 일하고 있는 것은 아니었다. 다만 다른 회사보다 훨씬 개인적인 성향이 강한 사무실 스타일은 자신에게 적당히 어울린다고 생각하고 있다. 현장에서 문제만 없게 조율한다면 딱히 싫은 소리를 들을 필요가 없다. 다른 회사와는 다르게 협업을 할 만한 일이 없다는 것도 마음에 든다. 적당히 일하며 적당한 월급을 받는 지금의 일이 당분간은 계속되기를 바랄 뿐이다.

시멘트 위에 기념으로 찍은 발자국처럼 변하지 않는 일상에서 그가 주춤거리고 있는 것은 바로 어제저녁에 '본' 것 때문이었다. 버스 정류장에서 쓰러져 영인병원으로 실려 갔던 날 먹은 것을 마지막으로 마흔여덟 시간 만에 제영은 또다시 죽을 것 같은 기분으로 식탁에 앉았다. 제발, 하는 바람을 비웃듯 그의 목은 꺾였고 희멀겋게 넘어간 검은자위는 그것을 보고야 말았다.

구급차 사이렌 소리가 요란하게 들려왔다. 그것은 마치 막혀 있던 정신을 찢고 들어오듯 일순간에 밀려들었다. 도로 위의 경적과 사람들이 웅성이는 소리. 제영의 미간은 불쾌하게 구겨졌다. 하지만 뭔가에 끌려가듯 그는 결국 발의 방향을 바꾸었다.

숙였던 고개를 결심하듯 들어 올렸을 때, 거기에는 그가 이미 본 풍경이 펼쳐져 있었다.

그는 천천히 걸었다.

몰려 있는 사람들 속에는 분명 한 남자의 처참한 죽음이 있을 것이다. 지난밤, 같은 자리에서 명품 양복과 국내에는 몇 개 들어오지도 않은 시계를 찬 남자가 어딘가로 전화를 걸며 신경질을 내고 있었다. 그의 얼굴은 제영에게 익숙했다. 선거 벽보에서 본 적이 있는 인물이었다. 그런데 갑자기 심장을 망치로 내리치는 듯한 충격과 함께 숨을 쉴 수 없게 된 채로 그는 그대로 바닥에 고꾸라졌다. 남자가 차가운 보도블록에 쓰러져 몸을 바르작거릴 때, 마침 옆을 지나가던 여자가 있었다. 그러나 그녀는 그를 피해 저만치 돌아갔다. 취객이라고 생각했는지도 모른다. 유난히 추웠던 그 밤에는 유난히 행인이 없었다. 그의 의식이 점점 흐려졌다. 그가 관심을 받은 것은 몇 시간이나 지나 아침이 되어서였다. 여기서 자면 안 된다며 조심스럽게 다가온 남자는 파랗게 핏기를 잃어버린 그를 발견하고 신고했다. 멀지 않은 시간 구급차가 도착했지만, 이미 온기를 잃은 남자에게 구급대원이 해줄 수 있는 것은 얼굴 끝까지 흰 천을 덮어씌워주는 것뿐이었다.

점점 가까워질수록 제영은 불쾌한 답답함을 느꼈다. 속이 울렁거렸다. 수없이 경험해도 익숙해지지 않는 기분 나쁜 느낌이 제영을 움켜쥐고 있었다. 토할 곳을 찾기라도 하는 것처럼 주변을 둘러보던 제영의 귀에 누군가의 목소리가 파고들었다.

"노숙자가 얼어 죽었대."

제영은 발을 우뚝 멈췄다. 믿을 수 없다는 얼굴로 고개를 돌렸다. 조금 전 말을 한 것이 누구인지 알 수 없었다. 행사장 한복판에 열린 중소기업 아이디어 상품을 둘러싼 구경꾼들처럼 빽빽이 들어찬 사람들은 아직도 저마다의 웅성임을 만들고 있었다. 누군가는 혀를 끌끌 차기도, 누군가는 휴대폰을 들고 문자를 찍기도 했다. 조금 전 그 목소리의 주인공을 찾을 수는 없었다. 잘못 들은 거다, 그런 생각을 하는 순간, 때마침 원형으로 선 사람들이 뒤로 물러났다. 그들 사이로 나타난 것은 주황색 옷을 입은 구급대원이었다.

"잠깐만, 비키세요!"

구급대원이 소리를 치자 사람들이 물러나며 틈을 만들었다. 그 틈 사이로, 보였다. 보고 싶지는 않았지만, 제영의 감정을 배반하고 그쪽을 응시한 시선이 사망자의 모습을 눈에 박아 넣었다. 제영은 그 자리에 굳은 채 섰다. 움켜쥐었던 주먹이 자살자의 덜렁이는 다리처럼 힘없이 풀렸다.

'아니다.'

여기저기 뜯어진 누렇고 허름한 누비 점퍼, 검고 더러운 솜바지, 사막처럼 갈라진 손등, 때가 낀 손톱, 온몸을 덮은 서리, 파랗게 질린 채로 하늘을 보고 있는 얼굴.

자신이 본 죽음의 그 남자가 아니었다.

“잠깐만 비켜주세요.”

흰 천을 들고 온 구급대원이 그의 몸을 툭 치고 지나갔지만, 얼굴이 천으로 덮일 때까지 제영은 눈을 뗄 수 없었다.

영인시 모 동의 한 은행 앞 도로에서 시신이 발견되었다. 신고를 받고 출동한 구급대원은 활력징후가 전혀 포착되지 않음을 확인하고 경찰에 신고, 인계하였다. 지문 감식 결과 사망자는 52세의 노숙인 최 모 씨로 삼 년 전부터 인근에서 노숙 생활을 이어오고 있었던 것으로 밝혀졌다. 영인병원 영안실로 이송하여 1차 검시한 결과 사망 원인은 급성 저체온사로 밝혀졌다. 경찰은 발견 당시 노숙인의 몸을 상당량의 얼음이 감싸고 있던 점을 토대로 누군가 노숙인에게 물을 덮어씌워 죽음에 이르게 한 것이 아닌지 의심하였으나, 인근 도로의 CCTV 영상에서 노숙인 스스로 물을 덮어썼음을 확인해 최종 자살로 사건을 종결할 계획이라고 밝혔다.

《패스트라인》 이한길 기자

사건 이후 오 일이 지났다. 매일 아침 긴장했지만 그곳에서 또다시 사람이 죽거나 시신이 발견되는 일은 일어나지 않았다. 어떻게 된 것일까? 분명 제영이 본 죽음 속 남자는 현직 시의원이었다.

제영은 그의 죽음에서 하나의 기대를 품고 있었다. 법칙이라고 생각했던 것들은 어쩌면 법칙이 아닐 수도 있었다. 그리고 자신이 본 죽음이 현실로 이어지지 않을 수 있다는 가능성을 얻었다. 그런 생각들은 자신이 겪고 있는 기이한 현상이 사실은 우연이었을 뿐일지도 모른다는 기대로 이어졌다. 애초에 모든 것이 환각이었던 것은 아닐까. 우울증, 조현병 같은 것을 앓는 정신질환자들은 환각을 보거나 환청을 듣는다고 하지 않았는가. 제영은 차라리 정신병이기를 바랐다.

"한가하네?"

손톱으로 칠판을 긁는 듯한 불쾌한 목소리에 제영은 뉴스에서 시선을 뗐다. 어느새 다가왔는지 옆에 바짝 서 있는 사장이 뒷짐을 지고 모니터를 들여다보고 있었다. 옆으로 길게 찢어진 눈을 얄팍하게 뜨고 눈동자만 돌려 제영을 보는 시선도, 비웃음 짓듯 쓱 올리는 입매도 마음에 들지 않았다. 제영은 반사적으로 뉴스를 끄고는 의자를 돌려 사장을 바라보았다. 살짝 몸을 뒤로 물린 것은 물론이었다.

"아, 가까운 데에서 난 사건이라고 해서요."

변명처럼 덧붙였다. 사장은 능글맞게 웃었다.

"가까운 데 관심 갖다가 민 과장이 멀리 갈 수도 있는데?"

농담의 외양을 한 경고였다. 사장의 비도덕적인 경영 철학 덕분인지 인테리어 회사는 날로 흑자를 기록했다. 사장은 사업을 좀더 키워 지방에 다른 매장을 하나 더 낼 계획이었다. 말로는 확장이었지만, 지방 매장을 관리하게 될 점장이 사장의 현지처라는 것은 공공연한 비밀이었다. 민제영과 마찬가지로 그녀는 인테리어와 관련된 것은 아무것도 알지 못했으며, 배울 생각도 없었다. 그 탓에 현재의 매장에서 한 명이 실무 직원으로 내려가야만 한다고 사장은 지난번 회의에서 공지했다. 말이 좋아 실무자이지, 사장 내연녀의 기를 살려주는 동시에 사장 대신 그녀를 감시하는 임무가 주어질 것임은 분명했다. 일단은 지원자를 받겠다고 했지만, 안 되면 본인이 지목할 생각인 것이다.

싫으면 관둬.

당장에라도 그렇게 말할 것 같은 얼굴로 사장은 다음 주 회의에서 다시 얘기를 나누자고 했다. 그는 자신이 회사의 사장이 아니라 직원들의 생살여탈권이라도 쥔 것처럼 굴었다. 그도 그럴 것이 경리주임의 나이 마흔일곱, 디자인팀 차장은 쉰셋, 영업부장은 쉰다섯. 다른 회사로 이직을 꿈꿀 만한 나이들이 아니었다. 그나마 젊은 제영은 능력이 없었다. 체력도 경력도 충분하지 못했다. 그런 사실을 방증하듯 몇 년씩이고 붙어 있는 제영을 사장은 우습게 본 것이 분명했다. 그러니 이런 협박이 가능한 것이다. 제영은 쓴웃음을 지었다.

"반드시 제가 가야 한다면 죄송하지만 저는 그만둬야 할 것 같습니다. 지방으로 내려가지 못할 개인적인 사정이 있어서요."

제영이 그만두지 않는 이유는 아는 얼굴을 늘리고 싶지 않은 것뿐이었다. 굳이 다른 지역으로 가서 아는 얼굴을 늘릴 필요는 없다. 유약한 신체와 달리 단호한 말투에 사장은 당황한 듯했다. 그러나 곧 불쾌한 표정을 지었다. 자신이 생살여탈권을 쥔 신이 아니라는 것을 깨닫게 한 것에 대한 불쾌감인 모양이었다. 조금 전까지는 목줄이라도 쥔 것처럼 굴었던 주제에, 곧장 장난도 못 하냐는 듯한 비난의 자세를 취했다.

"민 과장은 되게 예민하구만. 그러니까 살이 안 찌나 봐."

본인은 퍽이나 무던하셔서 그렇게 후덕하신가. 부담스러울 정도로 불뚝 튀어나온 사장의 배를 보면서 생각했다.

"민 과장님, 이것 좀 잠깐 옮겨주시겠어요?"

경리주임 천경숙이 사무실 입구에 서서 그를 보고 있었다. 천경숙이 서 있는 사무실 바닥에 꽤 커다란 박스가 놓여 있었다. 택배가 도착한 모양이다. 사무실에는 접대용 커피라든가 화장지 같은 비품들이 필요한데, 사장은 그것을 항상 인터넷에서 최저가의 가격으로 주문하도록 지시했다. 일일이 물건을 사서 나르지 않아도 되는 것은 좋지만 대량으로 주문할 때는 택배 기사들이 사무실 입구까지만 물건을 가져다주기 때문에 가끔 남자들의 힘을 필요로 했다.

나이스 타이밍, 이라고 생각했지만 사장은 그렇지 않은 모양이었다.

"허구한 날 남녀평등, 남녀평등 하더니 힘쓰는 건 남자가 필요한가 보지? 그래갖고 집에서는 어떻게 하나? 힘써줄 남자도 없는데? 내가 힘 좀 써줄까? 아, 페미는 남자가 필요 없나? 그러니까 혼자 사는 거 아냐?"

사장은 마치 자신이 대단히 위트 있는 농담이라도 한 것처럼 만족스럽게 껄껄 웃었다. 천 주임의 굳은 이마와 일그러지는 입술, 벌겋게 달아오르는 목은 안 보이는 모양이었다. 다른 직원들은 슬쩍슬쩍 시선만 돌려 천 주임의 눈치를 보았다.

"암튼 다들 자기 일들이나 열심히 하면서 할 말을 해. 어디서 들은 것만 줄줄 늘어놓지 말고."

모두에게 들으라는 듯 말했지만 그것이 천 주임을 향해 있다는 것은 사무실에 있는 모두가 모르지 않았다. 천 주임은 언젠가부터 모든 것을 참아 넘길 수는 없다는 것을 깨달은 듯 했다. 사장의 성희롱이나 차별적인 대우에 몇 번인가 반기를 들었다. 그러나 상황은 나아지지 않았다. 오히려 더 나빠졌다.

—이것도 성희롱인가, 응?

—아, 이런 말 하면 천 주임한테 혼나는데.

—무서워서 말을 못 하겠군. 다음에는 남자만 채용해야겠어.

천 주임은 포기했다. 언젠가 사장이 외출했을 때 말했다. 이제는 그냥 뺑소니를 당했다고 생각하려 한다고. 예전에는 아무 말도 못 하는 자신을 경멸하고 원망했다. 그러나 뺑소니를 당했다고 생각하면 편하다. 뺑소니는 당한 사람이 잘못한 것이 아니기에.

그렇지 않고서는 살 수가 없다. 이직할 수 있다면 언제고 떠날 거라고, 떠날 때는 속 시원히 욕이나 해주겠다고 말했지만 그날이 오지 않으리라는 것은 이곳의 모든 이가 알았다.

"열심히들 해."

못을 박듯 말한 사장은 흥얼거리며 사무실을 나갔다. 나직한 한숨과 함께 고개를 저으며 제영은 천 주임에게로 다가갔다. 그는 말없이 바닥에 놓인 박스를 집어 들었다. 예상했던 것보다 훨씬 무거워서 종잇장 같은 제영의 몸이 뒤로 휘청거렸다. 동그란 눈으로 보자 천 주임이 어이없다는 듯 웃었다.

"그 눈은 뭐예요? 이렇게 무거운 걸 왜 맡겼냐, 그거예요?"

"그럴 리가요."

간신히 걸음을 옮기며 제영이 말하자 천 주임이 따라오며 어깨를 으쓱했다.

"뭐, 과장님보다야 내가 힘이 훨씬 좋죠. 우리 사무실에 선풍기 삼 단계 이상 올리지 말라는 룰 있는 거 모르세요?"

"알죠. 저 날아간다고요."

제영은 간신히 탕비실의 문턱을 넘었다. 천 주임이 뒤를 따라 들어왔다. 탕비실 싱크대 위에 박스를 올려놓고 숨을 고르는데 천 주임이 이죽거리며 말했다.

"저 새끼, 지 맘대로 안 되니까 또 지랄하는 거예요. 과장님 그만두신다고 말하니까 눈빛 바뀌는 거 보셨어요? 제가 과장님한테 박스 들어달라고 안 했으면 아마 펄펄 뛰었을걸요? 농담도 못 하느냐면서요."

자신이 구해준 것이라고 말하고 싶은 듯했다. 제영이 미안한 듯 웃었다.

"괜히 저 때문에 주임님이 또 빽소니를 당했네요."

"빵소니친 놈이 나쁜 놈이죠. 저 미친놈, 페미가 뭔 줄이나 알까요?"

모르는 게 확실하다. 알고 싶은 생각도 없을 것이다. 제 맘대로 해석하는 데 도가 튼 양반이니까. 하지만 더불어 제영은 궁금했다. 남자 여자 할 것 없이 상대의 신체를 희화화하는 농담을 하면 안 되는 것을 천 주임이 알고 있는지 말이다.

"저 새끼는 갑질이 저 정도면 직업으로 인정해줘야 돼요, 진짜."

"근데 뭐가 이렇게 무거운 거예요?"

제영은 박스 위에 붙어 있는 테이프를 뜯었다. 이 정도에서 투덜거림을 끊고 싶었다. 박스 안에는 일회용 티슈가 가득 차 있었다.

"정말로 그만두시게요?"

조심스러운 어조로, 슬쩍 제영을 살피며 천 주임이 물어왔다. 고개를 들었을 때 그녀의 불안함을 본 것 같았다. 이곳에 혼자 남는다는 불안감, 모두가 가능하지만 본인은 불가능하다는 것을 깨닫고 싶지 않은, 정말로 사장이 아무렇게나 대해도 떠날 수 없는 존재가 되고 말 거라는 두려움.

제영은 쓰게 웃으며 고개를 저었다. 천 주임이 안도하듯 웃었다.

그러나 본심이긴 했다. 진짜로 지방에 갈 사람으로 지목된다면 회사를 그만둘 생각이었다. 계획해둔 일은 없다. 사장의 모욕을 더이상 버틸 수 없다는 것도 아니다. 그도 생계의 곤란을 빗겨갈 입장은 못 됐다. 얼마 전 영인병원의 간호사에게 호기롭게 보인 통장 잔액은 사실 그가 쓸 수 있는 돈이 아니었다.

이곳을 떠나게 돼도 더이상 아는 얼굴을 늘리고 싶지 않다는 마음뿐이다. 삶은 어떻게든 이어질 것이다. 지금까지 그래왔던 것처럼.

"제 새해 소망은 사장이 벼락 맞아 죽는 거예요. 나머지는 제가 할게요."

천 주임은 비품 캐비닛을 열어 티슈를 정리해 넣기 시작했다. '꼭 이뤄졌으면 좋겠네요.' '사장이 죽으면 회사도 죽는 거 모르세요?' '새 사장이 온다 해도 저거보다 더 나은 놈이라고는 장담 못 한다고요.' 따위의 말을 해야 하나 싶어서 어중간하게 서 있다가 웃음으로 대답을 대신하고는 탕비실을 빠져나왔다.

제영은 책상으로 다가가 서랍에서 작은 면 주머니 하나를 꺼내 주머니에 넣었다. 그러고는 곧장 사무실을 빠져나왔다. 화장실에 갈 생각이었다. 면포 안에는 소금이 들어 있다. 적어도 탈진은 하지 말아야 한다는 일념으로 가끔씩 먹고 있다. 누가 보면 이상하게 생각할 것도 물론이고, 묻는다고 대답해줄 말도 없기 때문에 화장실에 숨어서 먹는다.

요즘은 미네랄워터를 마시는데 식사를 하지 않은 지 사흘이 가까워져오니 그것으로는 한계를 느꼈다. 섭식장애가 생긴 우울증 환자가 올린 글을 보고 미네랄워터로 버텨봐야겠다 생각했지만 침대에 누워 시간을 보내는 자와 일을 해야 하는 자의 차이를 간과한 것이 실수였다.

사무실에서 화장실로 가는 복도의 중간에 사장실이 있었다. 겨울인지라 문이 닫혀 있어 다행이었다. 잠깐 뉴스를 보는 것만으로도 잔소리를 하는 지경인데, 자주 화장실에 가는 것을 보면 뭐라고 할지는 뻔했다.

자기도 모르게 발소리를 죽여 사장실 앞을 지나갔다.

"……좋은 일이라고 하니 나도 기쁘네. 일단 절반만 전달하지. 그쪽에 먼저 전해주게. 나머지는……."

사장의 목소리가 닫힌 문 사이로 새어 나왔다. 그나마도 몇 걸음 멀어지자 더이상 들리지 않았다. 기부라도 하는 건가? 평소 사장의 모습에서는 상상도 못 할 일이다. 역시 사람은 다층적이다. 누군가에게는 새해에는 반드시 죽어줬으면 하는 사람이고, 누군가에게는 자신을 살리는 사람일 수 있다. 만약 사장이 죽는다면 기부를 받는 쪽 입장에서는 죽음보다 더한 고통이 될 수도 있겠지.

이럴 줄 알았다면 죽어버렸으면 좋겠다는 천 주임의 말에 동의하듯 웃지 말 것을 그랬다. 신처럼 군림하고자 꼴사납게 굴었던 그가 진짜로 누군가에게 신이었다는 것을 알았더라면. 진짜로 그의 죽음을 보게 될 줄 알았더라면.

4

노숙인이 거리에서 얼어 죽은 지 열흘 뒤, 회의가 열렸다. 회의에서 사장은 지방 매장 오픈을 무기한 연기하겠다고 뚱한 얼굴로 말했다. 당초 누가 지방 매장에 발령이 될지를 발표하겠다던 시기보다 이틀이나 늦은 때였다. 내연녀와 문제가 생긴 듯하다는 소문은 며칠 동안 네 명의 직원 사이에 돌았다. 근래 사장의 통화 횟수가 부쩍 줄었고, 신경질적인 반응을 자주 보였다. 원래 좋은 사장은 아니었지만 발작하듯 소리를 지르는 것은 평소와는 조금 다른 모습이었다. 어쨌거나, 새로운 지랄을 습득한 거라고, 저 정도면 무형문화재로 지정해야 한다고 천 주임이 고개를 저었다.

"그러니 다들 하던 업무에 집중하도록 해."

제영을 주시하며 사장이 말했다. 그만두겠다던 말 때문인 모양이었다. 제영은 그만두지 않아도 되는군, 하고 안도했지만 티를 내지 않으려 눈도 마주치지 않았다. 이 직장을 그만두고 싶지 않아 하는 냄새를 맡으면 사장은 언제고 그를 노예 취급할 것이기 때문이다.

그날 퇴근길에 라면을 샀다. 며칠 만의 음식인가, 하는 서글픔 같은 것은 없었다. 어제저녁에도 빵을 먹었다. 비록 스펀지 같은 카스텔라를 손으로 뭉쳐 부피를 줄인 뒤 우유와 함께 허겁지겁 삼킨 것이긴 했지만 먹었다는 것이 중요했다. 기존의 주기로 본다면 오늘 정도는 굶어도 쓰러지진 않겠지만 그는 라면을 먹기로 했다. 길에서 죽는 남자의 모습을 본 이후, 더이상 '보이는' 일은 벌어지지 않았다. 보이는 공포 때문에 먹지 못하는 사람에게도 먹고 싶은 것은 있다. 먹지 못하는 것은 먹지 않는 것과는 다르다. 자력으로 거부하는 사람도 있지만 신이 거부해버린 사람도 있는 것이다. 그러던 것이 며칠째 보이지 않으니 슬슬 마음이 풀어졌다.

약간의 기대가 있었다. 자신이 본 죽음의 모습이 현실에서 벌어진 것과 다르다는 것을 알았을 때, 운명의 궤도가 틀어진 것이 아닐까, 아니면 누군가의 실수로 틀어진 궤도가 정상으로 돌아온 건지도 모르겠다는 생각을 했다. 죽음을 보는 것이 정상이 아니라 보이지 않는 것이 정상이다. 자신이 더이상 '보이는' 사람이 아닐 수도 있다는 생각이 들었다. 증거로 지난 열흘간 아무것도 보지 않았다. 그래서 어제도 먹었지만 오늘도 먹어볼 생각을 하게 되었다.

집에 도착하자마자 가스레인지에 냄비를 올렸다. 그의 주방 싱크대 위에는 모델하우스를 방불케 할 정도로 물건이 하나도 놓여 있지 않았다. 생수 같은 것은 당연히 없다. 정수기를 하부장에 설치하고 싱크대 위로 출수구 하나만 빼놓았다. 거기서 물을 받아 냄비에 붓고 불을 켰다. 물이 끓는 동안 라면을 꺼내 개봉한 뒤, 문득 아무것도 없는 자신의 살림살이를 돌아보았다.

만약, 더이상 보이지 않는다면, 정상적인 생활로 돌아갈 수 있을까.

그동안 음식을 전혀 하지 않았기 때문에 아쉽게도 라면에 곁들일 파나 계란은 없었다. 하지만 이 정도만으로도 과분했다. 라면을 제대로 익히지도 못한 채 제영은 냄비를 식탁으로 옮겼다. 뚜껑을 열자 흰 김이 시야를 가렸다. 후, 기분 좋게 김을 불고 젓가락으로 면을 집어 올려 단숨에 입에 집어넣었다.

그 순간 아찔한 현기증이 엄습했다. 한여름 땡볕 아래서 쭈그리고 있다가 느닷없이 일어났을 때의 어지러움, 눈앞이 깜깜해지고 뇌 속에서 거대한 바람이 모든 것을 밀어내는 듯한 느낌이었다. 그것은 오 초도 되지 않는 찰나의 것이었지만, 제영은 등줄기가 서늘해지는 것과 동시에 젓가락을 움켜쥐었다.

그는 천천히 눈을 떴다. 온갖 물감을 뒤섞어놓은 물통처럼 시야가 혼탁했다. 압착되듯 가슴이 갑갑해지고 고개가 위아래로 천천히 꺼떡거렸다. 무거운 추를 달아놓은 듯 내려앉았다 떠올리기를 반복하던 눈꺼풀이 돌연 훽 크게 벌어졌고 동시에 목이 뒤로 넘어갔다. 살짝 벌어진 입이 컥컥, 몇 번 고된 숨소리를 냈다.

그렇게, 또다시, 보였다.

제영에게 익숙한 공간이었다. 회사의 사장실. 사장의 의자는 비어 있었다. 제영은 서류 같은 것을 들고 책상 앞에 서서 손목을 들어 시계를 확인했다. 3시 24분. 사무실에는 요란한 노래가 울리고 있었다.

—인생은 한 방이야.

사장의 취미는 라디오를 듣는 일이었다. 오후의 택시 기사들이 자주 들을 만한, 주로 트로트가 선곡되는 채널에 거의 고정해놓았다.

기다릴 필요는 없다고 생각한 걸까, 제영은 어깨를 으쓱하고는 돌아선다. 그러다 뭔가를 발견한 듯 다시 돌아서서 창밖을 내다본다. 거기에 사장의 모습이 있다. 도로변이다. 누군가와 통화를 하는 듯했는데 화가 난 듯 허공에 대고 몇 번이나 손가락질을 해댔다. 그때 어디선가 불쾌한 마찰음이 들렸다. 이중창을 뚫고서 들린 소리가 사장에게 전달되지 않았을 리 없다. 크게 입을 벌리고 소리를 지르던 사장이 뒤를 돌아 위를 쳐다보았다. 동시에 육중한 간판이 그의 머리 위로 날아들었다.

어디서 날아온 것인지 알 수 없는 간판은 키 180센티미터가 넘는 장신의 그를 마술처럼 집어삼켰다. 사람들이 몰려들었다. 누군가는 신고를 했다. 누군가는 입을 가리고 발을 굴렀다. 남자 몇 명이 달려들어 간판을 들어 치웠다. 그 아래에서 발견된 것은 참혹했다. 한 인간이 거기에 부서져 있었다. 흘러내리는 피와 생명의 조각들을 피해 사람들은 물러섰다. 외로 꺾어져 바닥에 붙어 있는 사장의 목 위로 뼈 하나가 뚫고 나와 있었다. 양팔은 기이하게 꺾였다. 벌리고 있는 입이 마지막으로 낸 소리는 통화한 누군가에게 터뜨린 분노인지, 비명인지 알 길이 없었다.

—1월 17일, '달리는 오후의 라디오' 윤석민이 함께하고 있습니다.

다시 제목을 알 수 없는 트로트 음악이 흘러나왔다.

"우욱!"

제영은 입을 틀어막은 채 화장실로 들어갔다. 쓰러지듯이 변기통을 붙잡고 얼굴을 박았다. 신물이 목구멍을 타고 계속 올라왔다. 울고 싶거나 슬퍼서가 아니라 온몸의 것이 역류하고 있는 중이니 이해하라는 듯, 눈에서 물이 줄줄 흘렀다.

그는 힘겹게 뻗은 팔로 더듬더듬 버튼을 눌러 물을 내렸다. 몸만 돌려 늘어지듯 변기에 기대어 앉았다. 가쁜 호흡을 내쉬며 진정해보려고 애썼다. 물이 요란스럽게 내려가고 적막이 찾아들자, 비로소 화장실의 벽타일이 명확한 백색으로 보였다. 그것을 응시하며 자신의 패배를 인정해야 했다.

'나는…… 보인다.'

사장을 떠올렸다. 그러자 그의 부서진 조각들이 뒤따라 떠올랐다. 제영은 다시 변기를 찾아 고개를 박았다. 그로부터 몇 번이나 더 구토를 해야만 했다.

제영이 사무실로 들어섰을 때 천 주임이 놀란 얼굴을 했다.

"시체가 들어오는 줄 알았어요. 괜찮아요?"

"괜찮아요."

전혀 괜찮지 않았다. 삼 일 전, 라면을 게워낸 것을 마지막으로 제대로 씹어 삼킨 음식이 없었다. 제영은 이온음료로 버티는 생활로 돌아갔다. 아침에 눈을 떴을 때는 시야가 흐려서 또 다시 뭔가를 '보고' 있는 줄 알았다. 다행히 기력이 없는 것뿐이었다. 이러다 또 쓰러질까 싶어서 이온음료를 마신 뒤 좀 쉬었다. 이번에 실려 가면, 알아서 처리해주던 병원도 이제는 정신병원이나 사회복지사에게 그를 넘길지도 몰랐다.

회사에는 오후에 출근하겠다고 알렸다. 전화를 받은 디자인 차장이 곤란한 목소리로 '사장님과 통화해봐야 하지 않을까'라고 했지만 그럴 기력이 있었다면 출근을 했을 터였다. 알아서 처리해달라고, 안 되면 나중에 출근해 설명드리겠다고 하고는 전화를 끊고 한참을 쉬었다.

출근하고 싶지 않은 마음도 있었다. 때려치워도 이제는 상관없다는 심정이다. 무엇보다 사장의 시신을 목격하고 싶지 않았다.

제영은 탁상 달력으로 시선을 옮겼다. 1월 17일. 오늘 사장은 죽는다.

한편으로 확인하고 싶은 기묘한 욕구가 있었다. 자신이 본 것이 실제화되지 않는다는 것, 이제는 뭘 봐도 그대로 이루어지는 일 같은 건 없다는 것을 확인하고 싶었다.

자리에 앉아 책상 위에 놓은 쪽거울이 자신의 얼굴을 비췄을 때 천 주임의 '시체 같다'던 말이 유난이 아니었음을 알았다. 놀랄 정도로 피부는 검고 탄력이 없었다. 거뭇한 눈 밑과 움푹 들어간 양 볼, 툭 불거진 눈알은 스스로가 봐도 무서워 보였다.

"민 과장, 이거."

노란색 서류 파일 하나가 불쑥 들이밀어졌다. '지민동 현장 공사 단가표'라는 이름이 붙은 파일을 내민 것은 디자인 차장이었다.

"아픈데 미안하지만, 견적서가 다 들어와서 말이야. 지민동 건물 건은 민 과장 담당이니까 직접 사장님 결재를 받는 게 좋을 것 같아서."

디자인팀에 담당이 있다는 말은 처음 들었다. 인테리어를 할 현장이 생기면 대부분 자재는 디자인팀의 두 명인 과장과 차장이 고객과 논의해 결정한다. 다만 이번 현장은 고객이 처음 의뢰하려고 찾아왔을 때 제영이 응대했던 것뿐이었다. 고객 입장에서는 처음 만난 직원이 편해 자주 그를 찾긴 했지만 딱히 담당자 같은 것은 없었다. 신 차장은 사장과 대면하는 일을 최소화하고 싶은 것이다.

불평보다 '이 파일 때문이었군' 하는 생각이 앞섰다. 그가 '보았'을 때 그는 빈 사장실에 서 있었다. 이것을 결재받기 위해 사장실에 들어가 기다렸던 것이다. 사장은 자리에 없었지만 다시 오기는 싫어서 마음먹고 왔을 때 사인을 받아가려 했던 것 같다.

"알겠습니다."

그가 파일을 받자 신 차장은 만족스러운 얼굴로 제자리로 돌아갔다. 제영은 시간을 확인했다. 3시 20분. 이제 사 분 남았다.

사무실을 빠져나가 사장실로 향하는 복도를 걸었다. 사장실 문은 닫혀 있었고, 안에서는 트로트 가수의 걸쭉한 목소리가 들려왔다. 손잡이를 잡고 주저하다가 시간을 확인했다. 3시 21분. 들어가고 싶지 않다. 보고 싶지 않다. 그러나 확인하고 싶다. 결국 이긴 것은 도피보다 확인 욕구였다. 제영은 문을 열었다.

"어디 사장실 문을 노크도 없이 벌컥벌컥 열어?"

노기 어린 목소리가 날아들었다. 제영의 눈이 휘둥그레졌다. 사장은 책상에 앉아 있었다. 등 뒤의 통창에서 들어오는 빛 때문에 얼굴에 그림자가 드리웠지만 분명 사장이었다. 그가 본 대로라면 몇 분 뒤 산산조각 나야 할 사장이 온전한 모습으로 거기에 앉아 있었다.

"사장님, 어떻게 여기에……."

멍한 얼굴로 그가 중얼거리자 사장의 미간이 잔뜩 찌푸려졌다. 사장은 짜증이 가득 밴 눈으로 제영의 머리부터 발끝까지를 훑었다.

"내 사무실에 내가 있지, 그럼 누가 있어? 아프다더니 아직 정신이 없는 거야?"

제영이 뭐라 대답할지 정하지 못한 사이 사장은 다시 의혹의 눈길을 보내왔다.

"나 없는 사이 무슨 짓이라도 하려고 했던 거야?"

"아니, 그게 아니라……."

"대체 뭐 하러 온 거야?"

짜증스럽게 툭 뱉는 사장에게 뭔가 말을 하려고 할 때 전화벨이 울렸다. 사장의 책상에 놓인 휴대폰 액정이 환하게 빛났다. 사장은 눈만 아래로 내리깔고는 발신인을 확인했다. 그러나 전화를 받지는 않았다. 라디오에서 나오는 트로트 노래에 휴대폰 벨 소리까지 겹쳐져 제영의 미간이 찌푸려졌다.

"사장님, 전화가……."

"됐고! 그건 뭔데?"

사장이 제영이 들고 있는 서류를 턱짓으로 가리켰다.

"아, 지민동 현장의 자재 견적이 나와서……."

"이리 줘."

사장이 팔을 뻗었다. 제영은 사장의 책상 앞으로 다가서며 파일을 내밀었다. 사장이 파일을 받아 펄럭거리며 서류를 넘겼다. 그사이 휴대폰의 벨 소리가 멎었다.

꽃분이. 부재중 전화 4건.

벨 소리가 끊어지자 사장은 신경이 쓰이는지 흘깃 화면을 보았다. 그러나 곧 눈을 돌려 서류를 읽는 데 집중했다. 휴대폰 너머의 '꽃분이'가 사장의 법적 아내는 아닐 것임이 명백했다. 그가 본 죽음의 광경에서 사장은 누군가와 통화하며 다투는 듯 보였다. 혹시 '꽃분이'가 아니었을까.

이상한 일이었다. 사장은 전화를 받을 생각도, 나갈 생각도 없었다. 지금까지 자신이 막아보려 하다가 죽음이 늦어진 경우는 있지만, 모든 것을 알고 있는 자신이 가만히 있는데도 당사자가 움직이지 않는 일은 없었다. 운명은 정해진 대로 실행됐다. 항상 그랬다. 그렇다면 정말 자신이 '보는' 것이 더이상 현실로 이어지지 않는 걸까.

서류를 보던 사장이 뭔가 마음에 들지 않는다는 듯 고개를 저었다.

"이거 견적을 이렇게 받아버리면 이익이 얼마나 남는다고 그래? 우리가 애들 코 묻은 돈 빨아먹는 거야 지금? 아니면 기부천사라도 돼?"

"하지만 고객님께서 원하시는 견적이 있고, 또 원하는 디자인이 있어서 최대한 맞추다 보니."

"누가 몰라? 그러니까 원하는 견적에 맞추려면 싸구려 자재를 쓸 수밖에 없으니 인테리어 총 비용을 더 올리든, 디자인 취향을 낮추든 하게 하라고 했잖아! 이것도 맞춰주고 저것도 맞춰주고. 황희 정승이야? 장사 하루 이틀 해?"

"하지만 사장님, 이 견적대로 해도 저희 수익이 40퍼센트 이상 나는데요……."

—인생은 한 방이야.

트로트 가수의 목소리가 또렷하게 제영의 귀를 파고들었다. 등골이 오싹했다. 제영은 재빨리 시간을 확인했다.

"민 과장, 왜 그래? 왜 말을 하다 말아?"

3시 24분. 자신이 죽음을 본 시각이었다. 시계를 확인한 후 돌아 나가려다가 창문 너머로 사장을 발견했었다. 반사적으로 창 너머를 보았다. 그리고 거기에 서 있는 한 남자를 발견했다.

"참나, 어디 아프다더니 진짜로 정신이 빠졌구만. 암튼 이번은 결재해줄 테니까 다음부터는 조율 좀 잘하라고."

사장은 볼펜을 들어 사인을 하기 시작했다. 하지만 제영의 관심사는 더이상 사장이 아니었다. 창 너머의 저 남자. 고개를 숙인 채 누가 박아놓은 말뚝처럼 서 있는 남자. 주변을 두리번거리지도 않는 것을 보아 어디를 찾는 것도, 누군가를 기다리는 것도 아니었다. 꽉 쥔 주먹이 또렷이 보였다.

끼이이익.

소름 끼치는 파열음이 들려왔다. 동시에, 사인을 하던 사장의 손이 우뚝 멈췄다. 그것이 제영의 마음에 남았다. 순간적으로 고개를 드는 사장의 눈과 마주쳤다. 사장은 시선을 내렸다.

그때였다.

쾅!

육중한 것이 떨어지는 소리와 함께 몇 사람의 날카로운 비명이 들렸다. 놀란 사장이 벌떡 일어서 뒤를 돌아다보았다. 제영이 선 곳에서는 도로가 훤히 보여야 했지만 사장의 등에 가렸다. 제영은 홀린 듯 사장의 책상 옆을 지나쳐 창에 붙었다.

조금 전 남자가 서 있던 자리에 커다란 간판이 떨어져 있었다. 사람들이 몰려들었다. 누군가는 신고를 했다. 누군가는 입을 가리고 발을 굴렀다. 남자 몇 명이 달려와 간판을 들어 치웠다. 제영은 차마 볼 수 없어 눈을 질끈 감았다.

다시 눈을 떠올렸을 때는, 모든 장면이 그가 본 그대로 재현되고 있었다. 참혹한 현장, 부서진 생명, 흘러내린 피와 한때는 인간의 육신 중 하나였을 끔찍한 조각들. 납작하게 깔린 인간의 기이하게 꺾인 양팔과 목을 뚫고 나온 뼈. 쩍 벌린 입. 다른 점이라면 죽은 사람이 사장이 아니라는 것뿐이었다.

이게 어떻게 된 것인가. 모든 것은 자신이 본 대로 이루어졌다. 그러나 그 대상이 바뀌었다. 지난번 노숙인 사망 사건 때도 그랬고, 지금도 그랬다. 여기에는 어떤 이유가, 어떤 법칙이 있는 걸까. 누군가의 죽음을 보는 것은 그대로지만 자신이 아는 얼굴로 대입되었을 뿐, 사실은 타자의 죽음을 보게 된 것일까.

제영은 혼란스러운 기분으로 뒷걸음질을 쳤다. 돌아서던 그는 반사적으로 고개를 돌리다 사장의 표정을 보고 걸음을 멈추었다. 소름이 온몸의 신경 줄을 타고 올라왔다.

사장이 웃고 있었다. 창밖의 잔혹한 현장에서 눈을 떼지도 못한 채. 그 미소에는 알 수 없는 안도와 쾌감과 찰나의 죄책감, 색을 알 수 없는 비밀이 뒤섞여 있었다.

—1월 17일, '달리는 오후의 라디오' 윤석민이 함께하고 있습니다.

운명이 어긋나기 시작했다.

밤을 꼬박 새워, 새벽 어스름이 천장을 가를 때쯤 그런 결론에 이르렀다. 그것이 언제부터인지는 알지 못했다. 육 년 전부터 아예 모든 이와 연락을 끊었다. 간혹 죽음을 보기는 했지만 확인하려 들지 않았다. 그냥 이 순간에도 어딘가에서 꺼져가는 생명처럼, 그들도 갈 뿐이라고, 단지 다른 것은 자신이 그들의 죽음을 미리 아는 것뿐이라고 생각하려 했다. 죽었다는 소식을 들어도 그 죽음이 자신이 본 것과 동일한지 확인하려 들지 않았다. 생의 운명은 바꾸어도 사의 운명은 바꿀 수 없다. 그 법칙은 언제나 유효했기 때문이다. 하지만 이제 그것에 대한 확신이 깨지기 시작했다.

정확히 알 수 있는 것은 지난번 노숙인 사망 사건뿐이다. 자신이 본 그대로의 모습으로 죽었다. 장소와 시간도 같았다. 그러나 대상과 사인이 달랐다. 제영은 바닥에 누워 천장을 응시하다 벌떡 일어나 휴대폰을 들었다.

노숙인, 저체온증, 영인. 세 단어를 입력하자 바로 그가 찾고 있는 기사가 떴다. 경찰이 사건을 종결짓겠다고 발표한 뒤의 후속 보도였다. 차분히 읽어내려가자 사망 원인을 다룬 부분이 나왔다. 자살이라고 판단된다는 것은 이전에 본 것들과 마찬가지였다. 하지만 한 줄의 기사가 그의 눈길을 사로잡았다.

……등으로 미뤄 경찰은 자살에 무게를 두고 있다. 그러나 주변 노숙인들은 그가 근래 가족들과의 왕래로 노숙 생활을 접고 미래를 계획하고 있었다며 자살할 이유가 없다고 말해 사망 경위에 대한 추가 조사가 필요할 것으로 사료된다.

그러나 결국은 단순 자살로 결론지어졌다. 이후 경찰의 보도 자료를 인용한 기사로 확실해졌다. 가족들은 법적인 가족관계의 정리를 위해 만났을 뿐, 왕래를 한 것은 아니라고 했다. 그가 계획하던 가족의 미래 속에 자신은 없었던 것인지도 모른다. 어쨌든 엄동설한에 스스로 물을 덮어쓴 것만은 확실했다.

마음에 걸리는 것은 따로 있다. 사장이 죽어야 할 자리에 선 남자의 움켜쥔 두 주먹. 푹 숙인 고개. 간판이 떨어질 때 그는 아무것도 몰랐을까. 그것은 알 수 없다. 그러나 확실한 것은 하나 있다.

그 웃음. 사장은 분명 그의 죽음에 안도하고 기뻐했다.

—……좋은 일이라고 하니 나도 기쁘네. 일단 절반만 전달하지. 그쪽에 먼저 전해주게. 나머지는…….

그것은 정말 기부에 대한 얘기였을까. 사장이 그럴 사람이 아니라는 것은 누구보다 잘 알고 있다. 그래서 그 통화를 들었을 때 적잖이 놀란 것이다. 만약 그 전화가 기부와 관련된 것이 아니었다면 무엇일까. 좋은 일이란, 전달된 절반은 무엇이고 전달받은 것은 누구인가. 그리고 나머지는, 누구에게로 향하는가. 만약 그것이 그가 쉽게 떠올릴 수 있는 돈이라면, 거래의 대가는 무엇이었나.

힌트를 쥐고 있는 것은 사장뿐이었다.

5

"어때요?"

제영은 휴대폰에 도착한 메시지 속의 사진을 흘끗 보고는 고개를 내저었다. 제영이 내미는 휴대폰을 돌려받으며 천 주임이 물었다. 남의 집 담벼락을 타고 오르는 장난꾸러기처럼 양팔을 파티션 위에 올려놓고 호기심이 가득 찬 눈을 반짝였다.

"뻔하죠, 뭐."

천 주임도 예상했다는 표정이었지만, 한숨을 푹 내쉬었다.

"말을 잘 알아들으려나 모르겠어요."

"잘 못 알아들어도 어쩔 수 없죠. 제가 말할게요."

기다렸다는 듯 천 주임의 표정이 밝아졌다.

기술적인 문제가 아니라면 상담의 대부분은 천 주임이 하고 있다. 주된 일은 경리 업무이지만, 사무실에서 사용하는 물건 구매와 운영 실무, 전화 상담과 민원 응대까지 전반적으로 하고 있는 멀티 플레이어인 셈이다. 인테리어와 관련된 디자인은 디자인팀에서 하지만 실제 시공은 하청 업체가 맡는다. 그래서 시공에서 발생한 문제는 딱히 담당자가 없다. 결국 대부분의 공사 후 민원에 대해서는 천 주임이 상대한다. 시공업자와 통화하여 문제를 해결하기도 한다.

오늘 천 주임의 머리를 아프게 한 것은 리모델링을 진행한 고객의 컴플레인이었다. 세면대에 균열이 생겼다는 것이다. 천 주임은 즉시 해당 고객의 인테리어 내역을 찾아 확인했다. 제품 자체가 급수로 따지면 한없이 하급이었기 때문에 천 주임은 자기도 모르게 움찔했다. 고객이 '적당한' 가격대의 리모델링을 원할 경우, 사장은 '적당히' 남겨 먹기 위해 자재를 싼 것으로 책정해야 한다는, 어디 가서 말도 할 수 없는 경영 철학을 가지고 있었다. 역시나 이 집도 싼 제품으로 '적당히' 리모델링을 해주었는데, 문제가 나온 것이다.

천 주임은 일단 사진을 찍어 보내달라고 했다. 곧바로 도착한 사진을 제영에게로 가지고 왔다. 외양으로는 '상의'의 형식을 취했지만, 실상 민원을 떠맡기려는 의도다. 혼자 고생하는 것이 안쓰러워 이전에도 몇 번 도와준 경험이 있기 때문이기도 하지만 이유는 그것뿐만이 아님을 잘 알고 있다. 만만하게 생각하는 것이다. 자기 고집이 강하고 나이가 많은 다른 직원들보다 더 다루기 쉽기 때문이다.

언젠가 천 주임은 제영이 편하다고 한 적이 있었다. 제영은 웃으면서 생각했다.

'내가 편한 것이 아니라 이용하기 편한 거겠지.'

속으로는 그렇게 생각하지만 겉으로는 말하지 않는다. 괜한 말싸움이 생겨봐야 피곤하기만 하다. 차라리 고객이라면 다시 안 보면 그만이다. 한번 고객은 영원한 고객이라는 말은 더 샘 인테리어의 영원을 빌지 않는 제영과는 상관없다. 하지만 천 주임은 다르다. 한번 삐지면 내내 피곤하게 군다. 그만둘 생각이 아니라면 괜한 에너지 소모는 불필요하다. 먹지도 못하는데.

고객이 보내준 사진 속 세면대에는 꽤 긴 흠집이 오른쪽에서 왼쪽으로 길게 나 있었다. 90년대 유행한 영화 속 조폭 얼굴에 난 흉터 같았다. 싸움의 여지가 되는 부분은 흉터가 검은색에 가깝다는 것이다. 고객이 주문한 세면대는 흔한 백색이었다. 그러므로 흠집이 난 이후에도 상당 기간 그대로 사용했다고 볼 수 있다. 흠집에 먼지나 물때 같은 것이 쌓였다는 뜻이다. 그렇기 때문에 이것은 생활 흠집이고, 갑자기 난 균열이 아니라고 주장할 여지가 있었다.

"전화번호 저한테 넘겨주세요."

"역시 민 과장님밖에 없어요."

투스텝이라도 할 것 같은 모양새로 펄쩍 뛰어오르며 천 주임이 자신의 자리로 향했다. 그녀가 메모지에 전화번호를 적는 사이, 사무실의 문이 열리며 디자인팀 신 차장이 들어왔다.

"오늘 회식! 다들 약속 잡지 마."

그 말끝에 지체 없이 영업팀 강 부장이 외쳤다.

"난 오늘 장모님 제사."

메모를 가지고 오던 천 주임이 비웃었다.

"장모님 제사 올 초에 한 번 하셨거든요? 저는 조카 돌잔치요."

"무슨 돌잔치를 밤에 해?"

"요즘엔 그게 트렌드래요."

직원들은 회식을 좋아하지 않았다. 사장이 동석한 술자리는 업무의 연장이라는 평범한 스트레스의 문제가 아니었다. 남의 돈이 내 돈이며 남의 입에 들어가는 돈이 제일 아까운 사람이니만큼, 사장의 주문은 항상 직원들을 부끄럽게 했다. 닭갈비집에서는 고기 3인분에 공깃밥 다섯 개를 볶아 양념값도 안 나오겠다는 핀잔을 들었고, 삼겹살집에서는 고기보다 김치를 더 굽게 했다. 고기를 먹었는데도 입은 전혀 기름지지 않았다.

그럴 거면 차라리 회식을 하지 않으면 좋겠지만, 사장은 그렇게 행동하는 한편으로 인정 욕구를 가지고 있었다. 내가 직원들을 위해 이런 자리를 마련했다, 밥 한번 먹여줬다, 으스대고 싶은 것이다. 그러니 회식 얘기가 나올 때마다 직원들이 빈정대는 것도 무리는 아니다.

두 사람이 만담을 하듯 말을 주고받는 동안 제영은 다른 생각에 빠졌다. 그러다 강 부장에게 물었다.

"사장님 나오셨어요?"

강 부장이 제영을 향해 가볍게 고개를 한 번 끄덕인 후 말했다.

"걱정들 마셔. 오늘 사장님은 불참!"

그는 뭔가를 꺼내 내밀었다. 강 부장의 검지와 중지 사이에 파란색 카드 한 장이 껴 있었다. 사장의 카드다. 다른 직원들의 눈이 휘둥그레졌다. 천 주임의 입이 살짝 벌어졌다.

"웬일이래요? 천지가 개벽을 했나?"

"다시 태어났나?"

다시 태어났다는 얘기는 죽었다는 것을 전제로 한다. 그러나 사장은 죽지 않았다. 업무 때문에 잠시 존재를 감췄던 의구심이 고개를 들었다. 제영은 일어나 사무실 밖으로 나왔다. 문을 닫는 동안에도 다른 직원들은 오늘 해가 어디에서 떴느냐며 열띤 토론을 펼치고 있었다.

복도로 나온 제영은 사장실 앞에서 걸음을 멈췄다. 주변을 둘러보고는 사장실 앞에 바짝 붙어 섰지만 안에서는 별다른 소리가 들려오지 않았다. 그날 제영은 몇 번씩 그런 무의미한 행동을 반복했다. 가끔 사장실 안에서는 헛기침 소리가 들려오기도 했고, 발을 끄는 특유의 걸음 소리가 들리기도 했지만, 그가 확인한 것은 사장이 무사하다는 것뿐이었다.

사장이 없는 회식 자리는 모처럼 활기를 띠었다. 잠깐의 고요도 허락하지 않고 주제가 쉴 새 없이 급변하며 대화와 웃음이 이어져나갔다. 가장 많이 호응을 받는 주제는 단연 사장과 관련된 것이었다.

"제일 싫은 게 뭔지 아세요? 밥 다 먹고 나서 꼭 한 명씩 돌아가면서 오늘 어땠는지 얘기하라는 거."

"맞아, 맞아!"

천 주임의 말에 신 차장이 박수를 쳤다. 강 부장은 불쾌해진 얼굴로 테이블을 치며 화답했다. 신 차장과 강 부장도 서로 질세라 사장을 성토했다. 그동안 쌓인 게 많았던 모양이다. 깊어지는 이야기와 비례하여 목소리가 커져 옆자리 테이블의 날카로운 눈빛을 받기도 했지만 닭갈비집 주인은 그들을 온화하게 대했다. 다섯 명이 와서 3인분만 시키던 팀이 네 명이 와서 6인분을 시킨 것도 모자라 앉은자리에서 맥주 열 병을 비우고 있으니 꽤 수익이 높았기 때문이다.

그렇게 그날의 회식이 끝났으면 모두에게 해피엔딩이었을 터다. 기분이 좋아진 직원들은 다음 날 출근해 어느 때보다 열심히 일했을 것이고, 감사 인사로 사장의 인정 욕구를 채워줬을 것이다. 그러나 사장은 그런 걸 기다리는 사람이 아니었다. 떼인 돈을 받으러 온 사람처럼 기세당당하게 닭갈비집 문을 넘었다. 만지는 순간 모든 것을 황금으로 굳혀버리는 미다스보다 사장이 월등했다. 사장은 등장만으로도 모두를 굳게 만들었다.

"재밌게들 놀고 있구만."

직원들은 어안이 벙벙한 얼굴로 엉거주춤 자리에서 일어났다. 자연스럽게 다가온 사장이 당연하다는 듯 상석을 차지했다. 자리를 빼앗긴 강 부장이 훈련이라도 받은 사람처럼 자신의 수저와 물컵을 치우고 새것으로 세팅했다.

사장은 자리에 앉으며 물 흐르는 듯한 동작으로 테이블 위에 올려져 있던 계산서를 집어 눈으로 훑었다. 순간 코를 찡긋하는 것을 모두가 보았다.

"내가 분위기 깬 건 아니지? 무슨 얘기들 하고 있었나?"

네 얘기.

그렇게 대답할 수 없는 모두가 어색한 웃음으로 대답을 대신했다.

당연하다는 듯 아무도 추가 주문을 하지 않았다. 천 주임이 쌓인 맥주병을 슬쩍 테이블 밑으로 숨겼다. 이미 사장이 계산서를 봤기 때문에 아무 소용 없는 행동이었다. 웬일인지 사장은 싫은 티를 내지 않았다. 하지만 인간은 쉽게 바뀌지 않는다. 결국 그 시간이 왔다.

"맛있게들 먹었나? 오늘 어땠는지 각자 말해볼까?"

정사가 끝난 후 매번 '좋았어?' 하고 묻는 남자가 최악으로 뽑혔다는 설문을 본 적이 있었다. 하지만 그보다 훨씬 심한 남자가 여기 있다고 말해주고 싶었다. 제영은 히죽 웃는 사장과 눈을 마주치지 않기 위해 괜스레 사이다가 반쯤 담긴 유리잔을 만지작거렸다. 밥을 먹지 않은 그로서는, 사이다 한 병 얻어먹고 감사 인사를 쏟아낼 바에야 면전에 사이다값을 던져주는 게 나았다.

"음……."

곤란한 얼굴로 강 부장이 입을 여는 순간이었다. 그를 구해주기라도 하듯 휴대폰 벨 소리가 울렸다. 테이블에 놓여 있던 사장의 휴대폰 액정이 밝아졌다. 모두가 그랬던 것처럼 제영의 눈도 무심결에 그쪽으로 향했다. 사장의 옆에 앉아 있었기 때문에 발신자 저장명이 바로 보였다.

'중개인?'

사장이 휴대폰을 잡았다. 그러나 웬일인지 전화를 바로 받지는 않았다. 사장은 휴대폰을 쥔 채로 직원들에게 웃으며 말했다.

"정리들 하고 있어."

벌떡 일어난 사장은 가게에 비치되어 있던 슬리퍼를 꿰어 신고 밖으로 나갔다. 특별한 이유도 없이 제영은 왠지 신경이 쓰였다. 발신자를 확인한 사장의 표정에서 순간적으로 긴장감이 읽혔기 때문이다. 기분 탓일지도 모른다.

천 주임이 한숨을 쉬었다.

"가지 말고 기다리라는 얘기네."

제영이 사장이 나간 문 쪽을 보다가 천 주임에게 물었다.

"사장님, 건물이라도 샀어요?"

"응? 전 모르는 얘긴데요?"

사장의 모든 금전 흐름은 천 주임이 꿰고 있었다. 큰 회사들과 달라서, 더 샘 인테리어 사장의 월급은 따로 있지 않다. 회삿돈이 사장의 돈이다. 큰돈이 필요할 때면 천 주임에게 지시를 내렸다. 중개인이라는 단어에서 떠오르는 것은 부동산이 고작이었다. 만약 사장이 진행한 부동산 거래가 있다면 천 주임이 모를 리 없었다.

"그러고 보니 얼마 전에 목돈 좀 가져가긴 했어요."

"얼마나요?"

"오천. 전원주택 사업을 하네 마네 하더니 땅 샀나 보지. 부동산에 입금하던데."

제영은 잠시 생각하다가 이내 자리에서 일어났다.

"어디 가?"

신 차장이 그를 올려다보았다.

"잠깐 바람 쐬고 오려고요."

"술도 안 마신 사람이 무슨 바람? 설마 도망가려는 거 아니지?"

"아니에요."

"우리 한배 탄 거다. 도망가면 뒤끝 길다."

"충분히 알죠."

제영은 씩 웃어준 뒤 가게 밖으로 나왔다. 주변을 둘러보았지만 사장의 모습은 없었다. 화장실은 왼쪽이라는 표시가 보였다. 제영은 오른쪽으로 꺾었다. 벨이 계속 울리고 있는 휴대폰을 든 채로 자리를 피했기 때문에 다른 사람들이 들을 수 있는 화장실로 가지는 않았을 것 같았다. 사장은 직원들의 회식 자리에서도 전화가 오면 분위기를 망치든 말든 큰 소리로 통화를 하던 사람이었다.

식당의 앞마당에는 자갈이 깔려 있었다. 걸을 때마다 잘그락 소리가 났다. 제영은 식당 건물 둘레에 설치된 덱에 올랐다. 덱

끝까지 갔지만 사장은 보이지 않았다. 걸음을 돌리려 할 때 익숙한 목소리가 어둠 사이로 새어 나왔다. 제영은 덱 끝에서 고개만 내밀어보았다. 건물 뒤쪽에서 소리가 들려오고 있었다. 그쪽으로는 길이 없었다. 길이 없으니 사람이 올 일도 없다. 절대 들을 사람이 없을 곳에서 무슨 통화를 하는 걸까. 제영은 벽에 기댄 채로 어둠을 향해 귀를 기울였다.

"……줘! 떼먹나? ……잖아!"

차가운 공기가 사장의 목소리를 실어왔다.

'떼먹나?'

그것은 사장의 말버릇이었다. 거래처와의 통화에서 자주 저런 말을 뱉었다. 누가 떼먹냐고. 그것은 대부분 '배 째라'와 이음동의어였다. 그런 말을 창피한 줄도 모르고 하는 것이 사장이었다. 이번에는 대상이 누굴까. 왜 숨어서 저런 말을 할까.

떼먹는다, 라는 것은 결국 돈을 의미했다. 자연스레 '절반만 먼저 준다'던 얘기가 생각났다. 나머지 절반이 문제인 것 같았다. 다른 소리는 들려오지 않았다. 상황을 확인하기 위해 고개를 내밀려 할 때 사장이 어둠 속에서 튀어나왔다. 제영은 황급히 몸을 낮췄다. 하지만 그러지 않았어도 사장은 제영을 보지 못했을 것이다. 사장은 그만큼 허겁지겁 앞마당을 향해 걸음을 옮겼다. 자갈을 잘못 밟아 중심을 잃으면서도 절그럭거리는 요란한 소리를 내며 정신없이 걷고 있었다. 화가 난 듯 발을 쿵쿵 굴렀다.

제영은 다시 덱을 통해 가게 앞으로 갔다. 사장이 건물로 오기 전에 먼저 안으로 들어갈 생각이었다. 그런데 사장은 가게 쪽으로 오지 않았다. 앞마당에 주차되어 있던 자신의 고급 승용차에 달려들듯 올라탔다. 시동을 걸고 황급히 가게 앞을 빠져나갔다. 차 헤드라이트가 어둠을 갈랐다.

직원들은 가게 안에서 그를 아직 기다리고 있을 터였다. 먼저 가겠다는 말도 못 할 만큼, 직원들의 존재조차 잊을 만큼 급한 일이 뭘까. 제영은 다른 생각을 할 틈도 없이 곧장 자신의 차를 향해 뛰었다. 술을 마시지 않는 것이 이럴 때는 큰 도움이 된다.

사장이 눈치채지 못하도록 중간에 차를 두 대쯤 끼워 멀찌감치에서 뒤따랐다. 그는 마른침을 꿀꺽 삼켰다.

죽음의 굴레에서 사장이 벗어났다. 무슨 수를 쓴 것인가? 자신이 아는 법칙 안에서는 불가능했다. 아직 알지 못하는 다른 법칙이 있다는 것일까? 그렇다면 그것을 알아내야 했다. 모든 법칙을 알아야 이 지긋지긋한 운명에서 벗어날 방법을 찾을 수 있다.

사장의 차는 도심을 지나 점점 인적이 드문 시외로 향했다.

머리 위로 이정표가 지나갔다.

'하주시.'

그로부터 사십 분가량을 더 쫓아간 제영이 차를 멈춘 곳은 한 낚시터 앞이었다. 다이아몬드 모양을 그리며 쇠로 얽어 만든 철문 한쪽이 열려 있었다. 안으로는 산을 끼고 긴 길이 이어져 있었다. 차로 안쪽까지 따라 들어가고 싶었지만 눈에 띌 것이 분명했기에 차에서 내려 조심스럽게 안으로 걸어 들어갔다.

사장에게 들키면 뭐라고 설명해야 하나. 아주 짧은 순간 스친 생각은 금세 자취를 감췄다. 낚시터에 선 검은 형체 둘이 보였기 때문이다.

낚시터는 현재 운영되지 않는 모양이었다. 다른 사람이 없는 것도 그렇지만, 입구부터 세워져 있는 조명이 모두 꺼져 있었다. 두 사람의 머리 위를 덮은 천막 끝이 찢어져 바람에 흩날리고 있었다. 제영은 최대한 두 사람의 가까운 곳에 있는 나무 뒤에 몸을 숨겼다.

사장으로 보이는 그림자는 몸을 앞으로 잔뜩 구부리고 있었다. 반면 맞은편의 그림자는 팔짱을 낀 채 상체를 한껏 뒤로 젖히고 있었다. 한쪽 다리에 무게중심을 옮기고, 한쪽 발끝을 세워 땅을 두드리고 있는 폼이 굉장히 여유 만만해 보였다. 사장이 갑자기 상대의 손을 덥석 잡았다.

"난 확신이 필요해!"

그렇잖아도 큰 목소리였지만, 아무도 듣고 있지 않을 거라는 확신 때문인지 마음껏 목청을 높였다. 사장에게서는 한 번도 본 적 없는 애절함이었다.

손이 잡힌 남자가 매정하게 사장의 손을 뿌리쳤다.

"그래서 내가 말했잖아요, 아저씨. 확인하고 싶으면 그냥 죽으면 된다고. 아저씨들은 이래서 안 돼. 쿨거래 요망, 몰라요?"

상대방의 표정은 보이지 않았지만 웃고 있다는 것이 여실히 느껴졌다. 누굴까? 몇 살일까? 목소리로는 그렇게 어리지도, 나이 들지도 않은 남성인 것 같았다. 많아봐야 자신의 또래일 것이다.

놓친 남자의 손이 동아줄이라도 되는 것처럼 사장이 다시 움켜쥐었다.

"대신사하는 거 봤잖아요. 아저씬 이렇게 멀쩡히 살아 있고. 더이상 나보고 어쩌라고?"

대신사? 그게 뭘까? 대신……. 순간적으로 사장의 죽음이 예정되어 있던 장소에서 같은 모습으로 죽던 남자의 모습이 떠올랐다. 대신……사. 죽음을, 대신한다?

숨을 죽인 채 지켜보던 제영은 두 사람의 목소리가 잦아들어 잘 들리지 않자 자신도 모르게 한 발짝 걸음을 디뎠다. 그 탓에 그의 발이 나무 밑에서 그대로 얼어붙어 있던 눈을 밟아 버렸다. 버석거리는 소리와 함께 제영은 나무 뒤로 다시 몸을 숨겼다. 들킨 건 아닐까 숨도 쉬지 않은 채 주시했지만 다행히도 들린 것 같지는 않았다.

두 사람의 대화가 몇 마디 더 오고갔지만 승자는 남자인 것 같았다. 결국 사장은 주머니에서 꺼낸 뭔가를 남자에게 넘겼다. 제영은 그것이 무엇인지 알 것 같았다.

'잔금.'

사장은 잠시 후 차에 올랐다. 라이트를 켠 그가 차머리를 돌릴 때 들키지 않으려 몸을 낮췄다. 사장의 차는 낚시터를 빠져나갔다. 자, 다음은 남자의 차례다. 그런데 인기척이 없었다. 제영은 앉은 채로 살짝 고개만 빼 조금 전까지 두 사람이 있던 곳을 보았다. 아무도 없었다. 혹시 사장과 같이 나간 걸까? 하는 생각과 함께 고개를 돌린 순간, 그는 경악했다. 남자가 어느새 자신의 바로 앞까지 와 있었기 때문이다.

어둠 속에서도 여실히 빛나는 서늘한 눈동자를 올려다보는 제영의 심장이 견딜 수 없이 두방망이질 쳤다. 그러나 그는 주먹을 움켜쥐었다.

"사장이, 이부원 사장이 어떻게 죽지 않았지?"

그 물음에 남자의 눈이 놀란 듯 커졌다. 그러나 곧 눈매가 가늘어졌다. 비죽 웃는 입술 사이로 허연 이가 드러났다.

그가 말했다.

"너도 보이는구나?"

6

아이의 아버지는 무능하고 폭력적이었다. 아이의 아버지가 청년이었을 시절에는 돈을 벌어 오지 않고 방구석에 앉아 술을 퍼마시는 아버지들의 사연이 넘쳐났다. 그래서 어떤 사람들은 아이가 아버지 이야기를 하면 전형적이고 구태의연한 사연 중 하나로 치부했다. 하지만 사업이 망하거나, 병이 들거나, 부당한 해고를 당해 그렇게 된 사람들과 아버지는 조금 달랐다.

아이의 아버지는 교육자 집안에서 태어났다. 그의 형제가 그랬던 것처럼 자신도 서울의 유명 대학에 들어가 의사가 되거나 선생이 될 거라고 생각했던 아버지의 바람은 중학교 때 이미 무너졌다. 아이의 아버지는 일등이 되지 못했고, '성적은 우수한 편에 속한다'라는 선생님의 말은 위로로밖에 들리지 않았다. 가

문의 수치. 가족들은 입으로 말하지 않을 뿐 눈으로 그렇게 말했고, 아이의 아버지는 듣지 않았을 뿐 그렇게 들었다.

'제대로 보여주겠다.'

몰래 집을 팔아 시작했던 사업은 일 년을 넘기지 못하고 좌초됐다. 구제 불능 쓰레기. 그 말을 마지막으로 가족과의 연을 끊었다. 그랬던 아버지가 어떻게 어머니를 만나 또 다른 가족을 만들었는지에 대해서 아이는 들은 적이 없었다.

아버지는 수십 군데에 이력서를 냈지만, 채용된 곳은 단 한 곳도 없었다. 보다 못한 어머니가 인근에 있는 공장 일을 알아왔지만 날아든 것은 주먹뿐이었다. 아이가 생각할 때 그날이 문제의 시작이었다.

어디에서도 인정받을 수 없다는 좌절이 폭력으로 변질됐다. 처음 폭력을 저질렀을 때는 좀 당황했을지도 모른다. 그런데 아내가 입을 다문다. 집 안에서만은 군림할 수 있다고 본능적으로 깨달았을 것이다. 무능한 아버지가 가지고 있었던 유일한 것은 폭력이었다.

아버지는 결국 연고도 없는 지방으로 이사를 했다. 그곳의 화학 공장 연구실에 취직이 된 모양이었다. 이사를 내려갈 때 아이는 세 살이었다.

처음엔 모든 가족이 안정이 된 듯 보였다. 아버지는 돈을 벌어 왔고 어머니를 더이상 때리지 않았다. 시간이 흘러 아이도 학교를 다니기 시작했다. 하지만 신은 행복이 아니라 안정마저도 그들에게 주고 싶지 않은 것 같았다.

아버지의 화학 공장에서 사고가 있었다. 조사반은 사고의 책임을 아버지에게로 몰았다. 다친 사람이 많았기에 13년 형을 선고받았다. 집은 풍비박산이 났다. 그때는 몰랐으나 성장한 후에 피해자들의 피해 보상 소송이 잇따랐다는 것을 알게 되었다. 아버지는 끝까지 그 사건이 아이가 일으킨 것이라고 말하지 않았다. 아이를 구하기 위해 동네 사람들을 사지로 몰아넣었던 것에 입을 다물었다.

대신 아버지는 아이를 원망했다. 자신의 신세를 아이가 망쳐 놓은 것이라고 생각했고, 그 분노는 아이에게서 아이의 어머니에게로, 그리고 세상으로 이어져나갔다. 아버지에게 이유 없이 맞던 어느 날은 이러려면 차라리 자신을 구하지 말지, 하고 생각하기도 했다.

아이가 열 살이 되던 해에 어머니가 집을 나갔다. 그런 어머니를 이해했고, 증오했다. 늘 한탄하던 자신의 신세를 벗어던지는 것까지는 할 수 있었어도, 그걸 물려주지는 말았어야 했다.

아이에게는 누나가 있었다. 다섯 살이나 위의 누나였다. 어머니의 신세를 누나가 물려받았다. 누나는 어머니가 다니던 공장에서 일을 하기 시작했다. 그사이 아이는 성장했고, 그만큼이나 빠른 속도로 아버지가 출소했다. 스물여섯이던 누나가 어머니 대신 아버지의 매질을 견뎠고, 벌어 온 돈으로 술값을 댔다.

그즈음, 스물한 살 청년이 된 아이는 이상한 행동을 보였다. 밥을 먹다 말고 어지러운 듯 바닥에 푹 고꾸라지더니 고개를 들고 놀란 누나에게 벙긋 웃어 보였다.

"죽었어."

무슨 소리냐고 물었지만 청년이 된 아이는 속이 시원한 듯 웃었다. 더이상의 말은 없었기에 그냥 꿈을 꿨나 보다고 누나는 생각했다. 아버지처럼 미치지만 않은 거라면 다행이었다.

해가 바뀌었다. 아이는 학교에서 진행하는 문예 공모전에서 금상을 탔고, 아이의 누나는 여전히 맞았다. 그날 저녁 핏줄이 터져 새빨개진 눈으로 밥상을 차려준 누나는 밥을 먹던 아이의 눈이 희번덕 뒤로 넘어가는 것을 보고 기절하는 줄 알았다. 금세 눈을 뜬 아이는 찬물을 끼얹으려는 누나의 손을 막고 말했다.

"이장님이 죽네. 소가 들이받았어."

누나는 아이가 이상하다고 생각했다. 그냥 그렇게만 생각하고 넘어갔다. 아이를 유심히 지켜보기에는 삶이 너무 고단했고, 바빴다. 일주일도 지나지 않아 아이의 누나에게 일거리가 들어왔다.

이장님의 장례식 도우미 일이었다. 여물을 주던 이장님을 황소가 들이받았다고 했다.

누나는 아이에게 물었다. 이장님이 죽는 걸 어떻게 알았냐고. 아이는 대답했다.

"봤어."

처음이 아니라고 했다. 누나는 순간적으로 아이가 한 해 전에 했던 말을 떠올렸다. '죽었다'라고만 말하고 벙긋 웃던 동생의 모습이 이제야 심상치 않게 느껴졌다. 누나는 그때의 일을 물어봤다. 혹시 그때는 누가 죽는 걸 봤냐고. 동생이 대답했다.

"엄마."

누나는 그길로 나가 저녁때 돌아왔다. 누나가 무엇을 확인하고 왔는지 아이는 알지 못했다.

그후로 청년이 된 아이는 아주 오랜 시간 동안 '죽음'을 보지 못했다. 아이는 많은 죽음을 보고 싶었다. 아무도 모르는 것을 미리 안다는 것은 묘한 기분을 느끼게 했다. 하지만 그러기에 아이의 세상은 너무 좁았다. 아이의 주위에 있던 몇 안 되는 사람들은 어리거나, 지나치게 건강했다. 아이가 세 번째로 죽음을 본 것은 좀더 오랜 시간이 흐른 뒤였다.

아이가 스물세 살이 되었을 때였다. 그 죽음을 본 순간 아이는 너무 기뻐 한동안 방바닥에 벌러덩 드러누운 채 가쁜 숨을 몰아쉬었다. 그리고 누나에게 전화했다.

"드디어, 아버지가 죽는다."

아버지의 발목을 잡는 건 평생을 고생시킨 고혈압이나 당뇨가 아니었다. 교통사고였다. 아버지는 121번 버스에 깔려 죽는다. 배가 툭 터져서 땅 위로 내장이 흘러내릴 것이었다. 아버지에게 몹시 합당한 죽음으로 여겨졌다.

아쉽게도 아버지가 언제 죽을지 알 수는 없었다. 알 수 있다면 현장에서 기다리고 싶었다. 그럴 수 없다는 것은 서운했지만 그래도 아버지의 죽음은 결정되어 있고, 그 결정은 뒤바뀌지 않으리라는 것을 아이는 알고 있었다. 며칠 뒤 집으로 경찰이 전화를 걸어왔다. 전화를 받은 아이는 이해할 수 없는 기분이었다.

121번 버스에 깔려 죽은 것은 누나였다.

슬퍼하지 마. 누나는 어차피 죽을 거였어.

배가 툭 터져 내장이 땅 위로 흘러내린 누나의 주머니에서 발견된 편지는 그 두 문장 말고는 읽을 수가 없을 정도로 피에 젖어버렸다.

"하필 개통식에서."

장례에 참석한 버스회사 관계자들 사이에서 그 말이 들렸다. 버스회사의 사장인지 임원인지는 알 수 없었다. 어젯밤 찾아와 아버지의 주머니에 흰 봉투를 찔러 넣던 때의 표정과는 달랐다. 화장실에서는 오줌처럼 배설해내면 아무도 모르게 흘러 사라질 거라고 생각하는 것 같았다. 안에 아무도 없으니 문밖에도 듣는 귀가 없을 거라고 생각하는 멍청이들이었다. 그들은 마치 잘못 제비를 뽑아 청소를 맡게 된 어린아이처럼 불만을 터뜨렸다.

그 말을 들었을 때 아이는 그다지 화가 나지 않았다. 다만 그제야 자신의 실수를 깨달았다. 아이가 본 121번 버스는 원래 운행되던 노선이 아니었다. 일을 다니느라 버스를 자주 탔던 누나는 121번 버스에 대한 이야기를 들었을 때 죽음의 시간을 알았을 것이었다.

그 이후 엄마에게서 물려받은 누나의 신세는 아이의 몫이 되었다. 아버지는 오랜 시간을 살았다. 아버지는 죽음조차 가지지 못한 무능한 인간이었다.

누나의 죽음 덕에 더없이 소중한 사실을 알았다. 아이가 본 죽음의 대상은 누군가 그 운명을 대신하여 죽는다면 죽음을 피할 수 있다는 사실이었다. 아이는 그것을 '대신사'라고 불렀다.

그리고 대신사를 이용해, 무능하게 살지 않겠다고 다짐했다.

"말도 안 돼."

고개를 저으며 말했지만 그건 사실 제영의 바람에 가까웠다. 그는 이미 진실을 일부 알고 있었다. 사장은 죽어야 했지만 죽지 않았다. 그리고 그 시간 그 장소에서 다른 사람이 죽음을 맞는 것을 보았다.

대신사. 다른 사람이 대신 죽으면 죽음의 운명을 피할 수 있다.

세 번째 법칙이었다.

하얗게 질린 제영을 아이는, 아니, 남자는 이죽거리는 시선으로 보았다.

"너도 보이는구나?"

그렇게 말한 남자는 제영을 가만히 응시했다. 뭔가를 알아내려 한다는 것보다는 경매에 참여한 사람의 흥미에 가까운 눈빛이었다. 검은 머리, 매서운 눈, 얄팍한 입술. 190센티미터에 가까운 키에서 위압적인 분위기가 뿜어져 나왔다. 제영은 이제 어떻게 해야 할지, 그리고 이 남자가 자신을 어떻게 할지 아무것도 알 수 없었다.

먼저 자신의 이야기를 시작한 것은 남자였다. 죽음을 대신할 수 있다는 것을 알게 된 경위에 대해. 무슨 의도로 그것들을 가감 없이 이야기하는지 제영은 생각하지 못했다. 무서울 정도로 놀라운 이야기를 현실감 없이 듣고 있는 것만도 고작이었다. 그러나 남자가 이야기를 마무리할 무렵 떠오른 생각은 제영의 몸을 덜덜 떨리게 했다.

남자가 사장에게 돈을 받고 대신사를 시켰다는 것은 확실하다. 그렇다면 문제는 그 돈의 규모다. 목숨을 얼마로 환산할 수 있을까? 천 주임은 사장이 오천을 가져갔다고 했다. 그것이 계약금이든 그들이 말하는 잔금이든 간에 대신사를 조건으로 받기로 한 총액의 일부라는 것이다. 남자는 대신사로 거액을 받는다. 돈과 인간의 매개는 욕심이고, 욕심은 사력을 다해 인간을 놓지 않는다. 인간 역시 그럴 의지가 없으므로 인간과 욕심은 평생을 공생한다.

비밀을 들려준다는 것은 상대가 자신에게 그 어떤 피해도 끼치지 않을 거라는 확신이 있어서다. 하지만 그는 제영에 대해 아무것도 알지 못한다. 확신을 기반할 믿음 같은 것은 존재하지 않는다고 봐도 좋을 것이다. 그런 사람에게 이야기할 이유는 단 하나다. 상대가 자신의 비밀을 어디에도 발설하지 않을 거라는 확신. 아니, 발설하지 못하게 할 수 있을 거라는 자신.

'이자는 나를 죽이려는 생각이다.'

차는 저 멀리 떨어져 있다. 여기서는 보이지도 않는다. 주변은 깜깜하다. 힘껏 뛰어간다고 해도 무사히 차에 오를 가능성은 없었다. 제대로 된 음식을 먹은 지 사흘도 넘었다. 벌써 다리가 후들거리고 있다. 공포 때문인지 저혈당 때문인지 알 수 없을 뿐이다. 뛰어본 게 언제인지 기억도 가물가물하다. 게다가 저 긴 다리로 성큼성큼 따라오면 십 초도 지나지 않아 자신의 목을 낚아챌 수 있을 것이다. 몸싸움을 벌여도 승패는 확실하다. 그렇다면 무기, 벽돌이라도 손에 쥔다면 살아남을 수 있을까?

"같이 할래?"

눈만 내리깔고 주변을 훑던 제영은 자신도 모르게 고개를 퍼뜩 들었다. 휘둥그레진 눈으로 남자의 얼굴을 똑바로 보았다. 눈을 껌벅거리는 제영의 얼굴을 보며 남자는 벙긋 웃었다. 냉혹한 살인자의 표정에서 설핏 소년의 모습이 보였다. 그 천진함이 더 소름 끼쳤다.

"뭐라는 거야."

제영의 목소리가 떨렸다. 남자는 기지개를 켰다.

"네가 할 일은 별로 없어. 그냥 열심히 밥을 먹고 보인 것만 말하면 돼. 나머지는 내가 알아서 할게. 난 중개인이라고 불려. 죽음을 중개하는 자."

"무슨 말도 안 되는……."

"안 그래도 한계를 느끼고 있었거든. 아무리 매일 뉴스를 본다고 해도 너무 한정적이야."

첫 번째 법칙. 보이는 대상은 자신이 얼굴을 아는 사람이다.

그러니 아는 사람을 더 늘리기 위해 뉴스를 본다는 얘기였다. 하지만 아는 얼굴이 모두 죽음을 앞둔 것은 아니기에 자신이 보는 것만으로는 만족하지 못한다. 제영이 합류하면 죽음을 보는 횟수가 늘어나고, 돈도 늘어난다.

제영은 믿을 수 없었다. 남자는 지금 자신이 무슨 말을 하고 있는 것인지 제대로 알고 있는 것일까? 남자가 하는 말은 이 낡고 어두운 낚시터에서 혼자 라면을 먹기 외로우니 함께 한 젓가락 하러 오라고 하는 부탁이 아니다. 사람의 죽음을 가지고 돈을 벌자는 이야기였다. 대체 받는 돈이 얼마이기에 사람의 목숨이 거래될 수 있다는 것인가. 무슨 생각을 하면 그게 가능한 것인가. 말도 안 되는 일이었다. 자신의 지난 시간들은 이 저주스러운 운명을 벗기 위한 전쟁이었다. 그런 자신에게 그 운명을 생업으로 삼자는 말인가? 남의 죽음으로 살아가자고?

"그런데 너, 나 어디서 본 적 없어?"

제영은 남자의 얼굴을 보았다. 처음 보는 얼굴이었다. 그런 제영의 표정을 읽었는지 남자는 어깨를 으쓱했다. 아는 얼굴인지 아닌지 상관없다는 태도다.

고목처럼 서 있는 제영의 머리부터 발끝까지를 훑어보던 남자가 악질적인 장난을 하는 어린아이라도 된 것처럼 제영의 티셔츠를 쓱 들었다. 그 아래로 움푹 들어간 배가 드러났다. 남자는 휘파람을 불었다.

"쓸데없는 짓을 하고 사네. 왜 하늘이 준 재능을 안 쓰는 거야? 교회 안 다녀?"

제영은 남자의 손을 거칠게 뿌리쳤다.

"재능? 재능이라고? 남의 죽음을 엿보기나 하는 게 재능? 그걸로 돈을 벌어 먹고산다고? 그렇게 살려면 차라리 죽는 게 나아, 이 버러지야!"

"뭐?"

남자의 얼굴에서 웃음기가 사라졌다. 눈썹 끝이 꿈틀했다.

"기생충이라고! 남의 몸에 붙어서 피나 빨아먹고 사는!"

제영은 처음으로 자신이 책을 많이 읽지 않은 것을 후회했다. 지금 느끼는 혐오를 더 정확하고 날카로운 언어로 표현하고 싶었다. 기생충 같은 단어로는 자신의 분노를 반의반도 드러내지 못했다. 남자의 제안을 받아들이기에 제영은 아버지의 죽음을 너무 또렷이 기억했다. 차가운 바람, 아직 반도 녹지 않은 눈, 거리를 수놓은 불빛들. 그리고 그 거리에 산산이 부서진 아버지의 생명.

그것은 그의 목을 죄는 또 다른 사슬이었다. 그런데 그런 자신에게 또 다른 생명의 값을, 또 다른 사슬을 받아내라는 것이었다. 제영은 분노를 제대로 분출하지 못해 터질 것만 같았다.

남자는 한쪽 입술만 비쭉 끌어올렸다. 서늘한 기운이 남자의 몸을 스멀스멀 기어올랐다.

"어차피 하나가 죽는 건 마찬가지야. 그게 뭐가 나빠?"

제영은 일그러진 얼굴을 남자에게 가까이 들이댔다. 그러고는 경고하듯 나직하게 말했다.

"그렇게 당당하면 너나 해, 그 개 같은 짓!"

제영은 몸을 돌렸다. 뛰지 않고 걸었다. 이곳을 당장 떠나고 싶었다. 가까스로 억눌러 덮어놓은 기억들이 떠올라 불쾌했다. 그 기억들은 불면과 괴로움을 말했고, 죽음을 보게 했으며, 살아나려 발악하는 자신을 의식하게 했다.

남자의 우악스러운 손이 제영의 어깨를 잡아 돌렸다. 눈앞이 휘돌았다. 남자의 주먹이 날아왔다. 그것은 놀랄 만큼 커다랗게 보였다. 주먹이 얼굴에 부딪는 순간 제영은 교통사고를 당하면 이런 느낌이 들지 않을까 생각했다. 생각보다 고통스럽지 않았고 생각보다 충격적이었다. 딱 한 대뿐이었다. 적어도 제영이 본 것은 그게 마지막이었다. 제영은 그대로 기절해버렸다.

처음엔 심장이 뛰는 소리인줄 알았다. 쿵. 쿵. 쿵. 쿵. 그 소리가 조금 멀리 들려온다는 것을 깨달았을 때 제영은 눈꺼풀을 천천히 들어 올렸다. 눈앞이 혼탁했다. 자욱한 안개가 낀 것 같았다. 그 위에서 날카로운 빛들이 번쩍였다. 제영은 인상을 찡그렸다. 동시에 둔탁한 두통이 엄습했다. 눈꺼풀이 따가우면서도 묵직했다. 부풀어 올랐는지도 모른다. 그는 몇 번이고 눈을 감았다가 떴다. 점차 시야에서 안개가 걷히기 시작했다.

몸이 불편했다. 자신의 몸이 어딘가에 처박혀 구겨져 있다는 것을 깨달았다. 눈을 껌벅이며 위를 보았다. 그러고는 천천히 시선을 돌리다 승합차 안이라는 것을 알았다. 창밖에서는 촌스럽고 화려한 네온사인이 점멸하고 있었다. 영인시의 단 하나뿐인 유흥가인 것 같았다. 쿵쿵거리는 것은 숱한 저 간판 아래 어딘가의 가게에서 들려오는 음악 소리이리라.

누워 있는 공간과, 공격해 오는 통증, 점차 찾아오는 기억 덕분에 제영은 금방 자신이 맞고 기절했다는 것을 깨달았다. 그렇다면 자신을 여기에 처박은 것은 그 남자일 것이다. 왜 이곳에 데려왔는가, 날 어쩌려는 건가, 그런 생각들과 함께 눈으로 공간을 훑었다. 남자는 그의 정면에 앉아 《다이제스트》를 읽고 있었다. 표지에 실린 특집 기사의 '2021년을 빛낸 인물들'이라는 제목을 보고 기가 막혔다. 아는 얼굴을 늘리려는 생각이다. 저 기자는 자신의 기사가 어떤 용도로 사용될지는 꿈에도 모르겠지.

“깬 거 알아. 자는 척하지 말고 일어나.”

“자는 척할 이유 없어.”

제영은 기세 좋은 말과는 달리 꾸무럭거리며 일어났다. 기운이 하나도 없었던데다가 아무렇게나 처박혀 있던 탓에 몸의 여기저기가 아팠다. 살집이 있었을 때는 몰랐다. 뼈밖에 없는 몸은 누워 있는 것도 고역이다.

미친 자식, 이라고 욕을 뇌까렸다. 사람이 쓰러졌으면 병원으로 옮겼어야지. 수액이라도 맞았다면 이틀은 굶어도 살 수 있을 텐데. 맥락 없이 그런 생각들이 머리를 스쳤다.

“죽일 거야? 돈이 안 되니까?”

“살고는 싶은가 보지?”

“너한테 굽실거릴 만큼은 아냐. 중개인? 대신사? 씨발. 작명소 다니냐? 거창하게 이름 붙이면 대단한 줄 알지? 능력 같은 소리 하네. 죽어가는 사람을 살려줘야 능력이지, 죽는 사람 대신 돈 받고 다른 사람 죽이는 게 능력이냐? 범죄자지, 이 사이코패스야!”

남자가 제영의 멱살을 잡았다. 그의 힘에 끌려 제영의 엉덩이가 승합차 의자에서 떨어졌다. 그대로 남자는 팔을 휘둘러 제영의 얼굴을 유리창에 박았다. 제영은 꼼짝도 할 수 없었다. 남자의 힘은 대단했다. 그대로 얼굴이 짓이겨졌다.

"봐."

얼굴을 이렇게 뭉개놓고 뭐라는 거냐. 그렇게 말하고 싶었지만 뭉개진 건 입도 마찬가지였다.

"봐, 이 새끼야!"

제영은 간신히 눈을 떠 올렸다. 바로 정면에 한 남자가 있었다. 한겨울인데도 얄팍한 점퍼를 입고 있었다. 얼마나 거기에서 있었는지 코끝과 손이 빨갰다. 연신 입에서 허연 입김을 뿜었다. 룸살롱 앞에 서서 안을 기웃거리거나 지나가는 사람들을 초조하게 훑어보고 있었다. 그때 직장인으로 보이는 남자 두 명이 룸살롱 쪽으로 몸을 틀었다. 남자는 황급히 두 남자를 붙들고 굽은 등을 굽실거렸다. 작은 실랑이가 있었고 두 명이 안으로 들어갔다. 좌절한 듯 고개를 숙인 남자를 향해 이번에는 룸살롱 안에서 직원으로 보이는 남자가 뛰어나왔다. 조금 전 손님들이 뭔가 항의한 것인지도 모른다. 직원은 남자의 멱살을 잡아 인도로 내동댕이쳤다. 위협하듯 발을 치켜들었다. 지나가는 사람들이 흘끗거렸지만 도와주려는 사람은 없었다.

돕고 싶었지만 제영 역시 이름도 모르는 이 작자의 손아귀에서 버둥거릴 뿐이었다.

곧 웨이터가 땅에 침을 뱉고는 안으로 들어갔다. 제영의 시선에서 남자는 굽은 등을 몇 번 들썩였다. 기침을 하는 것인지 우는 것인지 알 수 없었다.

"곧 돈을 받고 대신사할 사람이다. 그 돈이 없으면, 저 룸살롱에서 몸으로 빚을 갚고 있는 딸은 섬으로 팔려 갈 거야."

제영의 커다래진 눈을 비웃듯 그가 말했다.

"지금은 들어가는 손님들한테 자기 딸을 지명하지 말아달라고 부탁하는 중이지."

7

길가에 팽개쳐진 남자는 제영이 앉아 있는 승합차 안에서도 알아볼 수 있을 정도로 온몸을 들썩이며 오열하고 있었다. 온 힘을 다해 꾹 움켜쥔 주먹이 잡고 있는 게 희망인지 절망인지 알 수 없었다. 제영은 아랫입술을 지근거렸다.

자신을 중개인이라고 칭하는 이 남자의 말을 유추해보면, 저 남자는 사채업자들에게 큰 빚을 졌다. 그래서 딸이 룸살롱에서 일하게 됐다. 그리고 이제는 팔려 갈 위험에 처해 있다. 그것은 딸이 빚을 대신해 강제로 잡혀 있다는 뜻이 아닌가. 명백한 불법이다.

제영은 주머니 속으로 손을 쑥 집어넣었다. 주머니가 텅 비어 있었다. 있어야 할 휴대폰이 만져지지 않았다. 그때 중개인이 보란 듯이 뭔가를 흔들어 보였다. 신형이지만 여기저기 긁힌 자국이 있고 심지어 액정까지 깨진 제영의 휴대폰이었다. 제영이 인상을 쓰며 낚아채려 했지만 중개인은 손을 들어 올리며 가볍게 피했다.

"경찰에 신고라도 해보시려고?"

"내놔, 이 미친 새끼야."

피 끓는 부정을 흥미롭게 보고 있는 중개인의 악취미에 욕을 하지 않고서는 견딜 수가 없었다. 중개인은 굵은 눈썹을 쓱 들어 올릴 뿐 여유로운 미소를 거두지 않았다.

"경찰이 뭘 할 수 있지? 사채업자들이 딸을 잡아가서 몸을 팔게 했다고 생각해? 아니, 그들은 그저 제안을 했을 뿐이야. 받아들인 건 딸이라고. 뭐, 제안이 좀 위협적이긴 했지만."

사채업자들은 위법과 적법의 경계를 넘나들며 가족들의 피를 말렸다. 차라리 죽는 게 낫겠다 싶을 즈음, 사채업자들이 말한다. 우리 업장에서 일하면 빚을 일부 탕감해주겠다고.

"그러니까 쉽게 말하면 심봉사 같은 거야. 딸 잘 만난 덕분에 심봉사는 눈을 뜨고, 아버지 잘못 만난 덕분에 심청이는 몸을 던지는 거지."

"닥쳐, 이 개새끼야."

저 상황을 보며 그런 말을 할 수 있는 정신 상태는 대체 뭐란 말인가. 무엇보다 자신에게 왜 이런 장면을 보여주는지 제영은 이해할 수가 없었다. 중개인은 제영이 어떤 분노를 터뜨리는지에 대해서는 전혀 관심이 없는 것 같았다. 아예 제영의 말을 안 듣고 있는지도 몰랐다.

그가 서늘한 미소를 지으며 말했다.

"난 항상 궁금했어. 만약에 입장이 바뀌었다면 심봉사는 심청이 대신 인당수에 뛰어들 수 있었을까?"

그가 뭐라는 건지 제영은 알아들을 수가 없었다. 단지 그 말을 하는 중개인의 표정이 마음에 걸렸다. 갑자기 그의 얼굴에 그늘이 내려앉았다. 아래로 내리뜬 눈은 왠지 슬퍼 보였다. 후, 하고 웃음을 뱉는 자조적인 입술, 무슨 생각에 대한 부정인지 옆으로 살짝 흔드는 고개. 다시 얼굴을 들어 창밖의 남자를 보았을 때 스쳐 지나가는 깊은 혐오. 중개인은 남자가 아닌, 다른 것을 보고 있는 것 같았다.

그때 휴대폰 벨 소리가 들렸다. 제영의 것은 아니었다. 중개인의 얼굴 위에 있던 오묘한 빛들이 순식간에 사라졌다. 그는 날카로운 눈으로 자신의 주머니에 있던 휴대폰을 꺼내 들었다. 밝은 빛을 내는 액정 화면을 보면서 그는 한쪽 입술 끝만 비죽 올려 웃었다.

"심봉사께서 드디어 결심을 하셨군."

제영은 반사적으로 창밖을 내다보았다. 거리에 널브러졌던 남자가 바닥에 주저앉은 채로 휴대폰을 귀에 대고 있었다. 입술을 달싹이며 뭔가 말하는 그의 얼굴에 체념과 절망의 빛이 뒤섞였다.

"다행히 시간은 맞추셨네요. 삼 일 뒤에 데리러 가죠. 알아요. 지난번에 말했던 대로 절반을 입금해주죠. 그 정도면 데리고 나올 수 있죠? 딸하고 좋은 시간 보내요."

제영은 중개인에게 달려들어 멱살을 잡아 쥐었다. 그 바람에 중개인이 휴대폰을 놓쳤다. 제영이 한 손으로 그것을 집기 위해 몸을 숙였을 때, 중개인이 발을 들어 올려 그의 배를 힘껏 찼다. 뒤로 나가떨어진 제영은 중개인 반대편의 의자에 몸이 처박혔다. 일순 숨이 잘 쉬어지지 않았고, 컥컥거리며 숨을 내쉬자 신물이 올라왔다. 통증은 그보다 조금 늦게 도착했다.

"저 남자한테 전화라도 하려고?"

제영은 숨을 몰아쉬며 간신히 말했다.

"이건 옳지 않아. 어떻게 생명을 사고팔 수 있어?"

어이없다는 듯 중개인이 하, 하고 짧게 웃었다. 그는 바닥에 떨어진 휴대폰을 집어 들고 제영에게 내밀었다. 올려다보는 제영의 눈을 보며 그는 재차 휴대폰을 내밀었다.

"그럼 네가 직접 전화해. 생명을 사고팔면 안 된다고 말해.

그 공자님 같은 소리가 뭘 뜻하는지 알아? 딸 몸을 계속 팔게 해. 그렇게 해서 네 목숨을 부지해. 그러면 무슨 수라도 있겠지. 딸이 팔고, 팔고, 팔아서 시간을 버는 동안 빚은 불고, 불고, 불겠지. 그래도 너는 살잖아. 그게 순리야. 그렇게 말하는 거나 다름없어."

창밖의 남자는 룸살롱 앞을 떠나지 않았다. 빚을 진 그들에게 사채업자들은 무슨 짓을 했을까. 사채 때문에 압박을 받아 룸살롱에 가게 되었다는 이야기를 들었을 때 제영은 순간적으로 '왜 경찰에 신고하지 않았지?' 하고 생각했다. 하지만 경찰에 신고하는 걸로 모든 문제가 해결된다면 저 상황까지는 가지 않았을 것이다. 그 피맺힌 과정과 한 맺힌 결정을 제영은 아무것도 알지 못한다. 할 수 있는 것이 아무것도 없어서 그저 룸살롱 앞에 서서 들어가는 손님에게 딸을 지명하지 말아달라고 부탁하는 것이 고작인 아버지의 심정을 알지 못한다. 목숨을 다해 딸을 지키고 싶은 아버지의 마음 앞에 들이미는 윤리적 잣대는 또 다른 폭력일지 모른다.

휴대폰을 받지 못하는 제영의 흔들리는 눈빛을 보며 중개인이 미소를 지었다. 마치 너를 이해한다는 듯 대단한 아량을 보이는 미소였다. 중개인은 내밀었던 휴대폰을 거둬들이고는 손가락으로 액정을 터치해 뭔가 조작했다. 잠시 후 중개인이 내밀어 보인 휴대폰 화면에는 제영이 알지 못하는 중년 남자의 사진이 띄워져 있었다.

“이 사람이야. 저 아저씨 목숨 산 사람.”

미간을 구기며 사진을 다시 들여다보았다. 육십 대 후반 정도의 남자는 머리를 깔끔하게 빗어 넘긴 모습이었다. 얼핏 예민해 보일 수 있는 각진 턱이었지만, 사람 좋은 냄새를 풍기는 미소와 둥근 코가 부드러워 보이는 첫인상을 주었다. 목에 툭 불거진 점보다 윤기 있는 피부가 더 눈에 들어왔다. 잘 모르는 제영이 보기에도 고급스러운 정장을 입고 있었다. 진갈색의 책장을 배경으로 하고 있었는데, 책장에는 숱한 책들과 상패가 있었다. 상패의 글씨는 잘 보이지 않았다. 소파 옆 보조 테이블에는 난 화분이 자리했다. 소파에 여유롭게 기대앉은 남자는 이쪽을 향해 웃고 있었는데, 경제인 잡지 인터뷰용 사진일지도 모른다는 생각이 들 정도로 극적인 모습이었다.

“은파기술 최중묵 대표야. 중소기업 대상을 세 번이나 받고 정부 표창까지 받은 인물이지.”

“어떤 대단한 사람이라도 남의 목숨을 사들여서 생명을 부지해도 된다고 생각 안 해.”

그렇게 말했지만 제영은 스스로도 자신의 말에 힘이 없다는 것을 느끼고 있었다. 중개인을 똑바로 쳐다보지도 못하고 바닥으로 떨어져 내린 시선은 이미 메달이 확정된 스케이팅 경기에서 경기를 끝내기 위해 결승선에 들어가는 꼴등 선수의 그것이나 다르지 않았다.

제영의 표정을 읽었는지 아닌지, 중개인은 흐응, 콧소리를 내며 고개를 저었다.

"내가 그냥 부자니까 살려야 한다는 줄 알아? 저 회사, 일하는 직원만 삼백 명이야. 그게 뭘 의미한다고 생각해?"

제영이 고개를 들었다. 그는 더 듣고 싶지 않았다. 집으로 돌아가고 싶었다. 왜 여기에 와서 이런 소리를 들어야 하는지, 왜 자신의 윤리적 잣대가 뒤흔들려야 하는지 알 수 없었다. 창밖 남자의 처절한 삶이나 룸살롱 안에 들어간 딸의 절절한 결심은 그가 알고 싶은 것이 아니었다. 그저 자신의 운명이 너무나 싫었고, 그 운명을 벗어날 수 있는 방법이 있을까 싶어 사장을 뒤쫓아 온 것뿐이었다. 돌아가고 싶다. 아무것도 듣고 싶지 않다. 그러나 그런 바람과는 달리 중개인은 제영이 부정하고 싶은 말을 기어이 뱉어냈다.

"최중묵이 없으면 저 회사는 어떻게 될까? 최중묵은 회사의 핵심 인물이야. 워낙 입지전적인 인물이라 그를 보고 투자한 기업도 많지. 하지만 최중묵이 죽으면 더이상 그럴 가치가 없어져. 수백 수천 명의 직원과 가족들이 거리로 나앉아야만 해. 딸을 룸살롱에 보내고 길거리를 떠도는 저 남자 같은 가족이 쏟아져 나온다는 소리야. 그래도 저 남자는 살아야 하고, 최중묵은 죽어야 하나?"

제영은 자신도 모르게 주먹을 움켜쥐었다. 턱이 욱신거릴 정도로 이를 악물고 있다는 것을 그는 깨닫지 못했다. 그 모습을 본 중개인이 비웃듯 숨을 내쉬었다.

"대답을 못 하겠어? 그럼 좀더 쉽게 대답할 수 있게 해줄까? 저 남자는 말이야. 대신사가 아니더라도 어차피 죽을 거였어."

제영이 고개를 들었다. 떨리는 눈으로 중개인을 응시했다. 중개인이 뒤로 물러나 앉으며 시트에 몸을 묻었다. 그는 고개를 돌려 창밖의 남자를 보면서 입을 열었다. 마치 한숨과도 같은 어조였다.

중개인은 지금 저 남자를 통해 누구를 보고 있는 것일까? 병을 얻어 어차피 죽을 목숨을 내던졌던 자신의 누나를 보고 있는가? 그 죽음은 그에게 어떤 의미였을까? 누나의 선택이 현명했다고 생각할까?

"내가 찾아갔던 날, 저 남자는 목을 매달려 하고 있었지. 내가 구하지 않았다면 자살은 성공했을 거야. 살아난 뒤 나를 그렇게나 원망하더군. 내가 말해줬어. 죽으라고. 하지만 며칠만 있다가, 좀더 가치 있게 죽으라고 말해줬지."

힘이 빠진 두 다리가 후들거렸다. 주먹 쥔 손에는 어느샌가 힘이 풀려 있었다. 제영이 머리로 알고 있는 윤리는 여전했지만, 그것이 정답인지 확신할 수 없었다. 생각하지 않으려 해도, 부정하고 싶은 그 대답이 자꾸만 머리를 치켜든다.

어차피 죽을 거라면 딸을 살리고, 부도 사태로 가족해체를 맞게 될지도 모르는 몇백 명의 사람들을 살리는 것이 더 나은 선택이 아닐까.

그의 선택을 강요하듯 중개인이 휴대폰을 들어 보였다.

"나는 지금부터 최중묵 대표한테 전화를 걸 거야. 뭐라고 할지는 네가 시키는 대로 하지. 자, 말해봐. 뭐라고 말할까? 대신사가 결정되었다고 말할까, 아니면 운명대로 죽으라고 말할까?"

중개인의 기세등등한 목소리가 점점 멀어졌다. 눈앞이 혼탁했다. 머릿속에 들어 있는 뇌가 한쪽으로 천천히 기울어져 흘러 내려가는 것 같은 감각이 그를 어지럽게 했다. 고개를 저어 봤지만 시야가 한 번 크게 휘돌았다. 구역질이 밀려 올라왔다. 가슴이 뻐근해지고 숨을 쉬기가 힘들었다. 누군가 목구멍을 조이고 있는 것 같다. 어둠 속에서 낡은 전구를 켜보려는 시도를 하는 것처럼 눈앞이 깜박깜박 점멸했다. 지긋지긋하게 느껴왔던 감각이었다. 그는 자신이 곧 쓰러지리라는 것을 알았다.

제영은 온 힘을 그러모아 고개를 들어 올렸다. 자꾸만 흐릿해지는 눈을 온 힘을 다해 뜨고는 중개인을 향해 물었다.

"죽음을, 보지 않을 방법이 있어?"

그 말을 뱉은 순간, 제영은 자신이 소름 끼치도록 더럽게 느껴졌다. 창밖의 남자가 대신사를 하든, 그의 딸이 어떻게 되든, 어떤 것이 윤리적으로 옳든, 그 모든 문제는 남의 일이라는 선언이나 다름없었다. 지금 이 순간을 놓치면 중개인을 언제 다시 만날 수 있을지 모른다. 그래서 제영은 다른 사람을 살릴 수 있는 대답 대신 자신을 위한 질문을 던진 것이다. 인간은 이기적이다. 그 이기심이 그를 지금까지 살게 했다. 생에 대한 더러운 집착이 끔찍했고, 그럼에도 그는 살고 싶었다.

중개인이 웃었다. 그리고 대답했다.

"없어."

제영은 그대로 암흑 속으로 녹아들었다.

어디선가 기계가 내는 신호음이 들린다. 차갑고 날카롭고 규칙적인 소리는 누군가의 생명의 소리였다. 익숙한 소음이 제영의 정신을 천천히 깨워갔다. 종이를 넘기는 소리, 누군가 뛰어 들어오며 외치는 소리, 귀를 자극하는 슬리퍼 소리, 바퀴가 굴러가는 소리, 뜻을 알 수 없는 단어로 주고받는 소통.

제영은 천천히 눈을 떠올렸다. 희끄무레한 천장을 올려다보왔고 주변을 둘러보기도 전에 이곳이 병원의 응급실이라는 것을 알았다. 지긋지긋하게도 가장 처음 든 생각은 '살았다'는 것이었다. 두 번째로 든 생각은 역설적이게도 '죽고 싶다'는 것이었다.

"아, 깨셨어요?"

천장을 올려다보는 그의 눈앞에 누군가 얼굴을 들이밀었다. 전등을 가로막은 여자의 얼굴에 역광이 드리웠다. 눈과 치아가 유난히 하얗다. 단발머리가 찰랑였다. 간호복에 감싸여 있는 어깨가 동그랗다. 꽤 높은 목소리의 주인은 제영이 대답을 하지 않으면 양손으로 그를 두드려가며 깨울 기세였다. 제영은 몸을 일으키려 했다.

"안 돼요! 더 누워 계셔야 돼요!"

제영의 어깨를 꾹 누르는 힘이 단호했다. 그녀는 충분히 그를 제압할 수 있음을 제영은 잘 알고 있었다. 지금의 제영은 손가락 하나 움직일 힘이 없었다. 그리고 그럴 의욕도 없었다. 지금 바라는 일이 있다면, 아무것도 없고 어두운 자신의 집에 누군가 던져놓아주는 것뿐이었다.

조금 이상하다는 생각이 들지 않는 것은 아니었다. 이 병원에는 자신을 이렇게 대할 사람이 없었다. 이미 숱하게 병원을 들락거린 그다. 모든 직원이 알았다. 아무리 말려도 팔에 꽂힌 링거를 뱉을 것이고, 어떤 조언을 해도 먹지 않을 것이라는 것을 말이다. 삶을 유지하려는 의욕이 조금도 없는 그가 정작 생을 놓지 못하고 있는 이율배반을 저들은 이해할까. 어쨌건 저들은 수십 번의 경험을 통해 제영을 그냥 내버려두기로 결정했다. 그들에게는 그만큼 더 많은 환자가 밀려들고 있으니 말이다.

제영은 힘겹게 손을 들어 여전히 자신을 내리누르고 있는 여자의 손을 밀어내고는 시선을 돌려 주변을 훑었다. 그를 그대로 내버려두어야 한다는 것을 알고 있는 누군가가 와서 이 여자를 떼어내주길 바라는 마음에서였다. 아니나 다를까, 그 앞을 빠른 걸음으로 지나가던 다른 간호사가 쓰윽 다가와 여자의 귀에 대고 속삭였다. 제영에게 들리지 않을 거라고 생각하는 듯했지만 그 말은 또렷이 전달되었다.

"내버려두라니까."

경고처럼 말한 그녀는 주사가 들어 있을 철제 트레이를 든 채 곧장 빠른 걸음을 옮겨 어딘가로 사라졌다. 제영에게 들렸을 거라고 생각했는지 단발머리가 당황하며 어쩔 줄 몰라 하는 동안 제영은 몸을 일으켰다. 그것을 눈치채고 단발머리가 다가왔을 때는 제영의 손목에서 링거 주사가 빠져 바닥에 내팽개쳐진 뒤였다.

"아직 일어나시면 안 돼요, 환자분."

제영은 팔에 힘을 주고 몸을 비틀어 하체를 바닥에 내려놓았다. 후들거리는 무릎에 손을 대고 잠시 숨을 몰아쉬었다. 눈앞이 또렷해졌다. 신발은 바닥에 가지런히 놓여 있었다. 중개인의 모습이 떠올랐다. 어차피 인간이 할 선택은 뻔하다는 것을 알고 있는 신처럼 내려다보는 눈, 그리고 예상과 한 치도 다르지 않은 선택에 대한 비웃음. 자신을 여기까지 데려온 것은 중개인일까. 여기에 눕혀놓으면서, 이 알량한 육체를 내려다보면서 그는 어떤 표정이었을까. 순간적으로 최중묵이라는 자의 얼굴이 떠올랐다. 그의 운명의 날은 언제일까. 그는 죽을까, 죽지 않을까. 제영은 입술을 지그시 깨물었다.

"저기요."

제영은 일어섰다. 포도당 링거액 주머니는 절반 가까이 쪼그라들어 있었다. 그 기운이 얼마간 그의 생을 유지해줄 것이다. 목이 탔다. 지긋지긋한 이온음료로 당분간 목숨을 부지할 것이다. 아무것도 보고 싶지 않고, 아무것도 알고 싶지 않다.

인상을 쓰고 자신을 부르는 단발머리를 지나쳐 제영은 천천히 응급실의 출입구 밖으로 걸어 나갔다. 분에 못 이겨서 발을 구르는 소리가 들려왔지만 제영은 관심을 갖지 않았다. 그녀 말고는 아무도 그에게 관심이 없는 것과 마찬가지로.

응급실 밖 복도로 나가자 훨씬 스산한 기운이 그를 맞이했다. 완전히 바깥도 아닌데 제영은 몸이 떨렸다. 아릴 정도로 차가워진 손끝을 주머니에 넣었다. 지갑이 없었다. 사장을 뒤따라가기 위해 차에 오르면서 지갑을 조수석에 던졌던 것이 생각났다. 그러고 보니 차는 어디에 있을까. 아직 낚시터에 입구에 세워져 있을 것이다. 다시 그곳에 가야 한다는 생각에 절로 인상이 구겨졌다.

시선이 느껴져 옆으로 고개를 돌렸다. 응급실 수납 창구에 앉아 있는 직원이 경직된 자세로 그를 쳐다보고 있었다. 치료비를 수납도 하지 않고 도망갈까 봐 걱정이라도 하는 걸까. 그는 수납 창구로 다가가며 휴대폰을 켰다.

모바일 페이를 활성화해 휴대폰을 내미는 순간까지, 그는 크게 착각하고 있었다. 창구의 직원이 경직된 자세로 그를 응시했던 것은 수납을 하지 않을까 봐 걱정했기 때문이 아니었다. 놀랄 만큼 바짝 마른 제영의 몸과 퀭한 얼굴의 그늘 때문도 아니었다. 제영의 뒤로 씩씩거리며 따라 나온 단발머리, 제영을 당장에라도 집어삼킬 듯 노려보고 있는 그녀의 엄청난 표정 때문이었다.

단숨에 목뒤의 옷깃을 낚아채는 악력에 제영의 몸이 기우뚱 뒤로 넘어가며 그 엄청난 표정을 목도했다.

"따라와요!"

응급실 대기석에 기운 없는 얼굴로 앉아 있던 사람들이 입을 벌리고 그를 보았다. 그 사람들만큼이나 제영도 놀랐다. 하지만 아무런 저항도 하지 못한 것은 제영보다 한참이나 작은 단발머리의 힘이 대단했기 때문은 아니었다. 제영의 힘이 대단히 없었기 때문이었다. 단발머리가 마음을 먹으면 옆구리에 제영을 끼고 갈 수도 있었을 것이다. 제영은 더없이 굴욕적인 기분으로, 지푸라기로 조악하게 엮어 만든 허수아비처럼 바짓단을 펄럭거리며 어딘가로 끌려갔다.

8

엘리베이터까지 제영을 끌고 들어간 단발머리 간호사는 재빨리 닫힘 버튼을 누르고, 이어 B2 버튼을 눌렀다. 지하 2층. 버튼 옆에 "장례식장"이라고 적힌 종이가 붙어 있다. 제영은 거칠게 팔을 휘둘러 단발머리의 팔을 뿌리쳤다. 부지불식간에 당한 일이기도 하고 왜 이러나 싶어 끌려온 것은 있지만, 그 글자를 읽자 불쾌함이 신경을 긁었다.

"이봐요."

"주솔지요."

"주솔지 씨, 지금 뭐 하자는 겁니까?"

제영은 인상을 썼다. 그러나 솔지는 조금도 개의치 않고 고개를 빳빳이 든 채로 제영을 똑바로 보았다. 잘생겼다는 말도 꽤 듣고 자란 그이지만 갈비뼈가 불거져 나올 정도로 마른 이후로는 무섭다는 이야기를 많이 듣는 편이다. 예민하고 냉정한 인상이라고 자신도 생각한다. 그런 그가 인상을 쓰면 보통의 사람들은 흠칫하기 마련이다. 게다가 자신은 지금 이 병원의 환자, 그러니까 고객이다. 이 사람은 거기에 고용되어 일하는 중이다. 그 말은 자신이 컴플레인을 걸면 한없이 곤란해지는 '을'이란 뜻이기도 하다. 그런데 이 여자는 그런 자신의 입장을 잘 모르는 것 같다.

"가서 한번 보라고요. 죽기 직전까지 살고 싶어서 집을 떠나온 사람들이 얻어내지 못한 목숨이에요. 그런데 왜 그렇게 살아요? 죽고 싶어 미쳤어요?"

순간 제영의 얼굴이 싸늘하게 가라앉았다. 그는 깡마른 손으로 흐트러진 머리를 쓸어 넘겼다. 다시 내려가는 손 아래로 섬뜩하리만치 날카로운 눈이 빛을 번뜩였다. 주제넘은 참견은 오만이다. 고작 부속품인 주제에 삶과 죽음을 다루는 이곳에 속해 있다고 해서 모든 것을 이해한다고 생각하는 것이다. 당사자로 단 오 초도 살아보지 않고서 비난할 자격은 누구에게도 없다. 조언을 가장한 폭력은 그동안 지겨우리만치 받아왔다.

"당신이 신이야?"

제영의 목소리는 더없이 나직하고 서늘했다. 눈을 크게 뜬 솔지는 자신도 모르게 뒤로 물러났다. 그 발을 물끄러미 내려다본 제영은 한쪽 입술을 비틀어 웃었다.

"저기 누워 있는 사람들이 전부 살고 싶었다고 확신해?"

솔지가 뒷걸음질 친 만큼 제영이 성큼 다가섰다.

"아니면 죽어보기라도 했어? 그것도 아니면."

제영이 주먹으로 엘리베이터 벽을 쾅 쳤다. 좁은 엘리베이터 내부가 웅웅 울렸다.

"죽음을 보기라도 하나?"

"무슨……."

"뭘 안다고 함부로 입을 놀리지? 내가 죽고 싶어 한다고 누가 그래?"

"그러면 왜 먹질 않느냐고요! 왜 맨날 병원에 실려 와요. 왜 단골이 됐냐고요!"

"당신이 무슨 상관……."

기어이 언성이 높아지려고 할 때 엘리베이터 문이 열렸다. 제영은 인상을 쓴 채로 흘깃 상부에 박힌 LED 화면을 확인했다. 지하 2층. 그는 그대로 닫힘 버튼을 향해 손을 뻗었다. 그러나 그의 손가락은 단 5밀리미터도 되지 않는 차이로 버튼을 누르지 못했다. 화가 나지만, 제영의 기세 앞에서 말도 제대로 하지 못한 채 씩씩거리고 있던 솔지가 다시 제영의 뒷덜미를 잡아챘기 때문이다. 이번 역시 순간적으로 당한 일에 그는 그대로 엘리베이터 밖으로 끌려 나가고야 말았다.

눈앞에서 닫히는 엘리베이터의 문을 보며 제영은 스스로 뽑아버려 절반이나 남은 링거액을 떠올렸다. 그것만 다 맞았어도 이 손을 뿌리칠 수 있었을 텐데.

지하의 홀로 들어가자 가장 먼저 그를 맞이한 것은 공중을 부유하고 있는 특유의 습하고 서늘한 공기였다. 제영은 자신도 모르게 몸을 떨었다. 그것을 눈치라도 챌까 싶어 솔지의 손을 뿌리쳤다. 다행히도 솔지가 다시 달려들지는 않았다. 옷매무새를 바로잡으며 경계하는 눈빛을 보냈다. 곧장 몸을 돌려 올라갈 생각이었다. 병원에 항의를 하는 것은 솔지의 이후 태도를 봐서 결정해야겠다고 생각했다. 그러나 그런 말들은 모두 무위로 돌아갔다. 솔지의 표정이 제영의 모든 감정을 잊게 만들었다. 더없이 서글픈 표정. 왜 그런 얼굴을 하고 있는지 알 수 없었다.

어디선가 희미한 울음소리가 들렸다.

솔지가 몸을 돌렸다. 그리고 말도 없이 어딘가로 걸어가기 시작했다. 제영은 멍하니 서서 그녀를 보다가, 엘리베이터를 돌아보았다가, 다시 멀어져가는 솔지의 뒷모습을 보고는 그 뒤를 따랐다. 뭔가에 홀린 것인지도 모른다. 하지만 왠지 무슨 말을 하고 싶은 건지 듣고 싶다는, 아니 들어야 한다는 생각이 들었다.

솔지가 걸음을 멈춘 곳은 오크색의 문이 달린, 장례식장에서도 가장 안쪽에 위치한 호실 앞이었다. 제영은 위를 올려다보았다. 문 상단에 '백합실'이라고 적혀 있었다. 어느새 울음소리는 비명처럼 바뀌어 있었고, 그만큼 소리가 가까워졌다. 그 울음에 제영은 심장이 오그라드는 것 같았다. 가슴이 뻐근해진다. 슬픔에 공감해서가 아니다. 회피하고 싶어서였다. 그 소리는 정확히 육 년 전에 그가 내뱉었어야 할, 그러나 뱉지 못한 소리였다. 떠올리고 싶지 않은, 그래서 억지로 잠재운 기억을 깨우는 소리였다.

그의 발걸음이 주춤거리는 것을 막기라도 하려는 듯 솔지가 문을 열었다. 안에서 갇혀 맺혔던 소리들이 제영을 향해 와락 달려들었다.

"아빠, 아빠 왜 날 버렸어. 난 어쩌라고, 아빠!"

방은 아주 작았다. 제영이 알던 보통의 장례식과는 조금 다른 모습이었다. 일반적으로 장례식장에 들어가면 우선 조의금함과 그걸 지키는 누군가가 보인다. 신발을 벗고 올라가면 한편에는 조문객에게 식사를 대접하는 접객실이 있고 다른 한편에 영정을 모신 조문실이 있다. 그러나 이곳은 뭔가 달랐다. 접객실 자체가 없었다. 문을 열자 바로 정면으로 조문실이 보였다.

협소한 재단 위에 작은 영정 사진이 놓여 있었다. 아래를 장식한 꽃의 양은 굉장히 적어 조문실만큼이나 초라했다. 앞에 놓인 향 한 줄기가 연기를 피워 올리고 있었다. 조문객은 전혀 보이지 않았고 바닥에 주저앉아 온 힘을 다해 울음을 토해내고 있는 여성의 작은 등만이 보였다. 그녀가 움직일 때마다 상복에서 버석거리는 소리가 났다. 제대로 된 상복이 아니라 종이로 만든 일회용 상복이었다. 어떤 사람이기에 그의 죽음길에 오른 모든 것들이 이렇게 조악한 것일까.

두 사람이 들어온 것을 깨달은 건지, 엎드려 울던 여자가 고개를 들고 뒤를 돌아보았다. 누구냐고 묻고 싶은 것 같았지만, 아직 목구멍을 치받는 울음 때문에 쉽지 않은 것 같았다. 아버지에게는 아무도 찾아올 사람이 없다는 것을 아는 듯했다. 그녀는 퉁퉁 부은 눈을 깜박이며 자리에서 일어섰다. 솔지의 옷이 간호복이라는 것을 확인하고는 더 의아해하는 표정을 지었다.

"이 병원 응급실 간호사예요. 아버님께서 이송되어 오셨을 때 담당한 간호사입니다. 마지막 인사를 드리고 싶어서 왔어요."

아, 작은 소리를 내며 상복의 여자가 뒤로 물러났다. 솔지는 잠시 정면의 영정 사진을 응시했고, 제영은 그런 그녀를 응시했다. 솔지가 몸을 굽히며 절을 하려다가 제영의 옆구리를 툭 쳤다. 제영이 당황해하며 허겁지겁 바닥에 손을 대고 절을 했다.

이어 한 번 반의 절을 더한 뒤 별생각 없이 정면을 응시했을 때 제영은 경악했다.

본 적이 있는 얼굴이었다. 빛바랜 사진 속의 남자는 사십 대 중반이 될까 한 젊은 모습이었다. 왼쪽으로 가르마를 타서 넘긴 머리는 잘 정돈되어 있었다. 혈색이 좋은 얼굴로 허리에 양팔을 올린 채 당당하게 카메라를 향해 서 있었다. 그런 그의 뒤로 커다란 아름드리나무가 서 있었다. 여름에 찍은 것인지 반팔 셔츠를 입고 있었는데, 그 아래로 드러난 남자의 팔뚝에 근육이 보기 좋게 자리 잡고 있었다. 그런 남자를 제영은 본 적이 없다. 제영이 본 것은 좀더 나이가 많았고, 추레하고, 처절하리만치 창백했다. 그리고 그 모습조차 아주 찰나였다.

'그 남자다!'

3시 24분, 차가운 길바닥에서 산산조각이 난 남자. 사장을 죽지 않게 하기 위해 대신사한 남자.

"와주셔서 감사합니다."

상주가 허리를 숙여 인사했다. 솔지가 그녀의 손을 마주 잡았다.

"급작스러운 사고에 상심이 크시죠. 어떻게 위로의 말씀을 드려야 할지."

모르는 사람이 보면 원래 아는 사이로 착각할 만큼 친근한 태도로 위로를 전하는 솔지의 옆에서 제영은 붙박인 듯 서 있었다. 사진에서 눈을 떼지 못했다. 커다랗게 뜬 눈에 핏발이 서는 것도 알지 못했다. 사진 속 남자의 눈이 그를 옭아매는 것 같았다. 그런 그를 솔지가 이상하다는 듯 흘깃 쳐다보았지만 곧 눈을 돌렸다.

"복지팀에서 전달해달라고 했습니다. 담당자 연락처예요. 장례비를 지원받을 수 있게 도와주실 겁니다. 그리고 병원비에 대해서 의논을 하자세요."

솔지의 목소리는 조심스러웠다. 제영은 고개를 갸웃했다. 병원비? 그는 즉사했다. 혹시 그가 죽을병에라도 걸렸었던 걸까? 어차피 죽을 운명이니 돈이라도 남긴다는 생각이 그에게도 작동한 걸까? 솔지가 메모를 여자에게 내밀었다. 여자는 그것을 받지 않고 물끄러미 내려다보았다. 그 눈에서 굵은 눈물이 툭 떨어져 내렸다.

"아빠는 자살한 건지도 몰라요."

"네?"

그 소리에 제영이 고개를 돌려 여자를 내려다보았다. 솔지가 말했다.

"무슨……. 아버님은 사고시잖아요. 떨어지는 간판에 사고를 당하신 거예요. 목격자가 있어요."

여자가 가볍게 고개를 저었다.

"조금 전에 어떤 남자분이 다녀가셨어요. 아빠가 보험을 들어놨대요. 지원 같은 거 안 받아도 돼요."

"지원 신청은 취소하시면 되지만, 아까 그 말씀은……?"

"아빠가 보험 같은 걸 가입해놨을 리 없어요. 그럴 돈이 없다고요. 그런 거액을……. 일부러 들어놓은 거예요. 목격자가 그랬대요. 아빠가 사고 한참 전부터 거기 서 계셨다고. 어쩌면 간판이 떨어질 걸 알았는지도 모르죠. 어차피 자살할 거니까 사고사면 보험금이 더 나올 거라고 생각했는지도 몰라요."

두서없는 말과 함께 그녀의 손이 덜덜 떨렸다. 솔지는 예상치 못한 소리를 들어 어떤 반응을 해야 좋은지 모르는 것 같았다. 제영은 여자를 붙잡고 더 자세한 이야기를 듣고 싶었다.

대신사를 하는 사람의 조건은 돈이다.

그것만은 확실했다. 병원에 장례 지원을 문의했을 만큼 가정사정이 좋지 않았던 것이다. 여자의 말대로 그런 상황에서 보험가입을 했을 리 없다. '거액'은 얼마일까. 그리고 다녀갔다는 직원은 누구일까. 보험 가입을 했을 리 없으니 다녀갔다는 보험사 직원은 가짜다. 제영은 중개인을 떠올렸다. 그 눈빛의 어둠이 그를 몸서리치게 했다.

"그건 지나친 생각이에요. 간판이 떨어지는 걸 어떻게 예상하고 그럴 수 있어요. 아버님께서 마지막으로 남겨주신 것이라고 생각하시고……."

상주인 여자가 솔지의 손을 뿌리쳤다.

"그런 거 남겨달라고 한 적 없어! 돈 따윈 필요 없어! 왜 아빠가 사라진 거야. 아빠가 있었어야지! 날 왜 아빠까지 잃게 만들었어!"

여자는 바닥에 주저앉아 통곡하기 시작했다. 끓는 피를 토해낼 것만 같았다. 숨이 쉬어지지 않는다는 듯 가슴을 치다가 바닥을 기었다. 처절한 울음이 옆에 서 있는 제영을 바짝 말려버릴 것만 같았다. 솔지가 무릎을 굽혀 그녀의 등을 천천히 두드렸다. 울음은 점점 깊이를 더해갔다. 솔지의 눈이 충혈되어 있었다.

제영은 고개를 들어 영정 사진 속의 남자를 보았다. 그 눈을 똑바로 응시했다.

'지금 보고 계십니까? 무슨 생각을 하고 계시죠?'

당신은 돈이 필요했다. 가족을 살려야 했을 것이다. 당신의 1순위는 목숨 같은 것이 아니었다. 가족이었다. 하지만 당신이 잊고 있었던 것이 있다. 당신 딸에게도 1순위는 당신이었다. 돈이 아니었다.

"아……."

"상주님!"

여자의 신음 소리에 이어 솔지의 외침이 들렸다. 제영이 내려다보았을 때 상주인 여자는 몸을 뒤집은 채 바닥에 쓰러져 있었다. 탈진한 것인지도 모른다.

"여기, 여기 좀 와주세요!"

솔지가 바깥으로 뛰쳐나가며 외쳤다. 잠시 뒤 보안 요원으로 보이는 남자와 함께 다시 조문실로 뛰어들었다. 보안 요원이 여자를 들쳐 업고 조문실을 나가자 솔지도 다급히 그 뒤를 따랐다. 그녀는 한 손에 든 휴대폰으로 어딘가에 전화를 걸었다. 알 수 없는 용어를 외치는 것을 볼 때 아마 응급실의 누군가에게 상황을 알리는 것 같았다.

그들이 사라지자 제영만이 남았다. 태풍이 할퀴고 간 수해 현장에 선 사람처럼 제영은 한동안 움직일 수 없었다. 그는 한참을 그대로 서 있다가 문득 정신을 차리고 몸을 돌렸다. 그러나 다시 발을 멈춰 세웠다. 그는 뒤돌아보았다. 타들어간 향이 손가락 한 마디만큼의 길이 정도밖에 남아 있지 않았다.

'제영아, 이제 잠시 울음을 거둬라. 이제 네 역할은 조문객들이 마음껏 슬퍼할 수 있도록 이 공간을 지켜내는 거다. 그리고 향을 꺼트리면 안 되는 거란다. 피곤해도 다른 사람이 지켜주지 않으면 잠들어선 안 돼. 조문실을 비우는 것도 안 되고.'

그는 다시 조문실 안으로 들어갔다. 재단에 놓여 있던 상자에서 향을 하나 꺼내 촛불에 대고 불을 피웠다. 향로에 꽂은 뒤 물러나 조금 전까지 상주인 여자가 앉아 있던 방석 위에 올라앉았다. 힘없는 몸을 벽에 기댔다. 그리고 생각했다.

처음 입어본 상복의 옷매무새를 고쳐주던 고모의 당부와, 그럼에도 지키지 못했던 그 장소에 대해.

거액을 주고 갔다는 남자와, 그것이 필요 없다는 여자의 울음에 대해. 필요 없는 것을 위해 몸을 바친 사람과, 간판이 떨어지기 직전까지 주먹을 움켜쥐던 공포와 결의에 대해. 삶과 죽음과 그것을 선택할 수 있는 돈과 그 돈을 위해 포기하는 많은 것들에 대해.

인기척이 들렸다. 들어온 사람이 말없이 다가와 옆에 앉았다. 돌아보진 않았지만 솔지임을 알 수 있었다.

"갔을 거라고 생각했어요."

대답이 없자 제영처럼 그녀도 영정 사진을 응시했다.

"탈진이래요. 곧 괜찮아질 거예요."

제영은 다행이라고 생각했다.

"사고 난 지 며칠 된 걸로 알고 있는데 장례를 왜 이제야 치르죠?"

솔지가 고개를 돌려 그를 의아하게 보았다. 제영이 변명하듯 말했다.

“아까 간판 떨어져서 사고 났다고……. 뉴스에서 봤어요.”

솔지는 납득한 듯 다시 정면을 향해 고개를 돌렸다.

“부검을 했거든요. 시신을 이제야 인도받으셨어요.”

“병원비라는 건?”

“아내분께서 이 병원에 입원중이세요. 뇌출혈로 인한 코마상태예요. 벌써 반년째라서, 병원비가 엄청났죠.”

아내가 사투하고 있을 때, 지하에서는 남편의 장례가 치러지고 있다. 작은 도시의 하나뿐인 대학병원인지라 그런 서글픈 상황이 종종 발생한다고, 솔지가 말했다.

“정말 자살일까요?”

제영의 물음에 솔지는 고개를 저었다.

“그럴 리가요. 아까 말했잖아요. 목격자가 있다고. 명백한 사고였어요.”

아니라고, 제영은 생각한다. 그러나 입 밖에 내지는 않는다.

“피하지 않았다잖아요. 어차피 사람은 누구나 죽으니, 필요하다면 선택할 수도 있는 거겠죠.”

“맞아요. 사람은 누구도 영원히 살 수 없어요. 하지만 누구든 정해진 생을 살아내야 해요.”

솔지가 고개를 돌려 제영을 보았다.

"그게 태어난 의무예요."

단호한 눈빛이 제대로 들으라고, 제영에게 말하고 있었다.

이 여자는 기가 막힐 만큼 도덕적이다. 폭력적으로 순진하다. 자신도 모르는 사이 본능적으로 선한 자리를 선점하기에 타인에게는 악역의 자리만이 남는다. 나쁜 사람이 되고 만다. 아무것도 모르면서, 라고 제영은 생각한다. 자신의 사정 따위는 아무것도 모르는 사람이다. 그러나 제영이 무슨 생각을 하고 있는지를 아는 것처럼 꾸짖는다. 그래서 꾸짖음에 설득되고 만다. 항복하듯 손을 들어 올리는 심정으로 제영은 인정할 수밖에 없다.

"밥 사줄래요?"

솔지가 눈을 휘둥그레 떴다.

"지갑이 없어서."

제영이 웃었다. 얼마 만에 웃어본 것인지 기억이 나지 않았다.

주솔지가 제영을 데리고 간 곳은 병원 인근에 있는 순댓국집이었다. "순댓국 1인분에 6,000원!"이라고 커다랗게 인쇄된 현수막이 입구 상부에 걸려 펄럭이고 있었다. 음식이 싸서 데려가는 게 아니라며 주솔지가 변명처럼 말했지만, 가격이야 어떻든 상관없었다.

순댓국은 놀랄 만큼 맛있었다. 조미료는 흉내 낼 수 없는 깊은 맛이 있었다. 벽에는 가마솥으로 스물네 시간 사골을 끓인다고 설명되어 있었다. 가게 외벽에 걸린 '싸요, 싸!' 하는 마케팅 포인트가 잘못됐다고 생각했다. 몇 번을 숟가락 가득 퍼 먹어도 훌륭한 건더기들이 아직 국물 안에 가득했다. 제영은 소중한 것이라도 되는 양 뚝배기를 감싸 쥐고 몇 모금을 꿀꺽꿀꺽 들이켰다. 그러고는 마지막에 삼킨 국물이 채 목구멍에서 사라지기도 전에 밥을 커다랗게 뜬 숟가락을 입에 쑤셔 넣었다.

그동안 죽지 않기 위해 최소한의 것만 먹어왔다. 먹는다고 해서 매번 그것이 보이는 것은 아니지만, '보이는' 공포가 그렇게 만들었다. 제대로 먹는 것이 얼마 만인지 몰랐다. 제영의 배를 그득하게 채운 것은 감격이었다.

솔지는 멍하니 입을 벌리고 제영이 먹는 것을 보고 있었다. 제영의 기세에 압도된 것 같았다. 한입 가득 음식을 넣은 채 우물거리며 제영이 말했다.

"안 먹어요?"

돌아온 것은 엉뚱한 대답이었다.

"이렇게 죽을 둥 살 둥 먹는 사람은 처음 봐요."

제영은 그녀를 보다가 피식 웃었다. 그리고 다시 열심히 손을 움직였다. 죽을 둥 살 둥. 틀린 말은 아니었다.

제영이 뭔가 대답하려는 순간 눈앞이 희끄무레해졌다. 이어서 뇌가 흔들리는 듯한 익숙한 감각이 그를 찾아왔다. 제영은 눈을 깊이 감았다가 힘껏 떠올리거나, 불청객을 거부하기 위해 머리를 흔들지 않았다. 처음으로 반갑게 절망을 맞이했다.

돌연 제영의 머리가 휙 뒤로 젖혀졌다.

"왜 그래요?"

놀란 솔지의 외침이 들려오며 시야가 암흑으로 물들어갈 때, 제영은 자신이 회심의 미소를 짓고 있는지도 모른다고 생각했다.

중개인이 잊고 있는 것이 하나 있다.

첫 번째 법칙. 보이는 대상은 자신이 얼굴을 아는 사람이다.

그리고 중개인은 그의 고객, 은파기술 최중묵 대표의 사진을 제영에게 보여주었다.

9

최중묵의 죽음은 사고사다. 직접 운전하던 고가의 외제 승용차 안에서 에어백에 얼굴을 박은 채 사망했다. 머리에서 다량의 피를 흘리고 있었으니 과다출혈이 사인일 수도 있고, 어쩌면 두개골 골절 때문일지도 모른다.

멀쩡히 달리던 최중묵의 차량에서 갑자기 우측 뒷바퀴 하나가 빠져버렸다. 달리던 속도 때문에 바퀴가 빠진 차는 중심을 잃으면서 반 바퀴가량 회전했다. 1차선을 달리고 있었기에 곧장 마주 오던 승용차와 충돌한 뒤 반대편으로 크게 돌았다. 최중묵은 반사적으로 핸들을 돌렸지만 결과적으로 좋은 선택이 아니었다. 뒤따라오던 트럭에 후미를 받혀 가드레일을 뚫고 하천으로 추락했다. 종잇장처럼 부서진 가드레일 대신, 최중묵의 외제차가 동백꽃 축제 현수막을 휘어 감고 있었다. 출동한 구급대원이 바람 빠진 튜브처럼 납작해진 차를 분해해 최중묵을 먼저 꺼냈지만, 옆으로 꺾인 목과 툭 떨어져 내린 팔에서는 생명의 징후를 찾아낼 수 없었다.

차의 뒷바퀴가 빠져 사망에 이른다니. 어이없는 죽음이 아닐 수 없다. 그러나 이런 사고는 수없이 생겨난다.

제영이 주목한 것은 동백꽃 축제 현수막이었다. 2021년 1월 27일. 축제까지는 삼 일이 남아 있었다. 축제가 지나면 당연히 현수막을 걷을 것이므로 최중묵이 죽는 것은 적어도 삼 일 이내라는 것이었다. 삼 일 정도면 기다리고 있을 수도 있는 시간이다. 그러나 문제는 위치다. 제영은 죽음 속에서 장소를 확인할 만한 표지판을 보지 못했다. 이렇게 되면 최중묵을 미행하는 수밖에 없다.

현실적으로 가능할까. 첫 번째 문제는 최중묵의 집을 알지 못한다는 점이다. 물론 회사 앞에서 차를 기다렸다가 따라가는 방법도 있긴 하다. 하지만 따라가서 뭘 어쩌자는 것인가. 그냥 당신이 죽으라고 최중묵을 설득할 수 있을 리 없다. 설득된 척하다가 결국 그 시각 대신사할 남자를 그 차에 태울 수도 있다. 무엇보다 정체를 드러내면 자신을 경계할 것이다. 목숨을 돈으로 거래할 정도의 사람이다. 돈으로 또 무엇을 사려 할지 모른다.

그렇다면 방법은 하나다. 죽음을 막는 것. 죽음의 두 번째 법칙. 생의 운명은 바꿔도 사의 운명은 바꿀 수 없다. 대신사를 막으면 죽음의 운명은 다시 최중묵을 쫓는다.

아직까지도 마음이 복잡한 것은 사실이었다. 한 사람을 살리면 다른 한 사람은 반드시 죽을 수밖에 없다. 이 사람을 살려야 하니 넌 죽으라는 이야기는 잔혹하다. 그러나 자신의 운명은 스스로 감당해야 하는 것이라고, 그것이 정답이라고 제영은 생각하기로 했다.

제영은 컴퓨터 앞에 앉아 가만히 정신을 모았다. 자신이 봤던 장면들을 하나하나 되짚었다. 장소를 찾아낼 만한 단서를 발견할 수 있었다. 하천에 처박힌 차의 철제물들을 커터기로 끊어 최중묵의 구조를 시도하는 대원의 출동복 등에 '진평소방서'라는 글자가 보였다. 제영은 진평소방서를 검색했다. 보선군 진평면에 소재한 소방서였다.

구글 지도로 진평면을 확인했다. 크고 작은 다리가 꽤 많았다. 하지만 차가 왕복으로 지나갈 수 있고, 옆으로 가드레일이 설치된 다리로 좁히자 두 시간 만에 수를 다섯 개로 압축할 수 있었다. 일일이 거리 뷰를 통해 확인했다. 세 번째 확인한 다리에서 손이 멈추었다.

'찾았다.'

진평면 영하2교. 그는 사진을 응시하며 검지 끝으로 책상을 톡톡 두드렸다. 역시 삼 일간 그곳을 지키고 있는 것밖에는 방법이 없을까? 혹시 잠깐 한눈을 판 사이에 그 차를 놓치면 어떻게 하지?

"왜요? 뭐가 안 풀려요?"

고개를 들자 천 주임이 파티션 너머에서 동그란 눈을 뜨고 있었다. 한 손에는 머그컵을 들고 있었는데 따뜻한 김이 조용히 피어올랐다. 별생각 없이 머그컵을 응시한 것뿐인데, 천 주임은 그의 시선을 깨닫고는 그 자리에서 후루룩 소리가 들리도록 차를 한 모금 들이켰다. 널 주려던 건 아냐, 그녀의 몸짓이 그렇게 말하고 있었다.

"아뇨, 별일 아니에요."

"요즘 민 과장님 좋은 일 있으세요?"

"예?"

"얼굴빛이 좋아 보이셔서요."

제영은 어색하게 웃었다. 그럴 수밖에 없었다. 최중묵의 죽음을 보기 위해 사력을 다해 먹었으니까. 제영은 운명의 법칙에서 하나의 가능성을 유추했다. 생의 운명은 바뀌어도 사의 운명은 바꿀 수 없다. 죽음을 피해도 다시 죽음의 운명은 대상자에게로 향했다. 그 죽음 역시 제영이 볼 수 있을 것이다. 제영은 최중묵의 죽음을 다시 봐야만 했다. 그래야 대신인의 죽음을 막을 수 있었다.

제영의 몸은 메마른 땅처럼 쉴 새 없이 들어오는 영양분을 게걸스럽게 흡수했다. 손톱 옆으로 매일같이 일어나던 거스러미와 머리의 푸석거림이 덜해진 것을 보고 제영은 먹는다는 행위의 위력을 새삼 느꼈다.

"뭐 하는데? 혹시 이직하려는 건 아니지?"

옆자리에 앉아 있던 신 차장이 몸을 옆으로 길게 뺐다. 그는 자리에 앉은 채로 제영의 모니터를 보기 위해 몸을 버둥거렸다.

"아뇨. 그건 아니고요."

말끝을 흐렸다. 둘러대긴 해야 하는데 딱히 생각나는 것이 없었다. 거짓말도 재능이 있어야 한다.

"그래, 아무리 사장이 꼴같잖아도 여기만 한 데도 없어."

제영에게 들으라고 하는 소리였다. 천 주임에게 뭔가 들은 것일지도 모른다. 여기만 한 데도 없다는 충고에는 퇴사하지 말라는 간청이 깔려 있었다. 신 차장은 나이가 들어 이직하기 힘들 거라고 스스로 생각한다. 대부분의 실무를 커버하던 제영이 퇴사하면 사장은 그만한 능력을 가진 사람을 구할 수밖에 없다. 적은 비용에 최대의 효과를 낼 수 있는 젊은 인력이 그의 자리를 메울 것이다. 그렇게 되면 신 차장의 입지가 좁아진다.

지금은 제영이 신 차장의 뒷수발을 해주지만 신입이 그러리란 보장이 없었다. 여기만 한 데도 없어, 라는 것은 신 차장의 입버릇이었다. 안주하고자 사는 생은 죽음을 보는 그의 눈에 너무 무기력해 보였다.

"그러고 보니 사장은 또 어디 갔지? 요즘 아주 살판났나 본데? 우리 매출 좀 올랐어?"

신 차장이 천 주임에게 물었다. 그의 말대로 요즘 사장은 걸핏하면 자리를 비웠다. 출근 복장은 정장에서 골프웨어로 바뀌었다. 시간만 있으면 필드에 나갔고, 허허실실 미소가 떠나지 않았다. 마치 새 삶을 사는 사람 같았다.

'새 삶…….'

다른 사람에게 돈을 주고 샀으니 제대로 누리고 싶기도 하겠지. 제영은 혐오감에 몸이 떨렸다.

"매출이 오르긴요. 그냥저냥 그런데 혼자 살판난 거예요. 그래도 오늘은 놀러 나간 거 아니고, 풍밀에 가셨어요. 말은 안 하지만 재산 싸움 난 듯. 이따 5시에는 들어오실 거니까 괜히 늘어져 있다 한소리 듣지 마세요."

천 주임이 장난스럽게 눈을 흘기자 신 차장이 어깨를 으쓱했다. 풍밀리. 그곳은 사장의 고향이었다. 돌아가신 부모님의 묘소가 있고, 아직 친인척이 여럿 살고 있는 것으로 알고 있었다.

풍밀리에 있는 가족 땅을 사장이 눈독 들이고 있는 것은 사무실 사람들이 대충 알고 있는 일이었다. 다만 사장의 돌아가신 아버지와 그 형제들의 공동소유이기 때문에 사장 마음대로 할 수가 없었다. 친척들과는 의견이 잘 맞지도 않아 늘 싸움의 원인이 되곤 했다.

천 주임이 느긋한 걸음으로 자리로 돌아가자 신 차장의 관심도 제영에게서 멀어졌다. 제영은 자신의 모니터를 보았다. 영하 2교의 사진을 보자 하나의 생각이 머리를 스쳤다. 그는 곧장 책상 위에 있던 휴대폰을 움켜쥐고 사무실을 나갔다.

사무실 건물 앞 주차장까지 나온 뒤 휴대폰으로 은파기술을 검색했다. 대표번호가 나와 있었다. 곧장 전화를 걸었다. 총무실은 1번, 경영지원실은 2번, 연구소는 3번……. 부서별로 연결할 수 있는 단축키가 안내되었지만 딱히 이거다 싶은 것을 찾지 못하는 사이 '상담원 연결은 0번'이라는 안내가 나왔다. 그는 곧장 0번을 눌렀다. 두 번의 신호음이 가고 상담원이 전화를 받았다.

"은파기술 상담실입니다. 무엇을 도와드릴까요?"

"최중묵 대표님 비서와 통화하고 싶습니다."

곧장 대답이 돌아오지 않았다. 주춤했는지도 모른다. 대표의 비서와 통화하겠다고 대표번호로 전화가 오는 일은 많지 않을 것이다. 직통전화 번호를 모른다는 것은 연결할 만한 사람이 아니라는 인식을 주기에 충분했다. 혹시 비서가 없는 걸까? 대기업은 아니더라도 그만한 규모의 회사 대표인데 지척에서 일을 봐주는 비서가 있을 거라는 생각에서 말한 것이었다.

"무슨 일 때문이시죠?"

다행히 비서가 없지는 않은 모양이었다. 제영은 긴장하지 않으려 애쓰며 답했다.

"여기 진평인데요, 대표님께서 이곳에 오시는 일 때문에요. 작은 문제가 생겨서 알려드리고 싶습니다."

"잠시만 기다리세요."

대답과 함께 잔잔한 클래식이 흘러나왔다. 비서실과 연결해주는 모양이었다. 문제를 들먹인 것은 의도된 것이었다. 상담원에게 이 통화를 연결시키지 않으면 작은 문제가 더 커질 거라는 압박을 주는 것이다. 대표에게 바로 연결하는 것도 아니고 비서에게 연결하는 것이므로 부담이 덜할 터였다.

생각보다 연결음이 길어졌다. 제영은 초조하게 주차장을 이리저리로 걸으며 전화기 너머에서 사람의 목소리가 들리기를 기다렸다. 이미 들었던 음악의 구간이 다시 시작될 쯤 기다리던 목소리가 들려왔다.

"비서실입니다. 무슨 일이십니까?"

묵직한 목소리의 남성이었다.

"여기 진평입니다."

"아, 네."

그 말을 듣자 주먹을 불끈 움켜쥐었다. 그의 계산이 들어맞았다.

최중묵이 왜 진평에 내려가는 걸까, 하는 물음이 계산의 시작이었다. 운전도 최중묵이 스스로 했다는 것은 개인적인 일정일 가능성이 있다는 것이었다. 하지만 비서가 그걸 알지 못할까? 그것은 천 주임을 보고 든 생각이었다. 천 주임은 사장이 고지하지 않아도 많은 것을 알고 있었다. 그것이 이른바 짬밥이라는 거다.

그렇다면 최중묵 대표의 비서도 알고 있지 않을까? 개인 일정을 알고 있다면 좋은 것이고, 공식적인 일정이라면 더할 나위 없다.

"대표님께서 오늘 진평에 내려오기로 하셨는데요, 여기 동백꽃 축제가 열려서 길도 많이 막히고 해서 일정 변경을 좀 하려고 하는데 통화가 안 되셔서요."

"오늘이요? 내일 아닌가요?"

수첩을 뒤적이는 소리가 났다. 제영이 다급히 말했다.

"죄송합니다, 내일 맞습니다. 내일요."

"축제가 그렇게 큰 건가요?"

제영은 죽음의 장면에서 보았던 축제 시각을 떠올렸다.

"진평의 대표 축제이니까요. 축제가 2시부터라 걱정이 좀 돼서."

"저희는 11시부터인데 그때부터 밀릴까요?"

이상하다는 것을 감지한 듯한 뉘앙스였다.

"아뇨. 다시 올라가실 때 걱정을 한 거죠, 뭐."

거짓말이 술술 흘러나왔다. 어쩌면 재능이 있는 건지도 모른다.

"걱정 마세요. 회장에 늦지 않도록 일찍 모시겠습니다."

"네, 네. 미리 체크드리는 겁니다. 그럼 내일 뵙겠습니다."

제영은 다급히 전화를 끊었다. 시간과 날짜를 알았으니 필요한 정보는 다 얻어낸 셈이다. 더이상 통화를 길게 이어갔다가는 밑천이 드러났을 것이다. 의심을 사기 전에 끊은 것이 다행이었다.

어디인지 모르는 '회장'에 도착하여야 하는 것이 11시. 조금 일찍 도착하기 위해 출발할 터이니 적어도 10시 이전에는 영하2교 앞에서 대기하고 있을 생각이었다. 그가 본 죽음 속에서 최중묵의 차량은 확인했다. 실제로는 최중묵이 아니라 대신인이 운전할 것이다. 예상컨대 최중묵은 비서의 차를 타고 움직일 생각인 것이다.

'내일.'

제영은 결심하듯 입술을 앙다물었다. 내일 10시경. 그는 그렇게도 거부했던 운명을 지키러 간다.

내일은 목요일이었다. 사무실에는 휴가를 낼 생각이다. 그 일이 있은 이후로 사장과는 얼굴을 마주하고 싶지 않았지만, 이번엔 어쩔 수 없을 것 같다. 그렇게 생각하며 사무실로 돌아가기 위해 몸을 돌리던 제영이 돌연 자신의 차를 돌아다보았다.

이 차를 산 지 구 년째다. 처음으로 제영이 산 차였고, 고장 나는 일이 있긴 했지만 못해도 오 년은 더 탈 거라고 생각했다. 감정적인 문제에 경제적인 문제가 더해진 결정이었다. 출퇴근용으로 사용하기 때문에 주행거리는 8만 킬로미터 정도였다. 한 해만 더 지나면 꼭 십 년째 그와 함께하는 셈이었지만, 안타깝게도 이 차와 십 주년을 보낼 수 없을 것 같았다. 처음으로 돈을 벌어 샀던 차. 제영은 스스로 사진관에 걸어가 영정 사진을 찍는 마음으로 휴대폰을 꺼내 차의 사진을 찍었다. 그러고는 자신이 찍은 사진을 확인하려다 문자가 도착해 있는 것을 알았다. 통화를 하느라 수신음을 듣지 못한 모양이었다.

밥값은 언제 갚을래요?

저장된 번호는 아니었지만, 누구인지 금방 알 수 있었다. 글자에서 탄력적으로 찰랑이는 검은 단발머리, 동그랗고 작은 얼굴, 안타까운 듯 찌푸리는 미간 같은 것들이 떠올랐다.

주솔지예요.

알아요, 문자를 보며 입으로 답했다. 순댓국을 먹은 뒤 그녀에게 휴대폰 번호를 알려준 것은 소위 말하는 작업은 아니었다. 순댓국집에서 나와 밥값을 갚으라고 말한 것은 주솔지였다. 지갑이 없었지만 휴대폰에서 곧장 이체해줄 수는 있었다. 계좌번호를 달라고 하는 대신 그녀의 손에 휴대폰 번호를 적어주고 돌아선 것은, 그래, 돈이 아니라 마음을 갚고 싶어서였다.

그녀가 아니었다면 제영은 다시 그 어두운 방으로 들어갔을 것이다. 생을 꾹 부여잡으면서, 그런 자신을 혐오하면서, 사람들이 죽는 것을 보는 고통스러운 삶을 이어갔을 것이다.

누구든 정해진 생을 살아야 하는 것이 의무라는 그녀의 한마디가 모든 상황에서 그를 구원해준 것은 아니지만, 옳은 것이 무엇인지를 보게 해주었다. 갈팡질팡했던 것은 답을 몰라서가 아니라 '어쩌면'의 가능성 때문이었다. 어쩌면 내가 믿고 있는 것이 틀릴지도 모른다는 생각. 그 흔들림은 중개인이 노리는 것이다. 하지만 결국 그는 믿음을 찾았다. 주저앉아 있던 그가 일어날 시간임을 알게 해주었다. 무엇 때문에 운명을 받아들여야 하는지, 자신의 삶을 움켜쥔 것이 저주가 아니라 어쩌면 능력일지도 모른다는 것을, 그리고 그것이 왜 자신에게 왔는지, 자신이 어떻게 해야 하는지를 그녀가 깨닫게 해주었다.

살아야 한다고 호되게 호통치던 목소리가 듣고 싶었다. 그 찡그린 얼굴을 떠올리니 왠지 마음이 편해지는 듯했다. 문자 속 주솔지라는 이름을 눈에 박듯이 한참이나 쳐다보고 있을 때, 그의 행동을 보고 있기라도 하는 것처럼 세 번째 문자가 도착했다.

내일 오후 5시. 세민 시푸드 뷔페 어때요? 죽을 둥 살 둥 먹는 데에는 뷔페만 한 데가 없죠.

그녀의 목소리가 그대로 들려오는 듯했다. '내일'이라는 단어가 제영의 시선을 붙들었다. 만약 아버지가 살아 계셨더라면 경직된 얼굴로 한참이나 문자를 응시하는 꼴에 '입영 통지서라도 받은 거냐'라고 비웃으실 것 같았다. 내일은 최중묵이 내던지려는 제 운명을 되돌려줘야 하는 날이다. 중개인이 말한 최선의 선택이라는 거짓 외피를 산산이 조각내는 날이다. 최중묵이 운전해야 하는, 바퀴가 빠질 차 속에서 대신사가 이뤄지지 않게 하려는 제영의 계획은 위험했다. 그럼에도 해야 한다고 생각하는 것은 그날 병원에서 보았던 오열, 그리고 그것을 일깨워준 솔지 때문이다.

그래서 어쩌면 내일 오후 5시, 그는 솔지를 만나지 못할 수도 있다. 제영은 액정 화면에 손가락을 올렸다.

좋아요.

내일, 만약 자신의 뜻대로 운명을 되돌릴 수 있다면 제일 먼저 보고 싶은 사람은 솔지였다.

운전석에 앉은 제영은 계기판에 표시된 시간을 확인했다. 9시 55분. 꽤나 시간이 지난 것 같은데 아까 확인한 이후 고작 십여 분밖에 흐르지 않았다. 그가 진평에 도착한 것은 9시가 되기 전이었다. 최중묵의 일정이 11시부터이니 적어도 삼십 분 전에는 회장에 도착할 수 있었다. 그러니 10시까지는 사고 지점에 가 있자고 생각했지만, '혹시 진평에서 다른 볼일이 있거나', '혹시 식사를 하기 위해', '혹시 시간을 잘못 체크해서' 같은 숱한 '혹시'들 때문에 일찍 출발할 수밖에 없었다. 달리면서도 제영은 '혹시' 벌써 사고가 벌어진 것은 아닐까 걱정했지만 도착했을 때 사고의 흔적이 없어서 안심했다.

그는 영하2교의 진입 전 도로에 차를 세웠다. 헷갈릴 수 있다고 생각했지만 현장을 보고 나서, 진평 방면 상행 차선이 사고 지점이라는 것을 확신했다. 제영은 앉은 자리에서 룸미러의 방향을 조정했다. 뒤에서 달려오는 차량이 한눈에 보였다.

그가 차를 세운 도로는 왕복 2차선으로 간격이 그리 넓지 않왔다. 제영 쪽 차로에서 그의 차를 지나쳐 가려면 중앙선을 넘어가야 했고, 맞은편에 차라도 온다면 기다렸다가 지나갈 수밖에 없었다. 그래서 다른 차량들이 이따금 클랙슨을 울려대거나, 옆을 지나치면서 노골적으로 노려보며 지나갔지만 그로써는 다른 방법이 없었다.

10시 22분.

아직 최중묵의 차는 보이지 않았다. 이 장소에 도착하면 자신에게 닥칠 일이 무엇인지를 명백히 알면서도 차를 몰 수밖에 없는 대신인은 지금 무슨 생각을 하고 있을까. 그 감정을 떠올리니 몸이 조였다.

그때였다. 룸미러 속 저 멀리서 눈에 익은 차의 앞머리가 보였다. 이런 한적한 시골 도로에는 어울리지 않을 고급 외제 승용차. 그리고 죽음 속에서 보았던 차량번호 2020. 드디어 왔다.

제영은 시동을 걸었다.

10

승용차는 제영의 존재를 인지하지 못한 채 영하2교로 진입했다. 맞은편에서 트럭이 달려오는 것을 보면서 제영은 사이드브레이크를 내리고 가속페달을 밟았다. 엔진이 소리를 내며 차가 앞으로 튀어나갔다.

그가 본 죽음의 순서는 이렇다. 최중묵의 차에서 바퀴가 빠진다. 휘청거리면서 맞은편 차선으로 머리가 돌아간다. 마주오던 트럭과 부딪치며 다시 크게 돌아 영하2교의 가드레일을 뚫고 하천으로 떨어진다. 운전자가 죽음을 맞이하는 순간이 바로 이때다.

바퀴가 빠지는 것과 트럭과의 추돌은 제영이 막을 수 없었다. 그의 선택지는 하나뿐이었다. 각오하고 있는 일이지만 그럼에도 핸들을 꽉 잡은 손에 힘이 들어갔다. 제영은 어느새 이를 악물고 있었다. 차를 향해 달려가는 순간이, 차량 유리 너머로 보이는 순간들이 슬로모션처럼 보였다.

퍽, 하는 소리와 함께 최중묵의 차가 한쪽으로 주저앉았다. 바퀴는 샴페인의 뚜껑처럼 튀어 날아갔다. 바퀴를 잃었어도 다른 쪽 바퀴는 여전히 추진했다. 덕분에 차의 앞머리가 반 바퀴쯤 돈다. 맞은편에서 오던 차량이 비켜보려고 하지만 추돌은 불가피했다. 아마 안에서는 핸들을 반대편으로 돌리고 있을 것이다. 그 필사적인 얼굴을, 어쩌면 자포자기하고 있는지도 모르는 얼굴을 떠올리는 것은 고통이었다. 다시 차의 앞머리가 반대편으로 돌았다. 제영은 이를 질끈 물고 가속페달을 힘차게 밟았다.

엄청난 굉음과 함께 차체가 크게 흔들렸다. 그만큼 커다란 충격이 제영을 강타했다. 제영은 거의 반사적으로 고개를 돌렸다. 바짝 붙어 있는 승용차의 창은 어둡게 도색되어 있었지만 그 안에 있을 남자의 당혹을 느낄 수 있었다.

기기기긱.

귀를 자극하는 소리와 함께 제영은 필사적으로 핸들을 왼쪽으로 틀었다. 제영의 차는 최중묵의 차와 가드레일 사이에 끼어 있었다. 오른쪽으로 떨어지는 차를 막기 위해 제영이 온 힘을 다해 왼쪽으로 밀어내고 있었다.

불가능한 일일 수도 있다고 생각은 했지만 방법은 이것밖에 없었다. 어쩌면 하천으로 처박히는 차량은 자신이 될 수도 있었다. 목숨을 잃을 수도 있었지만 어쩐지 '상관없다'고 생각했다. 이십사 년 전에 죽었어야 할 운명이었다. 다른 사람을 구하다가 죽으면 죗값이 치러지려나, 그런 생각을 하며 자조적으로 웃었다. 그러나 정작 이 순간이 되니 그런 생각은 들지 않았다. 죽음에의 공포 사이로 문득 솔지의 웃음이 보였다. 뺨을 맞더라도 찰랑이는 머리나 한번 만져볼걸.

쾅!

묵직한 충격과 함께 차가 멈췄다. 왼쪽 목에서 머리에 이르기까지 신경을 칼로 자르는 것 같은 예리한 통증이 제영을 덮쳤다. 머리를 한 손으로 짚고 힘겹게 상체를 들어 앞을 보았다. 그의 차는 다리를 지나 근처의 밭에서 멎었다. 바퀴가 고랑에 빠진 것 같았다. 최중묵의 차는 반대편 전신주를 들이받았다. 구겨진 보닛이 이쪽에서도 보일 만큼 들려 있었다.

제영은 손으로 더듬거려 안전벨트를 풀었다. 흠씬 두드려 맞기라도 한 것처럼 몸이 아프지 않은 곳이 없었다. 그는 신음하며 운전석 문을 열었다. 최중묵의 차와 부딪치며 구겨진 것인지 한 번에 열리지 않아서 어깨로 몇 번이나 민 뒤에야 문을 열 수 있었다.

"괜찮으세요?"

다가와 말을 건 것은 트럭 운전사였다. 그는 많이 다치지 않은 것 같았다. 사고 순간에 끼어든 제영을 이해할 수 없다는 표정이었다. 제영을 붙잡으려는 트럭 운전사를 향해 한 손을 들어 제지하고는 최중묵의 차 쪽으로 다가갔다. 뒤에서 트럭 운전사가 119에 신고를 하는 듯한 소리가 들렸지만 제영의 시선은 오로지 최중묵의 차로 향했다. 제영이 운전석 바로 앞까지 가는 동안 운전을 한 사람은 내리지 않았다. 제영은 운전석 문의 손잡이를 잡고 당겼다.

'역시.'

예상대로 운전을 한 것은 최중묵이 아니었다. 대신인이었다. 룸살롱 앞 도로에 주저앉아 서러운 울음을 토해내던 남자가 눈을 휘둥그렇게 뜬 채 제영을 올려다보았다. 그는 자신에게 지금 무슨 일이 일어난 건지, 그리고 제영이 왜 그러는지를 전혀 알지 못하는 듯했다. 죽음의 거래에 대해 알고 있는 사람이 있을 거라고는 상상하지 못할 터였다.

"무슨……."

상황을 알지 못하는 남자가 당황한 듯 입을 열었지만 제영은 그 말을 듣고 있을 마음이 없었다. 그는 팔을 뻗어 남자의 멱살을 움켜쥔 채 그대로 끌어 내렸다. 남자는 싱겁게 제영의 힘에 굴복했다. 차에서 끌려 나온 남자는 제영에게 멱살을 잡힌 채로 두서없이 변명을 늘어놓았다.

"차가…… 바퀴가……."

"하지 마요."

"예?"

남자가 눈을 깜박거렸다. 당장이라도 울 것 같은 제영의 찌푸린 얼굴을 이해할 수 없는 듯했다.

"죽지 말라고! 그러면 당신 딸이 좋다고 할 것 같아?"

남자의 입이 벌어졌다. 휘둥그렇게 뜬 눈이 일렁였다. 그는 자신의 귀를 의심하고 있을 것이다. 절대적이라고 생각했던 비밀이 다른 사람의 입에서 나올 거라고 상상하지 못했을 것이다. 대체 이 사람은 어디까지 알고 있는 걸까, 알면서 왜 날 살리려는 건가. 그런 생각이 남자의 얼굴에 뒤섞였다.

남자가 덜덜 떨리는 손을 멱살을 쥔 제영의 손 위에 올렸다. 제영이 그의 비밀을 알아서가 아니었다. 죽는 것이, 그도 무서운 것이다. 무섭지 않을 리가 없다. 그럼에도 남자는 감행할 수밖에 없었다. 더 무서운 것이 있었기 때문이다. 사채업자보다 더 무서웠던 것. 딸의 인생을 망가뜨리는 일.

남자의 손은 놀랄 만큼 차가웠다. 제영이 남자의 눈을 힘껏 노려보았다. 남자의 손에서 천천히 떨림이 사라져갔다.

"놔요."

너무나 차분한 목소리에 제영은 자신도 모르게 손에 힘이 빠질 뻔했다. 어쨌든 남자는 이제 알아차린 것이다. 제영이 뭘 알고 있고, 무엇을 위해 여기에 왔는지를. 그럼에도 물러설 수 없는 이유가 남자에게는 있었다. 남자는 다시 운전석에 오르기 위해 몸을 돌렸다. 제영이 그의 어깨를 거칠게 잡아챘다.

"그런 거래를 해서는 안 돼요! 어떻게 목숨을 사고팔 수 있습니까?"

"난 할 수 있어!"

남자가 팔을 휘둘러 제영의 팔을 떨쳐냈다. 이런 반응을 예상치 못했던 것은 아니지만 제영은 순간 말문이 막혔다. 그의 눈에서 이글거리는 분노와 날선 비난을 보았기 때문이다. 남자는 자신의 죽음을 막은 제영에게 분노하고 있었다. 제영은 남자에게 선불리 들이댄 도덕의 잣대를 후회했다. 그것은 남자에게 자신의 목숨을 부지해 딸을 죽이라는 말과 다르지 않았다.

"당신이 뭘 알고 여기 왔는지는 모르겠지만, 당신이 아는 게 전부가 아냐. 내 딸은, 내 딸은 나 때문에……!"

"알고 있습니다."

제영의 말에 남자의 얼굴이 일그러졌다. 알고도 이런 짓을 벌이냐고 외치고 싶은 듯했다. 알지만, 선택할 수밖에 없다. 두 개의 선택지가 모두 불행하다면 선택해야 하는 것은 차악이 아니라 옳다고 믿는 신념이어야 한다. 그것이 인간다운 일이다.

"알고 있지만, 그래도 따님한테 씻어 내리지 못할 상처를 주면 안 돼요."

지금 자신이 하는 말이 신파극에나 나오는 구태의연한 말임을 알면서도 제영은 말할 수밖에 없었다. 진심을 전하고 싶었지만 알맞은 형태를 구현할 수 없는 자신이 미약하게 느껴졌다.

"내 딸이 계속 그런 데서 일하면 상처를 안 받나? 남자들한테 웃음 팔면서? 이제 협박을 당해서 무슨 일을 당할지도 모르는데, 그럼 그걸 가만히 보고 있으라고? 딸을 팔아서 내 목숨 부지하라고?"

퍽!

제영의 몸이 나뒹굴었다. 얻어맞은 뺨이 얼얼했다. 주먹 쥔 남자의 손이 부들거렸다. 언성을 높이던 그는 분노를 더이상 억누르지 못해 주먹을 휘두르고 만 것이다.

별안간 벌어진 폭행에 트럭 운전사가 놀란 눈으로 달려왔다. 제영은 손을 들어 가까이 오지 말라는 제스처를 해보였다. 주춤한 트럭 운전사가 자신의 차로 돌아가면서 어딘가로 전화를 걸었다. 경찰을 부르려는 건지도 모른다.

"막지 마. 널 죽여서라도 난 죽어야 하니까."

"그럼 아저씨 딸도 죽어요!"

제영의 외침에 차에 올라타려던 남자가 그대로 굳었다. 믿을 수 없다는 눈으로 제영을 돌아다보았다.

"어째서?"

그 눈이 몹시 흔들렸다. 제영은 손등으로 입술 끝을 훑었다. 손등에 피가 조금 묻어났다.

"죽어요. 반드시, 라고 말할 수 있어요."

"……너."

남자는 뭔가를 직감한 것 같았다. 누구도 알 수 없는 비밀을 알고 있는 제영이 심상찮게 느껴진 것이다. 죽음을 거래하기 위해 찾아온 중개인이라는 사람의 얼굴을 떠올리고 있을 것이다. 죽음을 보는 사람이 있다는 것은 믿을 수 없는 일이지만 믿고 난 뒤에는 다른 가능성이 열린다. 그런 능력을 가진 사람은 한 명이 아닐지도 모른다.

제영은 그녀의 죽음을 본 것이 아니었다. 그녀의 얼굴을 알지도 못한다. 하지만 확신한다. 그가 죽으면 딸도 죽을 것이다. 왜냐하면.

"아버지를 너무나 사랑하니까요."

남자가 허, 하고 어이없다는 소리를 냈다. 비난하듯 제영을 노려보았다. 목숨이 오가는 일촉즉발의 상황에 갑자기 던지는 영화 대사 같은 말에는 큰 설득력이 없다는 것을 제영도 알고 있었다.

“낯간지러운 말이 안 통할 거라는 거 알아요. 근데 어쩔 수 없어요. 그게 사실이니까요.”

제영은 땅을 짚고 일어나려 했다. 그러나 도로 털썩 주저앉았다. 몸이 아프기도 했고, 기력도 소진했다. 죽자 사자 퍼먹은 순댓국의 위력은 여기까지인 모양이었다. 하긴, 가뭄 속 고사한 나무에 물 한 컵 퍼준다고 해서 금세 살아날 리가 없다. 그는 주저앉은 채로 말했다.

“사채업자들이 따님을 감금한 건 아니잖아요. 따님이 선택한 거잖아요. 아버지가 협박당하는 걸 더는 못 보겠으니까요. 그 이유는 하나밖에 없어요. 아버지를 너무 사랑하니까요. 근데 아저씨가 죽으면 딸은 어떨까요? 그렇게 힘든 시간 동안 뭘 한 걸까. 그렇게 생각하게 되지 않을까요? 아버지도 지키지 못했고, 따님의 현재는 지하 룸살롱에 처박혔죠.”

“그래서 보상하려는 거야. 나만 죽으면 얼마가 들어오는 줄 알아? 그 돈이면 다 해결돼. 그 애도 새 인생을 시작할 수 있다고!”

“아버지가 없는데요? 지켜야 하는 것을 지키지 못한 사람의, 지킬 것이 더이상 없는 사람의 삶을 아세요? 돈이면 다 해결될까요? 그 돈이 어떻게 생겼는지 알면 따님이 어떻게 할까요?"

"그런 걸 알 수 있을 리 없어. 중개인이 알아서 잘 설명한다고 했다고."

"그 사람을 믿으세요?"

남자가 멈칫했다.

"중개인은 원하는 걸 얻었고, 더이상 당신도 이 세상에 없어요. 당신이 지키고자 하는 것을 위해 그렇게 공을 들일까요? 물론 어느 정도 거짓말은 해주겠죠. 하지만 신뢰가 갈 만큼, 믿을 수 있을 만큼 노력해줄까요? 아뇨. 그렇지 않을 거예요. 이전의 중개가 그랬어요."

—아빠는 자살한 건지도 몰라요.

장례식장에서 보았던 그 서러운 의혹을 떠올렸다.

"돈을 받아도, 아무래도 이상하다는 생각이 들겠죠. 당신, 보험 같은 거 없죠? 그런 게 있었다면 그 지경까지 가지도 않았겠죠. 중개인은 그런 걸 고려하지 않고 보험금이라고 따님을 속일 거예요. 그의 관심사는 아저씨도, 아저씨의 딸도 아니니까요. 돈을 받게 되면 아저씨 딸은 출처를 알아보려 할 거예요. 아저씨를 위해 룸살롱에까지 취업했던 사람이니까요. 진상을 알기까지 얼마나 걸릴까요?"

남자는 고개를 바닥으로 떨군 채 아무런 말도 하지 않았다.

부릅뜬 눈으로 땅을 응시하고 있을 뿐이었다. 많은 생각이 오고갈 것이다. 그 생각의 끝은 어쩌면 제영이 더이상 설득할 수 없는 것일 수도 있다. 그는 다시 죽으려 할지도 모른다. 그것은 그의 선택이다. 그래도 매 순간 제영은 그를 살리는 선택을 할 것이다.

"저도 죽음이 보여요. 그리고 제 아버지 죽음을 봤죠."

남자가 놀란 눈을 했다. 제영은 우는 듯 웃었다. 아버지를 입에 담는 날이 올 줄은 몰랐다.

"미리 아니까 운명을 바꿀 수 있을 거라고 생각했어요. 아버지를 살리려 죽을힘을 다했지만 살리지 못했죠. 아버지가 죽는 순간을 제 눈으로 봤어요."

아버지는 자신이 운영하던 사무실과 마주한 건물 옥상에서 떨어졌다. 바닥으로 추락하는 아버지와 눈이 마주친 그 순간이 상흔으로 남아 있다.

"목표를 잃은 순간에 저는 가치를 잃었습니다. 내가 살아야 하는 가치. 아버지한테는 보험이 있었어요. 전 아버지가 남긴 돈을 차마 쓸 수 없었어요. 그리고 그 이후의 제 삶은 시궁창에 처박혔어요. 살고 싶지 않은데 죽을 수도 없었죠. 그렇게 살고 있는 제가 혐오스러웠어요. 그렇게 사는 게 죽는 것보다 나았을까요? 따님에게 죽음 같은 삶을 살게 하지 마세요."

사이렌 소리가 들렸다. 남자의 어깨가 흠칫 떨렸다. 제영은 고개를 틀어 반대쪽을 보았다. 신고를 받은 구급차가 달려오고 있었다. 트럭 운전사가 존재를 드러내듯 그쪽으로 몇 발짝 다가가며 손을 휘적거렸다.

"아구구."

제영은 신음을 내며 자리에서 일어섰다. 절룩이며 자신의 차를 향해 몸을 돌려세웠다. 그제야 엉망으로 구겨진 차가 눈에 들어왔다. 운전석 쪽 문이 바람 빠진 축구공처럼 일그러져 있었다. 가드레일에 부딪친 반대쪽 상황은 훨씬 참혹했다. 수리는 불가능할 것이 분명했다. 폐차 말고는 답이 없을 것이다. 정붙인 차의 마지막 영정 사진을 찍어놓은 것이 그나마 다행이라고 생각했다.

"난 어차피 죽어."

제영은 뒤를 돌아다보았다. 바닥을 보고 있던 남자가 고개를 들고 제영을 똑바로 응시했다. 항의하는 것도, 분노하는 것도, 흥분하는 것도 아니었다. 그는 묻고 있었다. 나는 어차피 죽는다. 그럼에도 내 죽음이 가치가 없는 것인가?

"뇌종양이야."

이전의 제영이었다면 혼란스러웠을 것이었다. 어차피 죽을 거라면 돈이라도 남겨줘야 하지 않을까. 그렇게 생각했을 것이다. 하지만 지금은 다르다.

"상태는요? 죽는대요?"

남자는 잠시 말이 없었다. 수술을 해도 무조건 죽는 상황은 아니라고, 제영은 판단했다. 그러니 말하지 못하는 것이다. 살라고 할까 봐.

"어차피 사람은 모두 죽어요."

제영은 남자에게 다가섰다.

"그래도 살기 위해 노력하세요. 그걸 보여주는 것만으로도 아저씨는 딸을 살리게 될 거예요. 누구보다도 내가 잘 알아요."

제영은 바지 주머니를 더듬거렸다. 얄팍한 반지갑이 만져졌다. 오늘은 지갑을 가지고 와서 다행이었다. 지갑을 열어 명함을 꺼냈다. 더 샘 인테리어 디자이너. 이런 순간에 어울리지 않는 명함이긴 하지만 어쩔 수 없다.

제영이 내민 명함을 받아 든 남자는 어리둥절해졌다.

"괜찮으십니까?"

어느새 도착한 구급대원이 두 사람에게 달려왔다. 고개를 돌려 보니 트럭 운전사가 경찰에게 뭔가 설명하고 있었다.

남자가 당황해 구급대원과 제영을 번갈아 보았지만 제영은 오롯이 그를 응시했다.

"못 쓰고 두었던 돈이 있어요. 아버지가 제게 남긴 보험금이죠. 그걸로 빚도 갚고, 수술도 받으세요. 도움이 될 겁니다."

"그건……!"

"저는 아버지의 운명을 바꾸지 못했지만, 아버지의 죽음이 아저씨를 살렸네요. 아저씨가 사는 건 운명이에요."

제영은 다정하게 웃었다.

"아저씨 성함이 어떻게 되세요?"

제영은 그의 이름이 궁금했다. 더이상 자신에게 그는 대신인이 아니었다.

"김충수……입니다."

"네."

제영은 돌아섰다. 끝났다, 는 안도감이 온몸으로 퍼져나갔다. 한여름에 물 한 모금 먹지 못하고 있다가 마셨을 때 온몸으로 수분이 흡수되는 순간처럼 세포 하나하나에 묵직하고 따뜻한 것이 가닿았다. 이제야 살아 있을 이유가 생겼다.

"잠깐만요. 구급차에 타세요."

응급구조사 복장을 한 대원이 그를 세웠다. 그녀가 가리킨 곳에는 응급차의 열린 문이 그를 기다리고 있었다. 자신이 다리를 절고 있고, 왼쪽 팔을 부자연스럽게 배에 대고 있다는 것을 뒤늦게 알았다. 제영은 구급차에 걸터앉으며 조금 전 자신이 서 있던 곳을 바라봤다. 남자의 주변에는 구급대원 한 명과 경찰 한 명이 서 있었다. 남자는 그들의 발치에 엎드려 울고 있었다. 벌린 입에서 내지르는 소리가 비통했다. 구급대원과 경찰은 어안이 벙벙해서 어쩔 줄 몰라 했다.

알고 있었다. 한 번의 대신사를 막아낸다고 해서 끝이 아니다. 중개인은 계속해서 욕심을 버리지 않을 것이고, 어쩔 수 없는 상황에 의해 지독하게 불공정한 그 계약을 받아들이는 사람은 계속 나올 것이다. 그리고 그들 대부분의 사정은 돈일 터다. 이번에는 자신이 가진 돈으로 해결되었지만, 모든 사람의 사정을 제영이 해소해줄 수는 없다.

'하지만.'

제영은 남자를 보았다. 그는 지금 돈이 있었고, 돈이 필요한 사람이 있었다. 모두를 도와줄 수 없다고 해서 한 명도 돕지 않는 것은 바보 같은 짓이다. 그뿐이었다.

"움직이실 수 있으세요? 움직이실 수 있으시면 베드에 누우세요."

팔도, 다리도 멀쩡해 보이지 않으니 병원으로 이송해줄 모양이었다. 제영은 대원을 올려다보며 말했다.

"저녁에 약속이 있는데."

나중에 생각해봐도 참 바보 같은 말이었다.

11

병원에서 나온 즉시 택시를 타고, 실례를 무릅쓰고 택시 기사에게 "빨리, 빨리"를 외쳤지만 제영이 도착했을 때는 약속 시간에서 이십 분이나 경과한 뒤였다. 구급대원에게 꽤 큰 교통사고 환자라는 소식을 들은 병원 의료진이 CT 검사 결과가 나오기 전에 그를 내보내주지 않았기 때문이다. 다행히 머리에 이상은 없었지만 팔과 다리의 인대가 늘어났다고 했다. 통원 치료가 불가피했다. 그런 건 상관없었다. 솔지가 가버린 것은 아닐까 조급해졌다. 건물로 들어간 제영은 식당을 몇 발짝 앞두고 걸음을 멈췄다.

식당 입구 대기석에 솔지가 앉아 있었다. 낮은 안도의 한숨이 새어 나왔다. 제영은 솔지를 향해 다가갔다. 못해도 이십 분이상 기다렸을 솔지는 추위를 느끼는 듯 몸을 웅송그리고 앉아 휴대폰을 보고 있었다. 손이 파랗게 얼어 있었다. 제영의 인기척에 고개를 들던 솔지가 놀란 눈을 했다.

"다쳤어요?"

솔지의 눈이 빠르게 제영의 머리부터 발끝을 훑었다. 제영은 멋쩍게 웃었다. 꼴이 말이 아닐 것이었다. 인대가 늘어난 왼쪽 팔에는 반깁스를 했고, 다리는 절룩이고, 얻어맞은 입술은 부풀어 올랐다. 게다가 나뒹군 탓에 바지는 눈뜨고 볼 수 없을 정도로 지저분했다. 올라오면서 엉덩이를 털기는 했지만 그걸로 감당될 만한 상태가 아니었다. 뒹군 곳이 하천이 흐르는 다리의 근처 땅이니 흙에 수분기가 많았던 것 같다.

"가버렸을까 봐 걱정했어요."

"다쳤냐고요!"

"사고가, 좀 있었어요."

제대로 설명하기는 어려웠다. 사고란, 대부분 자신도 모르게, 부지불식간에 일어나는 일로, 대부분의 경우 '당한다'라는 표현을 붙여 쓴다. 그러나 오늘 그의 사고는 '당한' 것이 아니라 엄밀히 말하면 그가 사고 속에 끼어든 것이었다. 사고의 인과관계를 설명하려면 더욱 복잡해진다. 제영은 문득 생각했다. 이 여자에게 자신이 죽음을 본다는 것을 말하면 어떤 반응을 보일까? 어이없다는 듯 웃음을 터뜨리는 모습이 상상되었다. 정신병자라고 생각할지도 모른다. 믿을 수 있는 일이 아니다. 자신도 믿을 수 없었고, 지금 역시 믿고 싶지 않다.

"병원은요?"

"큰 이상은 없대요."

제영은 반깁스를 한 팔을 휘둘러 보였다. 통증이 약간 있어 미간을 찌푸렸지만, 이내 히죽 웃어 보였다. 그 모습을 보고 있는 솔지의 미간이 걱정스러운 듯 찌푸려져 있다.

"그냥 못 온다고 전화를 하죠."

제영은 대답하지 않고 그냥 웃었다. 사실 솔지의 전화번호를 알기에 조금 늦는다고 연락을 해줘도 되는 일이었다. 그러나 그러고 싶지 않았다. 병원에 있다는 말을 하면 솔지가 약속을 취소할 것 같았다. 그렇잖아도 찡그린 얼굴을 보며 오기를 잘했다고 생각하는 중이었다. 누군가의 진심 어린 걱정을 받아본 적이 언제인가 싶다. 성인이 된 이후 처음 느끼는 감각이 그를 지탱했다. 자신의 두 다리로 버티고 서 있음에도 누군가에게 안겨 있는 것만 같이 단단한 평안함이었다.

"전화번호 까먹었어요."

"저장도 안 했다고요?"

기가 막힌다는 듯 솔지의 목소리가 높아져서 제영은 장난스럽게 웃었다. 금세 장난임을 깨달은 솔지가 억울한 듯 입술을 일그러뜨리며 그를 흘겨보았다. 어깨를 으쓱해 보이고는 먼저 가게 쪽으로 몸을 돌리던 제영은 조금 당황했다.

통유리로 되어 있는 문을 통해 식당의 내부가 훤히 보였다. 출입문 옆에는 정장을 입고 인이어를 찬 남자 직원이 서 있었다. 음식과 식기류를 확인하기 위해 오가는 직원들 역시 정장 타입의 유니폼 차림이었다. 그들은 차분하고 조용하지만 물 흐르듯 홀을 오갔다. 식당의 손님들 역시 모두 정장을 갖춰 입은 정도까지는 아니었지만, 품격이 있어 보였다. 멀리서도 알아볼 수 있는 고급스러운 식기와 인테리어에 어울리지 않는 사람은 제영 한 사람뿐인 것 같았다. 적어도 진흙을 묻히고 올 만한 곳은 아닌 것 같았다. 이제 보니 솔지 역시 그들 못잖게 이곳에 잘 어울리는 차림이었다. 트위드 소재 원피스에 회색 캐시미어 코트를 걸친 모습은 지금 당장 어느 자리에 초대되어 가야 한다고 해도 당황하지 않을 수 있을 것 같았다.

솔직히 제영은 만날 장소가 '세민 시푸드 뷔페'라고는 들었지만, 어떤 곳인지 알지 못했다. 식사도 제대로 하지 않았으니 외식이라고 했을 리 없었다. 식당에 대한 기본 정보도 전무했다. 뷔페라는 얘기에 웨딩홀 뷔페 정도를 떠올렸다. 왁자하게 모인 사람들 속에서 둥근 접시에 산처럼 쌓아올리는 음식 정도를 생각했다고는 입이 찢어져도 말할 수 없었다.

"혹시 식당 마음에 안 들어요?"

조금 전까지만 해도 장난을 치며 웃던 제영이 식당 앞에서 우물쭈물하자 솔지가 걱정스러운 듯 물었다.

"그럴 리가요. 식당이 나를 마음에 안 들어 하면 몰라도."

제영은 씁쓸한 얼굴로 양팔을 살짝 벌렸다. 몸을 이리저리 비트는 모습을 보고 솔지는 그의 걱정을 알아챈 것 같았다. 그녀는 기가 막힌다는 듯 웃음을 터뜨리며 한 팔로 제영을 잡아끌었다.

"돈 내고 먹는데 무슨 상관이에요. 먹고 튈 것 아니면 뭘 입든 상관없다고요."

얼핏 맞는 말인 것 같지만 위로는 되지 않았다. 그 말이 정답이라면 복장 규제가 있는 레스토랑들은 다 뭐란 말인가. 하지만 솔지의 말대로 그가 들어가도 식당의 직원들은 어색한 웃음을 흘리거나 곤란해하지 않았다. 살짝 허리를 숙여 "어서 오세요"라고 인사한 직원은 두 사람을 식당 안쪽에 있는 빈 테이블로 안내했다.

"난 또, 너무 비싼 식당을 골랐다고 화난 줄 알았잖아요."

코트의 단추를 풀며 솔지가 말했다. 솔지가 그에게 사준 것은 '싸요, 싸' 마케팅중인 식당의 순댓국이었다. 그곳에 비하면

이 식당은 몇 배나 비쌀 것이다. 하지만 화가 났다고 생각했으리라곤 전혀 생각하지 않았다. 본인도 알지 못할 테지만 그녀가 자신에게 해준 것은 이곳에서 치를 식사비보다 훨씬 더 가치가 있다.

"걱정 말아요. 내가 사는 거니까."

장난기 가득한 얼굴로 솔지가 눈을 가늘게 떴다.

"아니에요. 내가 사요."

제영이 황급히 말했다. 솔지는 웃으며 코트를 벗었다. 동그란 어깨에서 이어지는 가느다란 팔이 시선을 사로잡았다. 웬일인지 심장이 불규칙하게 뛰었다.

솔지가 단호하게 말했다.

"이건 제가 살 거예요. 근데 뷔페의 규칙 알죠? 뽕을 뽑아라! 그냥 많이만 먹으라고요."

일어서는 솔지를 따라 제영도 엉거주춤 일어났다. 홀로 나간 솔지가 접시를 집었다. 제영도 뒤를 따랐다. 그는 주변을 돌아보았다. 초밥과 신선해 보이는 회, 각종 샐러드와 디저트가 있었고 스테이크 코너에서는 직접 한우 채끝살을 원하는 굽기에 맞춰 스테이크로 만들고 있었다. 놀랄 만큼 커다란 킹크랩 찜도 있어서 눈길을 주긴 했지만 발라 먹을 자신은 없었다. 솔지가 물었다.

"뭐 좋아해요?"

딱히 좋아하는 음식은 없다. 죽음을 본 이후로 잘 먹지 않아서인 탓도 있지만 애초에 식탐이 많지 않았다. 적어도 자신이 기억하는 한, 뭔가 먹고 싶은 것이 이따금 생각나도 뭘 먹든 배가 부르면 그런 욕구는 말끔히 사라졌던 것 같다. 그러나 그렇게 말할 수는 없었다. 왠지 미적지근한 태도를 보이면 솔지가 비싼 가게를 골라서 퉁명스러워진 거라고 생각할 것 같았다. 제영은 제일 먼저 눈에 띄는 음식을 골랐다.

"야키우동이요."

허, 하고 솔지가 목을 움츠렸다. 나직하게 말하며 어깨를 제영의 몸에 살짝 부딪쳤다.

"이런 데 오면 비싼 걸 먹어야죠."

말은 그렇게 하면서도 솔지는 야키우동을 덮고 있는 뚜껑을 젖혔다. 비치되어 있던 스테인리스 집게로 우동을 집어 제영의 접시 위에 올려주었다. 그러고 보니 다른 손님들은 자유롭게 음식을 뜨기 위해 돌아다닌다. 같이 왔다고 해서 굳이 붙어서 음식을 고르러 다니지는 않았다. 그런데 솔지는 제영과 함께 나란히 걸었다. 팔을 다친 제영을 배려하는 것이었다. 그는 이제야 아까 솔지가 당혹스러운 표정을 지은 이유를 알 것 같았다. 그의 다친 팔을 보고 식당을 잘못 골랐다고 생각했던 것이다.

샐러드와 회 약간, 초밥 몇 피스와 육회, 야키우동이 제영의 접시 위에 올려졌다. 스테이크 코너에서는 솔지가 그중에 가장 큰 것을 고르겠다고 눈을 빛내며 집은 것을 받았다. 솔지의 접시 위에 오른 것은 대부분 제영과 비슷한 것들이었지만 양이 훨씬 더 많았고, 킹크랩의 다리 찜과 소라를 두 번째 접시에 담아 들고 왔다.

"점잔 빼봐야 소용없어요. 이따 집에 가서 후회하지 말고 많이 먹어요."

솔지는 제영을 향해 기세 좋게 가위를 움직여 보였다. 그녀의 손이 선택한 것은 킹크랩 다리였다. 솜씨 좋게 킹크랩을 갈라 살을 빼냈다. 다음으로는 소라 안으로 포크를 집어넣었다. 쿡 찌르고는 돌돌 돌리자 먹음직스러운 소라 살이 탱글거리며 빠져나왔다. 그것들이 전부 제영의 접시 위로 올라왔다. 음식을 고를 때 킹크랩을 흘깃거리던 것을 본 모양이었다.

"많이 먹어요."

제영이 그녀를 보았다.

"왜요? 안 좋아해요?"

제영이 웃었다.

"내가 많이 먹었으면 좋겠어요?"

식당에 들어온 이후로 솔지는 몇 번이나 '많이'라는 단어를 썼다. 그러고 보면 잘 알지도 못하는 남자와 함께 가는 식당을 뷔페로 잡는 경우는 많지 않을 것 같았다. 그녀는 처음부터 제영을 신경 썼다. 비정상적으로 마른 제영이 가난한 거라고 오해를 해서 병원비를 빌려주겠다고 하거나, 잘 먹지 않아 다시 병원에 실려 온 제영에게 죽고 싶은 거냐고 소리를 질렀다. 너무 착한 사람이어서일 수도 있고, 충분히 그래 보이지만, 혹시……. 제영은 기대감이 고개를 치켜들려는 것을 느꼈다.

"음……."

솔지는 잠시 식탁의 어딘가를 응시하다가 손에 들고 있던 포크를 내려놓았다.

"사실은 사과하고 싶어서 뵙자고 한 거예요."

제영이 그녀를 보았다. 솔지는 살짝 고개를 숙였다.

"제가 너무 주제넘었던 것 같아요. 어떤 사정이 있는지도 모르면서."

"아뇨, 그건 뭐……."

"아버지가 식도암이셨거든요. 수술 후유증으로 식도가 좁아져서 음식을 제대로 먹지 못했어요. 먹다가 걸려서 토하는 일이 다반사였어요. 돌아가시기 전 반년 동안은 위에 관을 꽂아서 영양식을 투여했죠. 돌아가실 때까지 아빠 소원은 물을 입으로 마셔보는 거였는데, 못 해드렸어요."

아버지가 돌아가신 지 얼마나 된 것일까. 솔지의 눈이 충혈되었다. 눈이 마주치자 솔지는 울지 않으려는 듯 싱긋 웃어 보였지만 그것이 더 가슴을 묵직하게 눌렀다.

"맨날 안 먹어서 실려 온다는 소리를 들으니까 제가 예민하게 받아들였나 봐요."

죽고 싶은 거냐고, 살고 싶어 하는 사람들을 생각하라던 그녀의 카랑한 목소리가 생생하게 머릿속을 맴돌았다. 그녀는 사과하고 있었지만, 잘못한 것은 아무것도 없었다. 오히려 감사했다. 그것이 오지랖이라면 매일 당해도 좋았다. 제영은 그런 마음을 전달할 수 없는 자신의 어휘력에 또다시 좌절했다.

"난 또 나한테 반한 줄 알았네요."

아픔을 떠올리게 해서 미안했다. 아무것도 모르는 착함이라고 오해했다. 그녀의 아버지가 살고 싶었을 하루하루 속에서 죽음만 떠올려 미안했다. 울지 않았으면 좋겠다. 그동안 아무도 관심을 기울이지 않고, 자신을 포기해준 게 편하긴 했지만 기쁘진 않았다. 그래서 감사했다. 그렇게 전하고 싶은 마음이 뒤섞여 말도 안 되는 장난으로 튀어나왔다. 제영은 자신을 쥐어박고 싶은 심정으로 주먹을 움켜쥐었다.

솔지가 풋 웃었다.

"자신감이 대단한데요."

이렇게 된 이상 어쩔 수 없다. 가능하다면 솔지를 웃기지 않을 이유가 없다.

"저 이래 봬도 은파초등학교 원빈이었어요. 제가 제일 고민했던 게 뭔지 알아요? 내일 아침 등굣길에 캐스팅 제의를 한꺼번에 받으면 어디를 선택해야 하는 건가, 였다고요. 내가 지금은 말라서 빛이 바랬지만, 조금만 살이 올라봐요. 완전 긁지 않은 복권이라고요."

'긁어볼래요?'

다행히 느끼한 말이 나오기 직전 입안으로 젓가락이 불쑥 들어왔다. 킹크랩 살을 제영의 입에 쏙 넣어준 솔지가 킥킥거렸다. 항의하는 듯한 표정으로 게살을 우물거리는 제영을 보며 말했다.

"밥이나 먹어요, 많이."

솔지는 민북동에 산다고 했다. 원룸촌이 밀집한 곳이다. 제영이 데려다주겠다고 나섰지만 솔지가 거절했다. 미안해서 그럴 거라고 생각해 어차피 가는 방향이니 한 택시로 가자고 말했다.

"반대 방향인 거 알거든요?"

솔지가 일하는 병원에서 진료를 받았으니 주소도 본 적이 있을 터였다. 이럴 때는 차가 없는 것이 슬프다. 만남이 하루만 빨랐더라도 차의 상을 치르기 전에 그녀를 데려다줄 기회가 있었으리라.

하지만 강권하지 않기로 했다. 솔지의 입장에서 제영은 이제야 겨우 두 번 본, 음식도 제대로 먹지 않는, 게다가 순댓국을 먹다 느닷없이 고개를 뒤로 젖히고는 눈을 까뒤집더니 이어서 토하러 달려가던 이상한 남자였다. 혼자 사는 집의 위치를 알리고 싶지 않을 수도 있다는 생각이 들었다.

"조심해서 들어가요."

기사님, 잘 부탁드립니다, 라며 이만 원쯤을 내주어야 하는 것 아닌가. 혹시 택시비가 이만 원이 넘으면 좀스러워 보이겠지. 촌스러운 행동일지도 몰라. 그런 생각들 속에 주춤거리다가 차문을 닫는 걸로 끝맺고 말았다. 솔지는 안에서 창문을 반쯤 내리고는 얼굴을 내밀었다.

"이제 병원에선 보지 맙시다."

"아……."

현실은 드라마가 아니다. 주춤, 하는 사이 대답도 하지 못한 상태에서 택시가 출발해버리고 말았다. 제영은 멀어져가는 택시의 꽁무니를 시선으로 좇으며 그녀가 보지 못할 텐데도 손을 흔들었다.

"보지 맙시다."

솔지가 마지막으로 한 말을 입 밖에 내어보았다.

"병원에선."

그는 회심의 미소를 지었다. 오늘은 일부러 제영이 계산하지 않았다. 다음 기회가 그에겐 필요했다.

아파트의 엘리베이터 안으로 들어선 제영은 문득 실감이 나지 않는다는 생각을 했다. 단언컨대 평생 동안 가장 다이내믹한 날이었다. 그럼에도 목숨을 걸고 남의 운명에 끼어들었던 것은 아무것도 아닌 것처럼, 혹은 꽤나 시간이 지난 일처럼 느껴졌다. 옳고 그른 것, 선택에 있어서 그가 놓친 '만약'의 가능성들을 되짚어가며 후회하지 않을 수 있는 것은 솔지 덕분이었다.

엘리베이터에서 내려 복도를 걸었다. 벌써 10시가 다 되어간다. 복도는 주광색 불빛에 물들어 있었다. 단지 내 가로등의 불빛들이 복도를 따뜻하게 밝히고 있었다. 평소에는 퇴근을 하면 바로 집으로 들어왔다. 불도 켜지 않은 어두운 방에 홀로 있었다. 그래서 문밖에는 당연히 어둠이 가득할 거라고 생각했다. 아니었다. 다닥다닥 붙은 집의 유리창에서는 다른 사람들의 흔적들이 새어 나왔다.

제영은 현관문에 다가가 비밀번호를 눌렀다. 문을 열고 안으로 들어갔다. 정면으로 중문이 설치되어 있고 옆으로는 주인이 설치한 하이글로시 신발장이 있었다. 신발을 벗으며 제영은 묘한 이질감을 느꼈다. 그는 신발을 벗는 동시에 한 손으로 중문을 밀어 열려는 동작을 멈추고 위를 올려다보았다. 현관을 비추는 센서 등이 빛을 발하고 있었다. 제영은 옆을 보았다. 센서 등의 스위치가 ON 상태에 있었다. 제영은 평소 아예 등을 켜지 않는다. 현관의 센서 등 역시 작동하지 않도록 꺼두었었다. 전혀 사용하지 않으니 착각일 리 없다. 제영의 눈빛이 날카롭게 빛났다.

제영은 천천히 중문을 밀어 열었다. 가벼운 마찰음과 함께 거실이 한눈에 들어왔다. 커튼 사이로 들어온 가로등의 불빛이 어두운 거실을 길게 가로지르고 있었다. 낯익은 모습이었다. 아무것도 없는 텅 빈 공간, 겨울이든 아니든 사라지지 않는 서늘한 공기. 이따금 웅, 팬이 회전하는 소리를 내며 돌아가는 냉장고와 화면이 깨진 TV. 그에게는 너무나 익숙한 것들이지만 뭐라고 설명할 수 없는 타인의 흔적이 느껴졌다.

그는 경계하며 거실로 올라가 스위치를 눌렀다. 일거에 온 거실에 불이 들어왔다. 순간적으로 눈을 찌르는 불빛에 제영은 인상을 썼다. 주변을 둘러보았지만 다른 것은 없었다.

그는 안방 쪽을 노려보았다. 문이 닫혀 있었지만, 제영의 몸에 있는 어떤 감각이 그를 그쪽으로 이끌었다. 조심스럽게 손잡이를 잡고 천천히 돌렸다. 평소라면 들리지도 않을 철컥, 문이 열리는 소리에 긴장했다. 그럼에도 그는 '아무것도 아닐 거야'라는 생각을 놓치지 못했다. 그렇지 않으면 그가 매일 잠드는 침대 위에 주인이라도 된 것처럼 걸터앉아 있는 불청객을 보고 그리 놀라지는 않았을 것이다.

"생각보다 일찍 왔네? 데이트는 잘했나?"

오랜 친구를 부르는 것처럼 중개인이 한 손을 들고 그를 반겼다. 꼬고 앉았던 다리를 풀며, 입고 있던 재킷의 깃을 바로 잡았다. 그런 그의 옆에 가늘고 긴 회칼이 얌전히 놓여 있었다. 제영의 시선이 그쪽에 가닿는 것을 본 중개인이 미소를 지었다. 입은 웃고 있었고, 눈은 서늘하게 빛났다.

"우리, 할 말이 있지 않나?"

그는 알고 있는 것이다. 오늘의 죽음을 누가 막았는지.

12

“어떻게 들어왔지?”

목소리가 덜덜 떨리는 것을 감추려 했지만, 제대로 감추어졌는지는 알 수 없었다. 환하게 쏟아지는 빛 아래에, 마치 자신이 주인인 양 앉아 웃음을 짓는 중개인의 모습은 묘하게 위압적이었다. 올라오려는 공포를 억누르느라 물음을 나직하게 중얼거리는 것이 고작이었다.

“나는 생각보다 더 많은 걸 알고 있지.”

순간 술지가 머리를 스쳤다. 그는 분명 방으로 들어선 제영에게 ‘데이트는 잘하고 돌아왔냐’고 물었다. 그것은 그가 알고 있는 것이 죽음을 누가 막았느냐 하는 것과 비밀번호만이 아니라는 것을 의미했다.

"네 덕분에 의뢰인께서 심기가 아주 불편하셔. 나도 손해가 크고. 이 세계는 신뢰가 바탕이란 말이야. 게다가 대신사할 사람을 다시 구하려면 이래저래 시간과 비용이 들어간다고."

"나가."

제영의 말에 중개인이 조소했다.

"나가주지. 궁금한 거 하나만 풀고."

그는 여유를 부리며 일어났다. 한 손에 쥐고 있는 회칼을 보란 듯이 빙글 돌렸다. 제영은 자기도 모르게 주춤, 뒤로 물러났다. 중개인이 말했다.

"혹시 너 죽는 건 못 봤어?"

그 말이 떨어짐과 동시에 중개인이 달려들었다. 자신을 향해 내리꽂히는 칼을 피하기 위해 제영은 반사적으로 몸을 뒤로 물리며 팔로 중개인의 손목을 잡았다. 중개인이 제영의 복부를 발로 걷어찼다. 제영은 힘없이 나가떨어졌다. 바닥으로 넘어지면서 침대 옆 보조 테이블 모서리에 허리를 박았는지 극심한 통증이 일어 한참을 일어나지 못했다. 등과 머리에서 통증이 둔탁하게 밀려들었다. 인상을 찡그리던 제영이 간신히 눈을 떴을 때, 중개인은 어느새 그의 머리 위까지 다가와 있었다. 위에서는 전등 빛이 쏟아지고 있어 중개인의 얼굴이 어둡게 보였다. 그래도 분노로 들끓는 감정은 확연히 읽혔다. 중개인은 발을 들었고, 그대로 제영의 얼굴 위로 빠르게 발을 내렸다.

제영이 몸을 굴렸다. 중개인의 발이 바닥에 쿵 박혔다. 제영은 그대로 일어나며 중개인의 한쪽 다리를 잡아 들었다. 중개인의 몸이 기우뚱하는 순간을 놓치지 않고 그대로 어깨로 들어 넘겼다. 조금 전 제영이 그랬던 것처럼 그의 몸이 바닥에 메다꽂혔다.

중개인이 옅은 신음 소리를 냈다. 제영은 상황을 역전시키기 위해 그의 몸에 올라타려 하거나 폭력을 행사할 생각은 하지 못했다. 예상치 못한 공격이었기 때문에 가능했던 것이지 두 사람의 힘 차이는 상당했다. 여기서 제영이 선택할 수 있는 방법은 도망치는 것밖에 없었다.

황급히 문밖으로 몸을 틀었지만 그의 발은 미처 문지방을 넘기지 못했다. 어느새 일어난 중개인이 그의 목을 팔로 휘감았다. 그러고는 다른 쪽 팔을 교차시켜 목을 압박했다.

"커걱!"

그는 숨을 토해내려 했지만 아무것도 용납되지 않았다. 벗어나기 위해 몸부림을 쳤지만 그러면 그럴수록 압박은 더해졌다. 보이지는 않지만 귓가에서 히죽이는 승리의 웃음소리가 들려왔다. 제영의 얼굴은 빨갛게 달아올랐고 목과 관자놀이에 푸른 심줄이 불거졌다. 눈은 당장이라도 터질 듯이 충혈되고 커다래져 있었다.

제영은 애원처럼 중개인의 팔을 두드리던 손을 내려 옆을 휘저었다. 안타깝게도 제영의 손은 어떤 물건도 잡지 못한 채 허공만을 배회했다. 물건을 모두 없앤 것이 처음으로 후회되었다.

제영의 몸에 힘이 점점 풀렸다. 중개인은 제영을 풀어주지 않았다. 이대로 끝장을 보겠다는 확고한 의지가 느껴졌다. 고장 난 형광등 아래 서 있는 것처럼 시야가 점멸했다. 어두워질 때마다 기억들이 머리를 스쳤다. 사람이 죽을 때가 되면 과거의 기억이 스친다더니 이걸 두고 한 말인가, 하고 생각했다.

죽음 직전의 파노라마는 주로 죽음을 보게 된 이후를 담고 있었다. 처음 죽음을 보았을 때, 죽음을 막지 못한다는 것을 알았을 때, 차라리 먹지 않겠다고 올라오는 위액을 토하며 결심했을 때, 몇 번이고 응급실에 실려 갔을 때. 운명 앞에 무력해졌을 때. 그럼에도…….

'나는 살고 싶다!'

제영은 빨갛다 못해 이제 파랗게 질려가는 얼굴을 퍼뜩 들었다. 온 힘을 다해 고개를 뒤로 젖혔다. 그의 머리가 중개인의 얼굴에 가 박혔다. 나뭇가지가 부러지는 듯한 소리와 함께 제영은 중개인의 팔에서 벗어날 수 있었다. 자유로워진 목에 손을 대고 컥컥거리며 숨을 뱉어내는 동시에 필사적으로 공기를 들이

마셨다. 눈앞이 밝아졌다. 중개인은 허리를 굽힌 채 양손으로 코를 틀어막고 있었다. 손가락 사이에서 흘러나온 피가 바닥에 뚝뚝 떨어졌다.

제영은 지체 없이 밖으로 뛰었다. 휴대폰은 어디에 있는지, 어디로 가야 할지 알 수 없었지만 일단 이곳을 벗어나야 했다. 자신이 숨어들 수 있는 유일한 공간은 너무 좁고, 중개인은 너무 강력했다. 유약한 자신이 이겨낼 수 있는 상대가 아니었다.

'사람이 있는 곳으로 가야 한다.'

문을 열고 나간 그는 구조 버튼을 누르기라도 하는 것처럼 엘리베이터의 하향 버튼을 필사적으로 눌렀다. 버튼에 램프가 들어왔지만 문이 열리지 않았다. LED 화면에는 엘리베이터가 지금 18층에서 내려오고 있음을 알리고 있었다. 10층까지 내려올 때를 기다릴 수는 없었다. 구르듯 계단을 달려 내려갔다.

몇 층까지 내려왔을까. 머리 위에서 쾅, 하는 소리가 들려 제영은 자신도 모르게 주저앉으며 머리를 감쌌다. 하지만 소리에 이어 그를 덮친 것은 없었다. 소리는 몇 층이나 위에서 들려오는 것이었다. 안심할 것은 아니었다. 쾅, 소리 뒤로 발소리가 빠르게 들려왔다. 방화문을 열고 중개인이 계단실로 들어온 것이다. 제영은 사력을 다해 달려 내려갔다.

밖으로 나간 제영은 방향감각이 갈 곳을 지시하기도 전에 단지 내를 가로질렀다. 동마다 붙어 있는 경비실에는 어둠이 내려앉아 있었다. 몇 해 전 관리비 인하 문제로 경비원을 감축하는 대신 아파트 중정에 중앙 경비실을 만들어 소수의 인원으로 운영하자는 동의서에 사인했던 자신을 저주했다. 그때는 동의하라며 윽박지르는 부녀회장을 빨리 돌려내고 싶은 마음뿐이었다.

기온이 뚝 떨어지는 한겨울의 밤이다. 돌아다니는 사람은 전혀 보이지 않았다. 이따금 단지 정문으로 들어와 지하 주차장으로 빨려들 듯 사라지는 자동차들뿐이었다. 그들의 눈앞에는 오로지 곧 돌아갈 따뜻한 집밖에는 없을 것이므로 손을 흔드는 제영의 모습을 발견하지는 못했다. 도로까지 나왔지만 역시나 사람은 없었다. 전구색 가로등 불빛만이 도로를 점점이 물들였다. 이곳의 겨울은 도시와는 다르다.

제영은 달리면서도 주변을 빠르게 훑었다. 어딘가에 숨어야 한다. 이대로 계속 도망가다가는 곧 중개인에게 잡히고 말 것이다. 중개인은 이번 기회를 놓치지 않을 것이고, 제영에게도 다음의 기회란 없을 것이었다.

당장에라도 누군가 뒷덜미를 낚아챌 것 같은 공포를 느끼던 제영의 눈에 건물에 붙어 있는 야트막한 담 하나가 보였다. 건물 지하로 내려가는 계단이 그 담 아래에 있었다. 방범창이 붙어 있는 지하방에서 불투명창을 통과한 빛이 어슴푸레 새어 나오고 있었다. 그쪽으로 뛰어드는 것은 포기했다. 알지 못하는 사람이 문을 두드린다고 벌컥 열어줄 사람은 없을 것이다. 괜한 소란을 피웠다가는 그대로 위치를 노출시키고 만다. 계단을 반쯤 내려가 몸을 낮추고 벽에 붙었다. 거칠어진 호흡 소리가 나지 않도록 입을 다물었다. 하얀 김이 새어 나가는 것도 막기 위해 최대한 숨을 덜 쉬었다. 조금 떨어진 곳에서 규칙적이면서도 빠른 발걸음 소리가 들렸다. 그것은 잠깐 멀어졌다가 다시 가까워졌다. 혹시 골목 안쪽을 수색하고는 다시 나온 걸까. 온몸이 굳어가는 듯 힘이 들어갔다. 소리가 가까워졌다. 그는 반사적으로 뒷걸음질 쳐 몇 계단을 더 내려갔다.

애옹!

찢어질 듯한 소리를 지르며 뭔가가 뒤에서 튀어나갔다. 놀란 제영은 비명이 터져 나오려는 것을 간신히 참았다. 벽을 타고 오르는 검은 형체는 고양이였다. 제영의 발아래에 사료 알갱이들이 그릇도 없이 흩어져 있었다. 누군가 길고양이에게 밥을 준 모양이었다.

벽에 몸을 붙인 채로 몸을 낮춰 앉았다. 머리 위의 담장이 만들어낸 비스듬한 그림자 속으로 숨었다. 안을 들여다보아도 빛을 비춰 자세히 보지 않는 이상은 그를 발견할 수 없었다. 제영은 거의 숨을 쉬지 않는 채로 온몸의 신경을 날카롭게 세웠다. 모든 소리를 파악하려 했다. 여차할 때는 반격해야만 한다. 걸음 소리, 숨소리 하나도 놓쳐서는 안 됐다.

터벅, 터벅.

느릿한 걸음 소리가 공기를 통해 전달되었다. 멈췄다 다시 시작되는 듯한 소리였다. 갑자기 튀어나온 고양이를 보고 멈췄다가, 그것에서 수상한 기척을 느낀 듯 주변을 경계하며 다가오는 중개인의 모습이 눈앞에 그려졌다. 그는 몸을 더욱 움츠리면서도 공격할 태세를 늦추지 않았다. 중개인이 이 계단으로 내려온다면 부지불식간에 뛰어나가 그를 밀어버리고 도주할 생각이었다.

걸음 소리는 그의 머리 위에서 다시 멎었다. 찰나의 적막이 지나갔다. 눈앞의 계단 위로 누군가의 검은 그림자가 스윽 길게 늘어졌다. 제영은 입을 틀어막았다. 중개인이다. 제영을 찾기 위해 담장 안으로 상체를 길게 뻗어 들여다보고 있었다. 어둠 속에 숨은 자신을 발견할까? 거의 기도하는 심정으로 눈을 질끈 감았다.

터벅, 터벅.

다시 걸음 소리가 이어졌다. 그의 우려와는 달리 소리는 조금씩 희미해지며 멀어져갔다. 마지막으로 그가 들은 걸음 소리는 처음처럼 규칙적이고 빨랐다. 제영을 놓칠까 달려가는 소리였다.

방심해서는 안 된다. 제영은 조심스레 상체를 빼고 위를 올려다보았다. 내려다보는 중개인과 눈이 마주칠지도 모른다는 아찔한 상상을 하기도 했지만 실제로 그를 보고 있는 것은 검은 하늘뿐이었다. 제영은 경계를 늦추지 않으며 조심스럽게 계단 위로 올라갔다. 인적 없는 도로는 이번엔 오히려 그를 안심하게 했다.

그래서인지도 몰랐다. 아무것도 없는 텅 빈 도로를 보며 긴 한숨을 내쉬는 동안 중개인이 다가온 것을 알아차리지 못했다. 그가 돌아선 순간 코앞에 서 있는 중개인의 모습에서 느낀 것은 공포보다는 좌절이었다. 피범벅이 되어 있는 중개인의 얼굴은 한층 더 위압적이었고 뭐라 표현하기 힘들 정도로 기괴했다.

중개인의 얼굴이 눈앞으로 스윽 밀려들어오는 순간, 얼굴에 서려 있는 서늘한 웃음을 제영은 홀린 듯 보았다. 피할 생각도 하지 못한 순간 숨이 턱 막혀왔다. 제영은 순간적으로 자신에게 벌어진 일을 이해하지 못했다. 핏대 선 눈을 아래로 내렸다. 중개인이 잡고 있는 손잡이는 분명 회칼이었는데, 날 부분이 자신을 통과하고 있었다. 충격은 뒤늦게 찾아왔다. 불이 몸을 길게 가르는 것 같은 통증이었다. 그는 컥, 숨을 뱉으며 입을 벌렸다. 비명보다 앞서 나온 것은 신음이었다. 그러나 그마저도 용납되지 못했다.

벌어진 제영의 입속으로 천 뭉치가 쑤셔 넣어졌다. 칼을 쥔 반대편 손으로 중개인이 제영의 입을 틀어막고 있었다. 중개인은 입을 다문 채 정해진 일을 해내는 공장 노동자처럼 익숙하고 침착하게 움직였으나 눈빛만은 그렇지 않았다. 희열이 눈 속에서 일렁거렸다.

그의 눈에 서늘한 빛이 번뜩인 순간 다시 한번 불기둥이 몸을 갈랐다. 이번에는 빠져나가는 것이었지만 고통은 처음보다 어마어마했다. 온몸이 재가 될 것 같았다. 빠져나온 칼날에서 핏물이 흐르고 있었다. 중개인이 칼을 빙글 돌렸다. 제영은 그것을 막으려 손을 들었지만 나약한 발버둥에 지나지 않았다. 게임을 하듯 중개인은 콧노래를 흥얼거렸다.

“이제는 우리가 헤어져야 할 시간.”

다음에 또 만나요. 다음 가사는 들려오지 않았다.

다시 칼날이 배에 박혔다. 제영의 무릎이 꺾였다. 손이 중개인의 옷자락을 움켜쥐었지만, 먼지라도 털어내는 듯한 손길에 그는 떨어져 나가고 말았다. 중개인은 여전히 회칼의 손잡이를 잡고 있었다. 배 안에서 칼이 뱀처럼 움직였다. 제영은 반사적으로 중개인의 손을 부여잡았다. 여기서 놓치면 몇 번이고 칼에 찔릴 것이다. 중개인은 조소했고 제영은 절망했다.

그 순간이었다. 도로에서 찢어지는 듯한 급제동 소리가 들렸다. 다급한 발소리가 들려왔고, 배 속에서 꿈틀거리던 움직임이 멎었다.

"뭐야!"

중개인의 외침 소리와 함께 둔탁한 통증 때문에 시야가 흐려졌다. 배를 가르는 회칼에서 중개인의 손이 떨어져 나갔다. 제영은 그대로 무너져버렸다. 하늘을 올려다본 자세로 바닥에 너부러졌다. 검은 하늘 위로 하얀 김이 기둥처럼 솟았다. 그것이 자신의 입에서 나온 것임을 알았을 때쯤 매서운 한기가 들었다. 괴성이 들려왔고, 폭력의 소음이 있었다. 뭔가 깨지는 소리도 들렸지만, 그들을 확인하려 눈동자를 굴릴 힘조차 없었다.

소리는 중개인 하나만의 것이 아니었다. 그를 제외하고 두 명, 혹은 세 명일지도 몰랐다. 문득 피곤했다. 잠깐 눈을 깜박였을 뿐인데 마법처럼 소리들이 사라졌다.

누군가 제영의 뺨을 두드렸다.

"정신 차려요! 잠들면 안 돼요!"

잠들고 싶지 않은 건 이쪽이야. 생각과는 다르게 눈앞에서 모든 것이 다시 사라졌다.

빛이 보였다. 잠들면 안 된다고 외치던 목소리가 이번에는 누군가를 불렀다. 칼에 찔렸다고 외쳤고 다급한 걸음들이 제영을 감쌌다. 다시 눈앞이 사라졌다.

그의 눈앞에서 흰색의 천장 석고 타일이 빠르게 스쳐지나갔다. 환자복을 입은 누군가가 비켜서면서 제영을 호기심 어린 눈으로 바라보았다. 저한테 얼굴을 보이지 마세요. 그런 생각과 동시에 다시 눈앞이 사라졌다.

삐빅거리는 기계음. 사라지지 않는 추위. 또 눈앞이 사라졌다.

솔지가 보였다. 간호사복을 입고 있었다. 한 손에는 아크릴판으로 된 파일을 들고 누군가의 말을 열심히 듣고 있었다. 무척이나 사무적인 얼굴이어서 서운했다. 다시 눈앞이 사라졌다.

어둠 속의 공포. 다가오는 발소리. 지하방에서 새어 나오는 이질적인 빛. 뛰쳐나가는 고양이. 내려다보는 그림자. 불타는 듯한 통증. 비명조차 허락되지 않고 틀어막힌 입.

—이제는 우리가 헤어져야 할 시간.

그는 몸부림쳤다. 그러나 아무것도 떨쳐낼 수 없었다. 제영은 온몸의 근육이 말라붙어버린 사람처럼 머리를 뒤흔드는 것 말고는 아무것도 할 수 없었다.

"민제영 씨, 정신 들어요?"

"끄으윽."

간신히 신음이 비어져 나왔을 때 누군가 어깨를 힘껏 두드리고 있다는 것을 알아차렸다. 중개인의 모습이 떠올랐다. 충격적인 공포에 눈을 번쩍 떴다.

"정신 들어요?"

제영은 소리가 난 쪽으로 눈을 굴렸다. 누군지 확인하기 위해서가 아니었다. 목소리가 솔지의 것임을 알았기 때문이다. 그는 주린 배에 음식을 집어넣듯 허겁지겁 솔지의 얼굴을 보았다. 그제야 안도감이 들었다. 난 살아 있다.

"으윽."

몸을 일으키려던 순간 내장을 조이는 듯한 통증에 그는 털썩 침대에 누워버렸다. 절인 배추가 된 것 같았다. 땀으로 온몸이 젖어 있었다. 세포 하나하나에 추를 매달아 놓은 것만 같았다.

"병원에서는 보지 말자고 했더니 기어이 약속을 어기네요. 누워 있어요. 제일 아픈 데가 어디예요?"

배였다. 통증이 나는 여기 있다고 알리는 듯했다. 자신의 배가 그렇게 존재감을 드러내는 걸 처음 겪어보았다. 그는 인상을 쓰며 대답 대신 물었다.

"나 여기 어떻게 왔어요?"

"어떤 남자 두 분이 응급실로 데리고 왔어요."

제영은 기억을 되짚어보려 했다. 눈앞에서 아른거리던 어떤 형체들, 발걸음 소리들, 중개인이 아닌 남자들의 고함과 그에게 잠들면 안 된다고 하던 목소리. 얼굴은 보지 못했다. 지나가던 행인이었을까? 중개인은 어떻게 됐을까. 짐작 가는 것이 없었다.

"잠깐 기다려요."

그렇게 말한 솔지가 병실 밖으로 나갔다. 의사를 불러오는 거라고 생각했지만 잠시 후 그녀와 함께 들어온 것은 건장한 체격의 남자였다. 입고 있는 옷만 봐도 의사가 아니라는 것은 확실했다. 진녹색의 패딩 점퍼를 입고 있는 남자는 눈매가 매서웠다. 유난히 각진 턱이 부각되는 얼굴이었고, 이마는 풍성한 머리털이 덮고 있었다. 제대로 면도하지 않은 듯 턱 주변이 거뭇했다. 남자는 제영이 눈을 뜨고 있는 것을 확인하고는 팔자걸음으로 가까이 다가왔다.

"민제영 씨?"

"네."

"영인경찰서 강력계 박진수 형사입니다."

그는 명함을 내밀었다가 제영이 받을 형편이 아니라는 것을 깨닫고 침대 옆 개인 사물함 위에 올려놓았다.

"어제 무슨 일이 있었는지 말씀해주시겠어요?"

제영은 질문하듯 솔지를 보았다.

"응급실에서 진료를 보신 의사 선생님이 신고하셨어요. 처음 응급실에 올 때 민제영 씨를 데리고 온 분들은 다쳤다고만 하셨거든요. 근데 칼에 의한 자창이 의심됐어요. 상황을 설명하기 위해 제영 씨를 데리고 온 분들을 찾았는데 없어지셨더라고요. 범죄 피해가 의심되어서 경찰에 신고한 거예요."

"데리고 온 사람들, 아는 사람이에요?"

솔지의 설명을 이해하기도 전에 박진수 형사가 물었다. 그들이 누구인지는 제영도 궁금하다. 얼굴도 보지 못했다. 하지만 적어도 그들이 자신을 구하려 했다는 점은 확실했다. 그를 찌른 것은 중개인이었다. 그의 신원을 제영은 알지 못했다. 경찰에 이야기하면 실마리가 나올지도 모른다. 요즘은 어디에나 CCTV가 있다. 추적되면 중개인을 잡아넣을 수도 있다. 죽음을 본다거나 운명을 거래하는 이야기를 경찰이 믿을 리 없지만, 제영을 살해하려 했다는 것만으로도 수사와 체포의 사유가 충분하다. 자신의 배에 긴 칼을 쑤셔 넣는 순간 중개인은 명백한 살해 의도를 가지고 있었다.

제영은 대답했다.

"누가 찌른 게 아니에요. 제가 자살하려고 한 겁니다."

13

"그게 무슨!"

경악에 찬 소리를 지르는 솔지를 제영은 일부러 외면했다. 형사 역시 이마를 찌푸리고 그를 보았다. 제영은 인정하듯 고개를 끄덕였다.

"사실입니다. 자살을 하려고 했던 거예요. 제가 제 배를 찔렀습니다."

"말도 안 돼요!"

솔지가 끼어들었지만 제영이 손을 들어 제지했다. 형사가 솔지를 흘깃 보았다가 다시 제영에게로 고개를 돌렸다. 설명이 더 필요한 듯 보였다.

"그냥 살기가 싫었어요. 근데 집에서 죽는 건 너무 억울했죠.

날 내팽개친 세상에 보여주고 싶었어요. 내가 얼마나 힘들고 외로웠는지 봐라."

형사가 여전히 미심쩍은 눈으로 제영의 머리부터 발끝까지를 훑었다. 어쩌면 그가 정신병력이 있지는 않은지 확인해봐야겠다는 생각을 하고 있을지도 모른다. 정신병력은 없지만 그는 곧 제영이 그동안 음식을 섭취하지 않아 영양실조로 실려 온 적이 수없이 많다는 것을 알아낼 것이다. 생에 대한 의욕이 없는 사람이라는 건 그걸로 확인된다. 문제는 형사의 수사 의지다. 그가 칼에 찔린 곳은 건물 담장 쪽이지만 도로에 상당히 가까운 곳이었다. 칼에 찔린 곳이 CCTV의 사각지대였다고 해도 제영을 뒤쫓아 들어간 사람을 놓칠 리가 없다. 칼을 들고 있는 것도 제영이 아니라 그 사람이라는 것은 분명 문제가 될 것이다. 그러니 제영은 어떻게 해서든 CCTV를 확인하겠다는 의지 자체가 생기지 않도록 해야 했다.

그런데 제영의 말을 들은 형사는 갸웃하던 고개를 크게 끄덕였다.

"이상하긴 했습니다. CCTV에 민제영 씨만 찍혀 있었거든요. 이제 이해가 되네요."

이번에는 제영이 미간을 찌푸렸다. CCTV에 자신만 찍혀 있었다는 말이 귀에 까끌하게 걸렸다. 하지만 이 자리에서 그게 무슨 소리냐고 되물을 수는 없었다.

"추가로 필요한 사항이 있으면 연락드리겠습니다."

박진수 형사가 묵례를 하며 수첩을 덮었다. 제영은 더이상 그가 연락할 일은 없을 거라고 확신했다. 덮인 것은 수첩만이 아니라 사건 자체다. 그들은 자살하려 했다는 사람의 동기를 찾는 것보다 훨씬 더 시급한 일을 많이 가지고 있을 터였다. 자살을 하려 했던 칼이 어디로 갔는지나, 발견 당시 거의 쇼크에 가까웠던 사람은 칼을 치울 시간이 없었으리라는 것에는 관심 가질 여력이 없을 것이다.

빨리 회복되길 바란다는 인사를 마지막으로 박진수 형사가 병실 밖으로 나갔다. 뭔가 말을 하고 싶은 듯한 얼굴로 솔지가 따라 나가려 했지만 제영이 그녀의 손목을 잡았다. 제영은 화난 듯한 솔지의 얼굴을 보며 고개를 저었다. 솔지가 잡힌 손을 거칠게 빼냈다.

"제영 씨가 무슨 자살을 한단 말이에요. 어제 우리가 뭘 했는지 기억 안 나요?"

기억하고 있다. 집에 들어가기 직전까지 두 사람은 데이트를 했다. 오랜만의 즐거움이었다. 소중한 기억이 하나 더 생겼다. 그래서, 잃어선 안 된다.

제영은 솔지를 응시했다. 중개인은 솔지에 관해 알고 있었다.

제영이 솔지의 안전을 외면하지 못하리라는 것도. 만약 경찰 때문에 자신의 존재가 드러날 위험에 처한다면 언제라도 솔지를 방패 삼아 제영을 협박할 것이다. 생명의 거래를 막는 것과 솔지의 안전이 양립할 수 있는 열쇠를 찾아내야 한다. 그때까지는 아무도 개입해서는 안 된다. 항의하듯 노려보는 솔지의 시선을 피해 제영은 눈을 내리깔았다.

"지난번부터 하고 싶은 말이 있었는데요."

제영은 눈을 치떴다.

"주솔지 씨가 모든 걸 압니까, 나에 대해서?"

솔지의 까맣고 커다란 눈이 흔들렸다. 동그란 어깨가 흠칫했다. 상처를 받은 마음이 얼굴에 그대로 드러났다. 자신을 찌른 회칼에서 피가 뚝뚝 떨어지던 장면이 선연히 떠올랐다. 눈 끝이 파르르 떨리는 모습은 상처에서 흘러나온 피가 떨어지는 것과 다르지 않다. 하지만 상처를 낸 이쪽도 그 감정이 그대로 묻어 아프다.

제영의 말은 그녀에게 '알지도 못하면서 함부로 주제넘게 굴지 말라'고 하는 것과 다르지 않다. 제영의 의도도 그와 다르지는 않았지만, 본심은 달랐다. 당신을 지키고 싶다는 본심을 전할 수는 없다. 이렇게라도 하지 않으면 그냥 넘어갈 사람이 아니다. 박진수 형사에게 제영의 말이 거짓말이라는 것을 어떻게

든 증명하려 할 것이다. 그가 보아온 솔지는 그런 사람이었다.

민원이 잦으면 형사도 움직이지 않을 도리가 없다. 솔지의 말을 온전히 믿지는 않더라도, 그녀가 다시 민원을 제기하지 않도록 확고한 증거를 찾으려 할 것이다. 그렇게 되면 곤란해진다.

미움받고 싶지 않다. 하지만 어쩔 수 없다. 그래도 미움만은 받고 싶지 않다. 그렇지만 역시 설명해줄 수는 없다. 복잡한 마음을 뒤로하고 제영은 솔지에게서 등을 돌렸다. 손목에 박혀 있는 링거 줄을 뽑아버리고 곧장 환자복의 단추를 풀었다. 움직일 때마다 복부에 통증이 일었지만 내색하지 않으려 애썼다. 원망의 시선이 느껴져 등 뒤가 따끔거렸다. 솔지는 입술 안쪽을 잘근거리며 제영을 보다가 뒤돌아 나가버렸다.

제영은 나직하게 한숨을 쉬었다. 그리고 다시 몸을 움직여 옷을 갈아입었다.

얼마 지나지 않아 병실의 문이 열렸다. 솔지일까 하는 생각에 돌아보았지만 가운을 걸친 젊은 의사였다. 그는 몹시 우려하는 얼굴로 그에게 퇴원할 수 없다고 말했다. 수술의 경과도 보아야 하고, 다친 장기들이 제대로 작동하는지를 확인해야 한다고 했다.

“문제가 생기면 다시 병원에 올게요.”

제영의 말에 의사는 잠깐 생각하더니 어디론가 갔다가 돌아왔다. 그의 손에는 확인서가 들려 있었다. 어려운 용어들로 설명했지만, 알기 쉽게 정리하면 그가 퇴원하는 것은 스스로의 강력한 의지이며, 이 퇴원으로 비롯될 많은 문제에 병원과 의료진은 1퍼센트의 책임도 없다는 것이 요지였다. 제영은 흔쾌히 그러겠다고 했고, 세 군데에 사인을 마칠 때까지 솔지는 돌아오지 않았다. 의사는 퇴원해도 좋다고 말했다.

문제가 있었다. 안타깝게도 제영은 사인을 마친 뒤 의사가 나간 다음에야 그 문제를 인지했다. 퇴원하기 위해 문 쪽으로 향했을 때 자신이 맨발인 것을 깨달았다. 어젯밤 집을 나올 때 신발을 신지 못했다. 목숨이 경각에 달린 상황이었다. 여유롭게 신발을 신을 시간 따위는 당연히 없었다. 그에게 없는 것은 신발뿐만이 아니었다. 휴대폰과 지갑도 없기는 마찬가지였다. 병원비를 정산할 수 없고, 택시를 탈 수도 없었다.

누군가를 불러야 했지만 마땅한 사람이 없어 혀를 찼다. 지난 몇 년간 스스로 고립된 채 살았다. 주변에 아무도 없어도 된다고 생각했지만 오만이었다. 위기는 아무것도 없는 사람을 더욱 몰아세운다는 것을 잊고 있었다.

결국 생각나는 것은 사무실이었다. 천 주임? 신 차장? 강 부장은 돈을 빌려줄 것 같지 않았다. 결국 천 주임에게 전화를 걸기로 했다. 천 주임이라면 도와줄 것이었다. 그렇게 믿을 만큼 자신이 그녀에게 잘했기 때문은 아니다. 그가 받아야 할 월급과 퇴직금이 회사에 있으니 도와줘도 떼일 염려는 없다는 확신을 가질 사람이기 때문이다.

곤혹스러운 얼굴로 고민하고 있는 사이 간호사 한 명이 얄팍한 침대 시트와 환자용 침구를 들고 들어왔다. 제영이 침대를 비우면 교체하려는 모양이었다.

"저기, 전화 좀 빌려 쓸 수 있을까요?"

간호사가 그를 올려다보았다. 그녀의 눈빛이 흐렸다.

"죄송하지만 병원에 있는 것은 내선 전화라 개인 용도로 빌려드릴 수는 없어요."

"간호사님 휴대폰을 좀 빌릴 수는 없을까요? 제가 정신을 잃고 실려 오느라 지갑이 없는데 퇴원비 정산을 해야 해서요."

어차피 그는 천 주임의 휴대폰 번호를 외우지 못한다. 연락처는 전부 휴대폰 안에 있었다. 간호사에게 휴대폰을 빌리면 회사의 이름을 검색해 사무실로 전화를 걸 생각이었다.

"병원비는 다 계산됐는데요?"

"네?"

제영이 되물었다. 간호사는 미소를 띤 채 고개를 갸웃했다. 그것도 모르냐는 표정이었다. 잠시 생각에 잠겼던 제영은 복도로 서둘러 나갔다.

복도에서 그는 곧장 멈춰 섰다. 벽에 기대어 있던 솔지가 등을 떼고 그와 마주했다. 제영을 기다리고 있었던 모양이다. 솔지가 허리를 굽혀 바닥에 뭔가를 내려놓았다. 제영의 발 앞에 운동화가 놓였다. 새것이었다.

"맨발로 가려고 했어요?"

"누굴 부르려고……."

"부탁할 사람은 있었나 보네. 내가 괜히 왔네요."

솔지는 씁쓸하게 웃으면서도 복도에 놓았던 갈색 종이 가방 속에 손을 넣었다. 그녀가 내민 것은 검은색 패딩 점퍼였다. 제영이 눈을 깜박이며 그것을 들여다보자 솔지가 품에 패딩 점퍼를 안겼다. 엉겁결에 점퍼를 받아 든 제영이 그녀를 보았다.

"화난 줄 알았는데."

"말 못 할 사정이 있는 거라고 이해하기로 했어요. 내가 다 아는 건 아니니까."

자신에 대해서 뭘 아느냐고 했던 말은 역시 솔지에게 상처를 냈다. 하지만 솔지의 어조에 말꼬투리를 잡는 느낌은 없었다. 말 그대로 그녀는 '이해'하는 것 같았다.

솔지는 제영을 보며 턱을 들었다. 제영은 정신이 드는 듯 고개를 들고는 곧장 운동화에 발을 넣고 점퍼를 걸쳤다. 점퍼도 운동화도 제영의 몸에 꼭 맞았다. 솔지는 흡족하다는 듯 고개를 끄덕였다.

"내가 눈썰미는 있네."

고마웠다. 그녀를 밀어낸 자신을 '이해'해줘서. 다시 손을 내밀어줘서. 옆에 있어주어서.

그 마음들을 적확하게 표현할 단어를 찾을 수가 없었다. 제영은 인간관계를 단절했던 과거를 후회했다. 주저하던 그는 결국 바보 같은 소리를 내뱉고 말았다.

"나한테 반했어요?"

어이없다는 듯 눈을 휘둥그렇게 떴던 솔지는 이내 웃음을 터뜨렸다. 긍정은 하지 않았지만 부정도 하지 않았다. 가슴속에서 작은 지렁이가 움직거리는 것 같았지만 기분 나쁜 느낌은 아니었다. 제영도 멋쩍게 웃었다.

"감사합니다."

제영의 아파트 앞에 도착한 택시에서 기사에게 요금을 치르며 인사하는 것은 솔지였다. 집에 데려다주겠다는 말에 한사코 거절을 했지만 솔지는 그의 말을 듣지 않았다. 솔지가 복도에서 제영을 기다리고 있을 때 사복을 입고 있었다는 것을 뒤늦게 알아차렸다. 돈만 빌려달라는 말을 하지 못해 엉거주춤 있는 사이 솔지는 택시에 제영을 밀어 넣었다. 뒷좌석에 앉을 때 복부에 느껴진 통증이 결정적이었다.

“거봐요. 혼자 보냈다가 이번엔 또 어디서 쓰러져서 오려고요.”

그 순간 룸미러를 통해 택시 운전사와 눈이 마주쳤다. 운전사는 곧 시선을 피했지만 짧은 순간에 그의 우려가 읽혔다. 솔지의 ‘또’와 ‘쓰러져서’라는 말이 문제가 된 것 같았다. 자신의 차에서 제영이 쓰러지는 건 아닐까 걱정하는 것이다. 덕분에 제영은 솔지의 탑승을 극구 거부하지 못했다. 솔지가 모두 계산한 결과는 아닐 터였다. 솔지는 그저 제영을 혼자 돌려보낸다는 선택지 자체가 없는 사람일 뿐이었다.

솔지가 사준 옷을 입고, 솔지가 사준 신발을 신고, 솔지가 요금을 낸 택시에서 내린 제영은 자신의 아파트를 올려다보았다. 간밤의 기억 때문에 몸이 오그라드는 것 같았다.

“아파요?”

택시를 보낸 솔지가 제영의 옆에 와 섰다. 걱정스러운 얼굴을 보니 마음이 놓였다. 솔지와 같이 와서 다행이라고 생각했다. 제영은 웃으며 고개를 저었다.

함께 엘리베이터를 타고 10층으로 올라갔다. 집 현관문 앞에서 비밀번호를 누르는 동안 혹시 이 안에 중개인이 또 앉아 있지는 않을까 하는 상상이 들어 괴로웠다. 집은 비어 있었다.

제영은 중문을 지나쳐 거실에 올랐다.

"잠깐 옷 좀 갈아입을게요."

입고 있던 옷은 피에 젖어 엉망이었다. 제영이 거실을 가로지를 때 돌연 눈앞이 밝아졌다. 솔지가 거실 등을 켠 것이다. 그동안 불을 켜지 않는 습관이 배어 있어서 배려하지 못했다.

"잠깐 앉아 있어요."

"음……."

솔지는 곤혹스러운 듯 웃으며 주변을 둘러보았다. 그 표정이 무얼 말하는지 제영도 곧 알아차렸다. 민망한 기분에 괜히 장난스럽게 말했다.

"모델하우스 구경 왔다고 생각하고 편하게 있어요."

솔지가 웃었다.

"모델하우스보다 물건이 더 없는데요? 혹시 미니멀리스트예요?"

흔한 소파 하나 없다. 깨진 TV는 버릴 예정이지만 아직 버리지 못했다는 것처럼 서 있었다. 그 외에 자질구레한 장식품이나 책도 하나 없다. 솔지가 고개를 빼 주방 쪽을 흘깃거리는 것이 보였지만 그쪽 역시 텅 빈 것은 마찬가지다.

"그런 건 아니지만. 물건이 없는 편이 좋아서요."

"그게 미니멀리즘이죠."

신기하다는 듯 솔지가 집 안을 훑어보는 것을 보며 방 안으로 들어왔다. 미니멀리즘은 물건이 없는 편이 좋다는 의지가 있는 것이 맞지만, 물건이 없는 편이 좋다는 것은 꼭 미니멀리즘을 뜻하지는 않는다.

제영은 새삼 안방을 둘러보았다. 침대와 그 위에 덮인 이불, 그리고 베개뿐인 방. 3단짜리 낮은 서랍장 위에는 간단한 스킨로션도 올려져 있지 않았다. 거울 같은 것도 없었다. 제영은 이 방 안에 물건이 가득 차 있었던 날을 떠올렸다. 그리고 이어서 그 물건들을 집어 던지고 부수던 것도 떠올렸다. 괴로웠다. 운명이 버거워 온 집 안을 부수기라도 하지 않으면 자신이 부서질 것만 같았다. 엉망이 된 방 안을 치우던 자신의 모습이 눈앞에 그려졌다. 그런 일이 몇 번이고 반복되었다. 결국 제영은 아무것도 사들이지 않았다. 아무것도 사지 않겠다는 의지가 있었던 것이 아니라 물건을 사들일 의지 자체가 없었다.

솔지는 상상하지 못할 일일 것이다. 언젠가 그녀에게 자신이 '보는' 것에 대해 이야기할 날이 올까. 자신도 그런 모습은 상상이 가지 않는다. 쓴웃음을 지으며 고개를 절레절레 저었다.

"아무것도 없지만 생수 정도는 있어요. 냉장고에서 꺼내 마셔요!"

"알았어요!"

제영이 외치자 솔지의 대답이 들려왔다. 그래도 오래 기다리게 하는 것은 예의가 아니다. 제영은 재빨리 셔츠를 벗었다. 팔을 빼내려 몸을 젖혔을 때 복부 통증 때문에 인상이 찌푸려졌다. 살이 찢어지는 것 같았다. 수술 자국 위에 붙은 거즈를 살짝 떼보았다. 꿰매놓은 상처가 징그러웠다. 셔츠를 벗어 방구석에 던졌다. 솔지가 돌아가면 버릴 생각이다. 어젯밤을 떠올리게 하는 것은 아무것도 보고 싶지 않았다.

아무래도 허리를 굽혀 바지를 벗는 것은 자신이 없었다. 침대에 걸터앉아 조심조심 바지를 벗었다. 바지에도 흙이 묻어 엉망이었다. 버릴지 세탁을 해야 할지 고민하며 무심결에 바지 주머니에 손을 넣었다. 볼펜이나 휴지 뭉치가 주머니에 든 채로 세탁기를 돌렸다가 낭패를 본 게 한두 번이 아니었기 때문에 든 습관이었다. 주머니 안에 빳빳한 뭔가가 만져졌다. 고개를 갸웃하며 꺼낸 것은 명함 두 장이었다. 하나는 박진수 형사의 명함이었지만, 다른 하나는 그가 알지 못하는 것이었다.

검은색 바탕에 굵은 고딕체의 글씨로 "황명"이라고 적혀 있었다. 아래쪽에는 휴대폰 번호 하나가 찍혀 있었고, 다른 내용은 전혀 없었다. 황명. 그가 알고 있는 회사명은 아니었다. 휴대폰 번호도 물론이지만, 이런 명함을 받은 기억 자체가 없었다. 게다가 이런 형식의 명함은 기이하다. 회사라면 적어도 어떤 회사인지 혹은 회사라는 것 자체를 짐작할 수 있는 단어가 함께 찍힌다. 이를테면 '주식회사' 라든가 '황명 엔터테인먼트'처럼 말이다. 혹시 사람 이름이지는 않을까. 사람 이름이라 하더라도 소설가든, 디자이너든 자신의 직업을 새긴다. 명함을 건네는 것 자체가 비즈니스이니 말이다. 대체 이 명함은 언제 주머니에 들어온 걸까.

순간적으로 밤의 일이 떠올랐다. 중개인은 자신의 목표를 거의 코앞에 두고 있었다. 그때 몇 명의 남자들이 나타났다. 찢어지는 브레이크 소리가 기억났다. 그 사람들이 자신을 구했다. 응급실에 제영을 데려다 놓고 사라진 그들이.

지나가다 우연히 사건 현장을 본 사람들이 아님은 분명했다. 단순한 목격자라면 그 지경인 제영을 직접 병원으로 옮기기보단 당연히 경찰과 구급차를 불렀을 것이었다. 하지만 신고는 상처를 확인한 의사가 했다고 들었다.

제영은 분명하다고 말해도 좋을 정도로 확신했다. 중개인의 칼에 맞아 쓰러지기 직전까지 자신에게는 이 명함이 없었다. 이것이 주머니에 들어온 시점은 분명 그 이후다. 그렇다면 자신을 데려다준 자들이 남긴 명함일 것이다.

그들은 제영이 연락하길 바라고 있다.

궁금한 게 많았다. 그들은 어떻게 그곳에 왔는지, 왜 제영을 구했는지, 왜 응급실에서 사라졌는지, 그럼에도 왜 제영의 연락을 기다리는지.

제영은 얼른 주변을 둘러보았다. 자신의 휴대폰은 서랍장 아래쪽에 떨어져 있었다. 그것을 집어 들어 화면을 밝혔다. 곧장 인터넷에 접속해 '황명'을 검색했다. 요즘 사업체들은 인터넷에 검색되지 않는 경우가 거의 없으니까.

그러나 이거다 싶을 만한 것은 없었다. 황명이라는 이름을 단 가게들이 있었지만, 중국 식당이거나 부동산 이름이었다. 이런 식으로는 찾을 수 없을 것 같았다. 직접 전화를 거는 방법이 제일 좋을 듯했다. 제영은 한 손에 명함을 들고 다른 손으로는 휴대폰 번호를 눌렀다. 그러나 통화 버튼을 누르기 직전 그의 손가락이 멈추었다. 어디선가 전화가 걸려 왔다.

낯선 번호였다. 저장되어 있지도 않았다. 혹시나 싶어 명함에 적힌 번호와 비교해보았지만 같은 번호가 아니었다. 잠시 고민하던 그는 전화를 받았다.

아무 말도 하지 않고 경계하며 잠시 전화기 너머의 소리를 살폈다. 그가 침묵하자 상대도 침묵했다. 결국 제영이 먼저 말했다.

"여보세요?"

"민제영 씨?"

전화를 건 사람은 여성이었다. 흥분한 목소리였다.

14

아는 사람의 목소리는 아니었다. 특별히 전화가 걸려 올 곳도 없었다. 텔레마케팅이라고 짐작하기에는 상대방이 너무 흥분해 있다. 여러 경로에서 유출된 개인 정보로 사기성 전화를 건다는 사람의 얘기를 들어본 적은 있지만, 이렇게 다급하게 그를 찾을 것 같지는 않다. 가끔 개인 전화로 리모델링을 한 사람들의 민원이나 A/S 전화가 걸려 오기는 하지만 모든 고객의 전화번호를 저장해두는 것이 업무 방침이라 그런 경우라면 바로 알 수 있다. 공사비가 얼마 안 되는 고객이라도 용무가 생겨 전화를 걸었을 때 자신을 기억해주면 신뢰가 올라간다, 는 것이 사장의 지론이었다. 인테리어 업체의 신뢰는 적정한 공사비와 자재의 품질이라고 말해주고 싶었지만 언쟁이 귀찮아서 피했던 기억이 있다. 상대방이 누구인지 전혀 감이 잡히지 않았다.

"누구시죠?"

그렇게 물었을 때 짧은 노크와 함께 문이 조심스레 열렸다. 그 틈으로 솔지가 고개를 내밀었다. 제영은 손가락으로 휴대폰을 가리켰다. 통화중이라는 것을 알아듣고 솔지가 엄지와 검지로 동그라미를 만들어 보이고는 문을 닫았다. 아직 옷 갈아입는 중이었으면 어쩌려고 노크와 동시에 문을 연 걸까, 하는 생각이 들어 웃음이 났다.

"혹시 저희 아빠 어디 계신지 아세요? 저 김충수 씨 딸인데요."

"네? 그게 누구죠? 혹시 잘못 건 거 아니세요?"

물론 상대방이 그의 이름을 알고 있긴 했다. 하지만 '민제영'은 초등학교 국어책에 나오는 '김민수'만큼 흔하지는 않더라도, 대단히 독특한 이름은 아니었다.

상대방에게서는 대답이 바로 들려오지 않았다. 생각 속의 침묵이 제영에게 그대로 전달되었다. 그는 휴대폰을 다른 손으로 옮겨 들면서 방문 손잡이를 잡았다. 솔지를 오랫동안 혼자 두는 것은 예의가 아니었다. 그에게는 이 전화가 그렇게 대단한 일로 여겨지지는 않았다. 그 말이 들려오기 전까지만 해도 그랬다.

"아버지 점퍼에 명함이 들어 있어서 전화드렸는데요."

여자의 목소리가 흐려졌다. 자신의 아버지와 아는 인물이라는 확신이 흔들린 모양이었다. 제영의 이름이 박힌 명함은 회사의 명함 하나뿐이다. 만나는 사람들마다 건넸으니 흩뿌려진 명함만 해도 몇백 장은 가뿐히 넘지 않을까? 그가 건네지 않아도 사무실에 비치된 명함을 가져가는 경우도 있고, 고객 확보를 위해 천 주임이 뿌리는 경우도 있다.

"인테리어 회사에 다니고 있어요. 제 고객님 같지는 않고, 영업 때문에 드린 걸 수도 있겠는데요?"

"그럼 저희 아버지한테 왜 돈을 입금하신 거죠?"

"네?"

사고가 정지했다. 이번엔 이쪽의 확신이 흔들렸다. 한 사람의 얼굴이 머릿속에 떠올랐다. 얼굴이 좌절로 점철되어 있던 남자. 자포자기한 얼굴로 전화기를 들던 남자. 자신이 명함을 주었고, 돈도 주었던 남자.

"팔천만 원이나……. 이렇게 큰돈을……."

"그분이 사라졌다고요?"

이번의 외침은 제영의 것이었다. 여자가 찾고 있는 사람은 제영이 어제 목숨을 걸고 구해내 설득했던 남자였다. 제영이 살려냈고 돈을 주었다. 이제 그는 빚을 갚고 딸의 상처를 다독이며 수술을 한 뒤 회복에 힘쓰며 살아가기만 하면 되었다. 그가 사라질 이유는 전혀 없었다.

거기까지 생각이 들자 가슴이 쿵쿵거렸다. 정말로 사라질 이유가 없을까?

중개인. 그는 죽음을 막은 제영을 제거하기 위해 찾아왔다. 그런 그가 이 정도로 포기할까? 대신사의 의뢰인은? 거액을 주고 목숨을 사려던 사람이 한 번의 실패로 납득할 리가 없다. 이미 지급한 돈이 있으니 중개인을 다시 찾는 것은 당연한 수순이다. 중개인이 돈을 돌려준다 해도 마음에 들지는 않을 것이다. 거래가 깨진 후, 선택의 여지는 다시 대신사할 사람을 구하느냐에 달려 있지만 쉽지 않을 것이 분명하다. 의뢰인은 거액을 지불하는 만큼 상당한 재력가다. 공인에 버금가게 잘 알려진 사람들이다. 다른 사람을 구하기 위해 접촉하다가는 자신이 알려질 수도 있었다. 아니, 어쩌면 자신들의 비밀을 알고 있는 김충수를 그냥 둘 수 없다는 단순한 계산을 했을지도 모른다.

"저한테 할 중요한 말이 있다고 오늘은 일하지 말고 오라고 했어요. 그래서 집에 왔는데……."

"잠깐만요. 집이 어디죠?"

제영은 그녀의 말을 저지했다. 자신도 모르게 목소리가 떨렸다. 여자는 잠시 머뭇거렸다. 그녀의 입장에서는 당연하다. 제영의 신원을 제대로 알지 못한다. 하지만 그녀는 결국 제영에게 주소를 불러주었다. 그만큼 상황이 가볍지 않다고 생각하는 것이다. 아버지가 외출한 것이 아니라 실종된 거라고 여길 만한 사정이 있는 것이다. 그녀가 불러준 주소는 차로 삼십 분 정도 걸리는 거리였다. 곧 가겠다고 말했다. 전화를 끊기 직전, 제영은 나직하게 당부했다.

"도착하면 이 번호로 연락드릴 겁니다. 다른 사람이 찾아오면 문을 열지 마세요."

입안은 물론 목 안쪽까지 수분이 마르는 기분이었다. 제영은 황급히 휴대폰을 주머니에 쑤셔 넣으며 문을 열고 나가다가 멈칫했다. 바닥에 앉아 있다가 반색하며 일어나는 솔지를 봤기 때문이다. 솔지의 존재를 잠시 잊고 있었다.

"무슨 일 있어요?"

제영의 표정을 보고 뭔가 심상찮은 일이 생겼음을 감지한 모양이었다. 제영은 솔지를, 누구도 들어올 거라고 생각지 않았던 자신의 공간에 서 있는 솔지를 한 번 더 눈에 담고는 그녀의 어깨에 가볍게 손을 올렸다.

"미안해요. 문은 대충 닫고 가요."

"민제영 씨!"

닫히는 현관문 안쪽에서 솔지의 외침이 들렸지만 제영은 멈추지 않고 계단을 달려 내려갔다.

김충수의 딸이 보내준 주소는 지주동이었다. 도로변에서 한참 들어간 곳이었는데 차가 진입할 수 있는 길이 아니었다. 제영은 인근 공터에 차를 세우고 휴대폰 길 찾기 앱이 가리키는 방향으로 걸어 올라갔다. 그의 눈앞에 긴 계단이 모습을 드러냈다. 계단은 저 멀리 높이까지 이어져 있었다. 숨이 턱까지 찼다. 계단은 미끄러웠다. 계단 양쪽 구석에 아직도 눈이 얼어붙어 있었다. 얼마 전 높다랗게 지어 올린 아파트 때문에 해가 잘 들지 않는 것 같았다. 다행히 계단 중간 옆쪽으로 김충수의 집 대문이 보였다.

페인팅을 오래전에 한 것인지 파란색 칠이 벗겨진 대문은 뻘겋게 슨 녹을 그대로 드러내고 있었다. 초인종을 눌렀지만 소리가 나지 않았다. 눌려진 스위치는 다시 튀어나오지도 않았다. 망가진 지 오래된 모양이었다. 어차피 찾아오는 사람이 없으니 고칠 이유가 없는 생활을 그대로 담고 있었다. 제영은 휴대폰을 꺼내 전화를 걸었다.

신호음이 끊어지기 무섭게 제영이 말했다.

"문 열어주세요."

문이 열리며 딱딱한 슬리퍼가 시멘트 바닥에 부딪는 소리가 들려왔다. 철컹이며 대문이 열렸다. 모습을 드러낸 것은 이십 대초중반으로 보이는 여자였다. 김충수의 딸일 것이다. 상하의가 한 세트로 된 회색 트레이닝복을 입고 있었는데, 긴 인조 속눈썹과 화려한 화장이 대비를 이뤄 이질감을 느끼게 했다. 화장을 하지 않았다면 훨씬 더 어려 보였을 것이다. 제영은 문득 룸살롱 앞에서 울부짖던 김충수의 모습이 떠올랐다.

"들어오세요."

대문 안으로 들어섰다. 여자가 문을 밀어 닫는 동안 제영은 집 주변을 눈으로 훑었다. 생각보다 마당은 넓었다. 담벼락을 따라 작은 화단을 만들어놓았는데, 아무것도 심어지지 않은 화단에는 눈이 얼어붙어 있었다. 마당 한편에 설치되어 있는 수도는 사용하지 않는 듯 보온재로 싸여 있었다. 대문 정면의 본채는 바깥에서 상상했던 것보다 상태가 나쁘지는 않아 보였다. 하지만 김충수의 집은 거기가 아니었다.

제영을 안내하듯 앞장선 여자는 건물의 옆쪽을 끼고 돌아 들어갔다. 여자가 연 문은 알루미늄에 불투명 유리가 붙은 형태였는데 모르는 사람이 보면 창고의 문이라고 생각할 것 같았다. 그 안으로 계단이 하나 나 있었다. 건물 지하에 세를 들어 살고 있는 것 같았다.

여자는 먼저 계단을 내려서며 벽에 붙은 스위치를 켰다. 백열등 불빛이 계단을 노랗게 물들였다. 음습한 공기 속에서 곰

팡이 냄새가 났다. 안으로 들어서며 뒤로 문을 닫았지만 알루미늄 문은 찬 공기를 막아주지는 못하는 것 같았다.

계단을 다 내려서자 회색 방화문이 나왔다. 여자가 손잡이를 비틀어 열었다. 신발을 벗고 들어가면 왼쪽으로 곧장 싱크대가 있었는데 그 앞으로 사람이 고작 한 명 지나갈 만한 공간이 있었다. 나무와 유리로 조악하게 만들어진 중문을 밀어 열자 조금 넓은 공간 하나가 있었고 그 안쪽에 방으로 보이는 문이 있었다. 화장실은 보이지 않았다.

"들어오세요."

여자는 제영을 거실로 안내했다. 거실의 한가운데에 두꺼운 이불이 펼쳐져 있었다. 거기에 앉아 있었던 듯 한쪽 끝이 들린 이불이 작은 동굴 형태를 이루고 있었다. 안으로 들어와도 위안이 안 될 만큼 내부가 추웠다. 보일러를 거의 돌리지 않는 것 같았다. 그래도 삭막하다고 느껴지지 않는 것은 어렴풋하게 나는 음식 냄새 때문인지도 모른다. 가스레인지 위에 냄비가 얌전히 올려져 있었다.

제영이 엉거주춤 서 있자 여자는 빠르게 들어와 이불을 한쪽으로 밀어놓고는 바닥에 앉아 뭔가를 내밀었다. 덕분에 제영은 자연스럽게 앉아 그것을 확인했다. 제영의 이름이 박혀 있는 김충수의 통장이었다. 입금액은 팔천만 원.

"이거 무슨 돈이에요?"

여자가 인상을 쓰고 다짜고짜 물었다. 눈빛에서 제영을 향한 경계와 불신이 고스란히 흘러나왔다. 어디부터 어디까지 얘기하면 될까. 이 여자는 얼마나 믿을 수 있을까. 제영은 통장을 내려다보며 생각에 잠겼다가 말했다.

"왜 경찰에 신고하지 않았어요?"

"그건……."

허를 찔린 표정으로 여자가 말끝을 흐렸다.

"이 돈이 무슨 돈일지 몰라서 그런 거죠? 그……."

제영이 여자를 보았다.

"김세희예요."

순순한 대답이었다. 무슨 돈일지 몰라서, 라는 말은 이미 그들의 사정을 대강 알고 있다는 이야기나 다름없었기 때문이리라.

"무슨 일이 있었는지 이야기를 해주세요. 저도 알고 있는 대로 말씀드릴게요."

말할 수 있는 한도 내에서, 라는 생각은 입 밖으로 내지 못했다.

김세희가 전화를 받은 것은 오후 5시, 룸살롱 앞이었다. 출근하던 길이었다. 젖은 머리는 아직 말리지 못했지만, 짙은 화장은 그녀가 룸살롱 안에서 해야 하는 일들의 준비가 모두 끝났음을 말해주었다. 전화를 건 것은 김충수였는데, 전화를 받자마자 흥분된 목소리로 당장 집으로 오라고 했다. 김세희는 룸살롱 입구를 한 번 본 후 아버지에게 말했다.

"출근 안 하면 안 되는 거 알잖아."

하지만 김충수는 막무가내였다. 신이 난 것 같기도 하고, 화를 내는 것 같기도 했다. 이제 일할 필요 없다고, 출근 안 해도 아무 일도 없게 할 거라고 했다. 솔직히 그 말을 들었을 때 김세희는 걱정이 앞섰다. 벼랑 끝에 선 아버지가 또 좋지 않은 선택이라도 한 건 아닐까 하는 생각이었다. 김충수는 김세희에게 보여줄 게 있다고 했다.

김세희는 왔던 길을 되돌아 집으로 향했다. 룸살롱 지배인에게 몸이 안 좋아 오늘은 출근을 늦게 하겠다고 메시지를 남겼다. 집에 가 아버지의 이야기를 들어보고 별일 아니면 다시 출근할 생각이었다. 메시지를 보낸 즉시 지배인이 전화를 걸어왔지만 받지 않았다. 당장 나오라고 협박하듯 을러대면 주눅이 들고 만다.

김세희가 집에 도착했을 때 건물 내부는 음식 냄새로 가득 차 있었다. 가스레인지 위에 올려져 있는 커다란 냄비는 김을

푸슬푸슬 내보내고 있었다. 신발을 벗으며 뚜껑을 열어보니 안에서 먹음직스러운 덩어리 삼겹살이 익어가고 있었다. 평소 집에서 음식 냄새가 나는 일은 드물었다. 고작해야 쉬어빠진 김치와 술 냄새뿐이었다. 도무지 무슨 일인지 알 수 없었다.

"이리 와!"

김세희를 발견해 손을 잡아끄는 김충수의 얼굴은 불콰했다. 술 냄새는 나지 않았다. 흥분한 듯 열기가 올라 있는 얼굴이었다. 김세희는 어리둥절한 채로 따라 들어가 아버지가 이끄는 대로 자리에 앉았다.

"아빠, 무슨 일이에요?"

"기다려봐. 보여줄 게 있어."

김충수는 양손을 들어 손바닥을 보이고는 방 쪽으로 몸을 틀었다. 문을 열기 위해 손잡이를 비틀었을 때 벨 소리가 울렸다. 김충수의 휴대폰이었다. 김충수는 방문을 열려던 손을 멈칫하고는 김세희가 앉아 있는 곳으로 돌아왔다. 김충수의 휴대폰은 거실에 깔린 이불 위에 놓여 있었다. 휴대폰을 집어 들고 발신인을 확인한 김충수의 표정이 흐려졌다. 뭔가가 틀어진 것은 그때일 거라고, 김세희가 말했다.

"잠깐만 기다리고 있어."

김충수는 울리는 휴대폰을 들고 그대로 나갔다. 점퍼도 입지 않은 채였다. 계단을 오르는 슬리퍼의 딱딱거리는 소리가 들렸다.

아빠가 금방 돌아올 거라고 생각했다. 하지만 통화가 길어지는 것 같았다. 일어나서 문밖으로 나가 마당으로 통하는 계단을 올려다보았지만 아버지의 모습은 보이지 않았고 목소리도 들려오지 않았다. 집 안으로 들어와 가스레인지의 불을 껐다. 뚜껑을 열어보니 물이 많이 졸아 있었다. 다른 냄비에는 홍합탕이 들어 있었다. 모두 자신이 좋아하는 음식이었다.

문제가 생긴 거라는 생각이 든 것은 김충수가 나간 지 한 시간이 가까워질 때였다. 아무리 통화가 길어진다고 해도 심했다. 심지어 한겨울이다. 슬리퍼에 점퍼도 입지 않고 나간 김충수가 여태껏 통화를 하며 길거리를 배회하고 있을 것 같지는 않았다.

아버지의 휴대폰으로 전화를 걸었다. 신호가 이어졌지만 한참 지나 메시지를 남기라는 기계음이 들려올 때까지 전화를 받지 않았다. 이전에는 없었던 일이었다. 딸이 전화하면 무슨 일이라도 생긴 걸까 봐 두려워하며 부리나케 전화를 받던 아버지였다. 밖으로 나가 동네를 한 바퀴 돌았다. 그녀의 걸음이 점점 빨라졌다. 어디서도 아버지를 발견할 수 없었다. 김세희는 다시 전화를 걸었다.

휴대폰이 꺼져 있었다.

김세희는 집 안으로 뛰어들어갔다. 전화를 받지 않기는 했지만 아까까지만 해도 신호가 갔었는데, 지금은 꺼져 있다는 사실이 더없이 불안했다. 혹시 길이 엇갈린 건 아닐까 하는 찰나의 기대는 텅 빈 집 안을 보고 무너졌다. 무슨 일이 생긴 거라고 생각했다. 아까의 전화는 누구일까. 혹시 아버지가 할 말이 있다는 것과 관련이 있지는 않을까 하는 생각까지 이어진 것은 자연스러운 흐름이었다. 김세희는 아까 아버지가 방 안으로 들어가려던 것을 기억해내고 방의 문을 열었다. 평소 김세희가 사용하는 방이었다. 김충수는 주로 거실에서 생활하지만 옷장과 각종 물건들은 김세희의 방 안에 있었다. 좁은 집이기 때문에 어쩔 수 없는 일이다. 방이나 거실 모두 창고화된 지 오래였다.

방 오른쪽 구석에 원목으로 된 입식 옷걸이가 서 있었다. 거기에 걸려 있는 아버지의 점퍼를 더듬었다. 딱히 만져지는 물건은 없는 걸로 보아 주머니에 뭔가 들어 있지는 않은 것 같았다. 성마르게 주변을 둘러보았다. 그때 책장에 얹힌 통장을 발견했다. 주인집 초등학생 딸이 중학교로 올라가며 버리려 내놓았던 책장이었다. 그것을 주워 와 잡동사니며 생활용품을 쌓아놓았다. 통장은 책장 끄트머리에 걸쳐진 듯 올려져 있었다.

김세희는 통장을 집어 들었다. 뭔가 팔락 떨어져서 보니, 민제영이라는 이름이 찍힌 리모델링 사무소의 명함이었다. 아버지가 리모델링 사무소의 명함을 갖고 있을 만한 이유는 없었다. 취직이라도 한 걸까, 하는 생각과 함께 무심결에 통장을 열어보았을 때 기겁했다. 팔천만 원이라는 숫자는 믿지 못할 것이었다. '8' 아래에 붙어 있는 작은 숫자들은 보이지도 않았다. 입금자명이 민제영이었다. 팔천만 원이나 받을 '일'이 무엇일까. 민제영은 누구일까.

경찰에 신고할 생각을 하지 않았던 것은 아니다. 수상쩍은 입금액에서 불길한 냄새가 풍겨왔다. 만약 벼랑까지 몰린 아버지가 범죄에 연루되기라도 한 거라면? 이를테면 사기라든가, 유괴 같은 것들. 김세희는 뉴스에서 본 각종 흉악 범죄들을 떠올리며 마른세수를 했다. 아버지는 그만큼 간절했다. 며칠 뒤면 가게를 옮겨야 한다고 룸살롱 매니저가 말했다. 옮겨야 한다는 가게의 위치를 알려주지 않았지만, 팔려 가는 것이 분명했다. 김세희가 진 빚을 받고, 누군가는 그 빚을 갚아주고 김세희를 사 간다. 거기에 수수료 명목으로 붙은 거액은 다시 김세희의 빚이 될 것이다.

'이 돈이 뭔지부터 알아보자.'

김세희는 룸살롱 바깥에서 아버지가 손님들을 붙잡고 사정하는 것을 알고 있었다. 그 때문에 아버지의 얼굴에는 몇 번이고 멍이 들었다. 내몰리던 아버지가 혹시 룸살롱에 불이라도 지르는 게 아닐까 불안했다. 아버지는 자신을 위해서라면 무슨 짓이든 할 사람이었다.

"자, 이제 말해주세요. 그게 무슨 돈인지."

"제가 드린 거예요."

김세희가 얼굴을 일그러뜨렸다. 거짓말일 거라고 생각하는 얼굴이었다.

"우연히 아버님을 알게 됐어요. 세희 씨의 사정도 알았고요. 그리고 마침 저한테는 돈이 있었어요."

"그걸 믿으라고요?"

"들어보세요. 아버님은 누군가와 거래를 했어요. 범죄와 다를 바 없는, 해서는 안 되는 거래였죠. 물론 돈을 받기로 하고요."

"그럼 역시 범죄에……."

"아뇨."

제영은 김세희의 말을 잘랐다.

"범죄와 다를 바 없다고 했잖아요. 범죄는 아니에요. 자세히 말할 수는 없지만 결론부터 말하면 아버님은 그 일을 하지 않기로 하셨어요. 그런데 상대 쪽에서 용납할 수 없었을 거예요."

"그게 누군데요?"

곧장 대답할 수 없었다. 제영은 낮게 고개를 저었다.

“그건 저도 몰라요. 그래도 경찰에 신고하세요. 어쨌든 아버님은 범죄를 저지르지 않았고, 이건 납치가 분명하니까요.”

일단 김충수의 안전을 확보해야 한다. 경찰의 힘을 빌려서라도.

15

김세희는 곧장 112에 신고를 했다. 신고 전화를 끊은 지 채 일 분도 지나지 않아 담당 형사에게 방문을 하겠다는 연락을 받았다. 제영은 새로운 소식이 생기면 꼭 연락을 하라고 재차 당부하며 그 집을 나왔다. 차가운 기운이 몸을 덮었다. 기온은 아까보다 훨씬 떨어져 있었다. 하얗게 뿜어져 나온 입김이 부서지고 사라지기를 반복했다. 코가 얼 것 같았다.

김충수는 점퍼도 입지 않고 나갔다. 딸아이의 앞에서 할 수 없는 통화였겠지만 금방 끊고 들어올 수 있다고 생각했다는 증거다. 김충수는 순진했다. 자신만 마음이 바뀌었다고 하면, 받은 돈을 돌려주기만 하면 끝낼 수 있다고 생각했던 것이다. 하지만 그렇지 못했다. 그는 어딘가로 끌려갔다. 끌려간 것이 아니라면 점퍼도 입지 않고 슬리퍼를 신은 채 사라졌을 리 없다.

경찰은 수사에 착수할 것이다. 시간 내에 찾을 수 있을지는 미지수다. 중개인은 어떻게든 목표를 달성하려 할 것이다. 한시가 급하다.

제영은 달음박질쳐 계단을 뛰어 내려갔다. 경사가 급한 계단은 내려갈 때는 훨씬 위험했다. 몇 번이나 앞으로 구를 뻔하며 도로변까지 간 제영은 황급히 주변을 훑었다. 벌써 새벽 1시에 가까운 시간이었다. 차들도 이따금 지나갈 뿐 적막했다. 그래도 불을 켠 곳은 있었다.

제영은 가게 안으로 뛰어들었다.

"콩나물국밥 하나요!"

웃기는 일이지만, 제영은 밥부터 먹어야만 했다. 제영의 외침에 계산대에서 졸고 있던 직원 하나가 눈을 둥그렇게 떴다. 그는 곧 물을 내왔고, 음식이 나오기까지는 오 분 정도밖에 걸리지 않았다. 미리 끓여놨다가 콩나물만 넣고 내주는 것 같았다.

뜨끈한 김이 올라오는 뚝배기를 보자 입맛이 돌았다. 안에 허옇게 떠 있는 달걀을 반쪽으로 갈랐다. 노른자를 터뜨리고 뜨거운 국물을 머금었다. 숟가락으로 한 번 휘저은 뒤 밥을 말아 푹푹 떠 넣었다.

생각보다 맛이 없었다. 새벽 해장국집에 손님이 하나도 없을 때부터 알아봤어야 했다. 그래도 제영은 열심히 입을 놀렸다. 그는 온몸의 감각에 집중했다. 앞으로 쏠려 있던 정신이 뒤통수로 넘어가는 듯한 느낌, 눈앞이 일렁이는 느낌, 머릿속을 밝히던 불이 빛을 잃어가는 느낌을 기다렸다.

일단 죽음을 피했더라도 대상자는 반드시 운명을 맞이한다. 중개인은 그때를 노리는 것이다. 대상자의 운명을 알아내 김충수를 대신사시키려는 계획이 분명했다. 그러려면 다시 찾아올 최중묵의 운명을 알아내야 한다. 아마 지금 이 시각 어디선가 중개인 역시 자신과 똑같은 모습으로 죽자 사자 밥을 삼키고 있을 것이다. 한쪽은 죽이기 위해, 한쪽은 살리기 위해. 목적은 달라도 같은 레일 위에서 달리고 있다는 상상을 하면 기이하기 그지없었다.

제영 역시 최중묵이 죽을 시각과 장소를 알아내야 했다. 경찰이 찾아준다면 더할 나위 없이 고맙겠으나 그것만 믿고 기다릴 수는 없었다. 최중묵의, 아니면 적어도 김충수의 운명의 시각을 봐야만 했다. 그는 그 자리에서 뚝배기를 세 그릇이나 비웠다. 아니, 그 자리에서 비웠다는 말은 틀렸다. 열심히 퍼먹은 후 화장실로 가서 토하고 또다시 음식을 삼키기를 반복했으니까. 제영이 식당에 들어오기 전까지 졸고 있던 사장은 이제 완전히 졸음이 씻겨 나간 얼굴로 제영을 예의 주시했다. 노숙인이 아닐까 생각하는 것이다. 토하고 먹는 것을 반복하는 것은 정상이 아니다. 먹을 기회를 놓치지 않겠다는 행태니 혹시 먹다가 돈도 지불하지 않고 도망갈까 봐 걱정하는 것 같았다. 네 번째 뚝배기를 비우며 제영은 포기했다. 그동안 죽음을 보는 것을 그렇게 치를 떨며 싫어했는데, 오늘은 음식을 먹으면서 보이기를 간절히 기도했다. 운명은 거지 같았다. 오늘은 보이지 않을 것 같았다. 아직 최중묵도, 김충수도 죽음이 정해지지 않은 모양이었다.

그것이 다행인지 불행인지 제영은 알 수 없었다.

아침이 되어 집을 나설 때, 제영은 김세희에게서 전화를 받았다. 분기탱천한 목소리였다. 출동을 나왔던 형사들이 자세한 내용을 듣고는 수사 착수에 미온적인 태도를 보였다고 했다. 성인인데다 가정 상황을 보아하건대 스스로 집을 나간 것 같다는 판단인 것이다. 수사에 빨리 착수하게 하려고 자살을 하려는 걸 수도 있다고 말해보았지만 경찰들은 고개를 저었다. 김세희의 논리는 자살을 하기에 앞서 사랑하는 딸과의 저녁 식사 자리를 마련했다는 것인데, 그걸 먹지도 않고 자살하러 갈 이유가 없다는 것이다. 그러나 그들은 수사를 하지 않기 위해 어떤 논리라도 댈 것처럼 보였다. 그래서 김세희는 역시 납치를 당한 거라고 목소리를 높였다. 그럼에도 경찰은 그럴 가능성은 낮다고 고개를 저었다.

경찰의 입장에는 이유가 있었다. 집 앞에는 안타깝게도 CCTV가 없었다. 집 앞에서 납치를 당했다면 주변 사람들이 모를 리가 없었다. 다닥다닥 붙어 있는 주택의 주민들 중 그날 저녁 수상한 소리를 들은 사람은 단 한 명도 없었다. 갑작스레 입을 틀어막힌 채 납치를 당했다는 데도 무리가 있었다. 차가 들어갈 수 없는 구역이다. 그렇다면 정신을 잃은 그를 업거나 둘러메고 골목을 내려왔다는 얘긴데, 그런 방법으로는 납치하기 어렵다. 다른 사람들의 눈에 뜨일 위험부담이 너무 컸다.

김충수는 개미굴 같은 동네에서 그야말로 바람처럼 사라져버렸다.

김세희와 통화하며 제영은 기시감을 느꼈다. 언젠가 비슷한 얘기를 듣거나 본 것 같은 기분이 들었다. 그러나 그걸 떠올리려 노력할 정신은 없었다. 제영은 김세희에게 경찰이 울며 겨자 먹기 식으로라도 김충수의 소재를 찾게끔 계속 재촉하라고 말했다. 납치라는 근거가 없는 것처럼, 가출이라는 근거 역시 없었다. 사유가 무엇이든 간에 수사를 하지 않을 수 없게 만들어야 한다.

전화를 끊은 제영은 휴대폰을 주머니에 집어넣으려다 멈칫했다. 솔지가 떠올랐기 때문이다. 어젯밤 집에 돌아왔을 때 솔지는 집에 없었다. 당연한 얘기다. 버려지듯 혼자 남겨진 사람이 그를 기다려줄 리가 없었다. 문자도 전화도 없었다. 제영은 솔지의 전화번호 옆 통화 버튼 위에서 손가락을 머뭇거렸다. 솔지는 응급실 간호사다. 직업 특성상 근무시간이 일정치 않았다. 제영의 집에서 나가 출근을 한 뒤 밤새 근무를 서고 이제 잠에 들었는지도 모른다.

제영은 전화하기를 포기하고 출근을 서둘렀다. 전화는 성의가 없게 느껴졌다. 이번에는 직접 찾아가리라 생각했다. 이 문제만 해결되면 훨씬 더 가벼운 마음으로 그녀를 대할 수 있을 것이다. 자신이 저주했던 운명이 어쩌면 진짜 능력으로 느껴질 수 있을지도 모른다. 그렇게 되면 모든 것을 얘기할 날이 올까?

회사 건물 앞에 도착한 제영은 사무실로 들어가는 문을 노려보았다. 그는 훨씬 더 쉽게 중개인을 찾을 방법이 있었다. 중개인과 거래를 했던 사람이 바로 여기 있으니까.

사무실 문을 열고 들어갔을 때 신 차장과 영업부 강 부장이 천 주임의 책상 앞에 동그랗게 모여 있었다. 사장이 보면 어쩌려고 저러나 싶었다. 사장은 자리를 잡고 앉아 회의하는 것이 아니면 무조건 잡담으로 치부했다. 근무시간의 잡담은 전혀 인정하지 못하는 사람이었다. 자신의 주머니에서 나가는 돈으로 환산되는 시간 일분일초를 모두 일로 채워야 한다고 생각했고, 그 일이 다시 자신의 주머니를 채워야만 하는 사람이었다. 모여서 대화를 나누다가 핀잔을 듣고 흩어지면서 도저히 이대로는 못 참아, 다음번에는 꼭 한마디 해야겠어, 라고 다짐을 한 것도 몇 번이나 되었지만 결론은 하나였다. 사장은 고칠 수 없는 사람이며, 자신들은 그의 돈이 필요한 사람이었다.

"안녕하세요, 사장님 출근……."

인사를 하며 들어가던 제영은 평소와는 다른 분위기를 감지했다. 대화를 나누던 세 사람이 제영이 들어서자 대화를 일순 멈추었다. 그리고 자신을 돌아보는 눈빛 역시 전에 없던 것이었다. 의혹, 두려움, 경계, 경멸. 정의되지 않은 혼란스러운 감정들이 한꺼번에 쏟아져 나왔다. 제영은 당황하여 세 사람을 번갈아 보다가 말했다.

"무슨 일 있어요?"

저마다 눈치를 보던 세 명이 만들고 있던 원이 일그러졌다. 신 차장과 강 부장은 주춤거리면서 물러나더니 곧 자신들의 자리로 돌아갔다.

"아니, 무슨 일은 뭐……. 사장님 출근하셨어."

신 차장이 제영의 앞을 지나치며 대답했지만, 그것은 대답이 아니라 변명처럼 들렸다. 강 부장은 연신 제영을 흘깃거렸다.

제영은 고개를 갸웃하면서 들고 있던 가방을 자신의 책상 위에 내려놓았다. 그때 신 차장의 의자가 드륵 멀어지는 것을 그는 분명 보았다. 신 차장은 화면에 눈을 박은 채였다. 바로 옆 책상이라 늘 나란히 앉던 거리가 부자연스럽게 멀어져 있었다. 제영이 자신을 보는 것을 알면서도 신 차장은 고집스럽게 정면을 응시했다. 제영과 시선을 마주치는 것을 거부하는 것처럼 보였다.

예민하게 받아들이는 걸까. 제영은 고개를 갸웃하고 사장실로 향했다. 그때 등 뒤에서 천 주임이 외쳤다. 참았던 숨을 터뜨리는 듯한 소리였다.

"그거 사실이에요?"

"천 주임!"

입을 막듯 강 부장이 그녀를 부르며 손을 휘저었지만 제영이 돌아보는 것이 더 빨랐다. 제영은 당황한 강 부장의 얼굴과, 고개를 모니터 아래로 숙이는 신 차장과, 자신을 똑바로 노려보고 있는 천 주임을 차례로 보았다. 천 주임이 강 부장에게 항의하듯 말했다.

"왜요? 저희도 알아야죠. 같은 사무실에 있는데, 알 권리 있잖아요?"

"말씀하세요."

제영이 말했다. 차분한 목소리와는 다르게 불길함이 온몸을 스멀거렸다.

“전과자라는 거 사실이에요?”

내부가 적막에 휩싸였다. 그들의 분위기를 봤을 때 예감하긴 했지만 그렇다고 해서 충격이 없는 건 아니었다. 이 사람들이 어떻게 알았을까? 그것이 왜 지금일까? 어떻게 설명을 해야…….

“사실인가 보네요.”

천 주임의 눈초리가 씰룩였다.

“그것도 사람 죽인 거라면서요? 미안하지만…… 전 민 과장님하고 같은 사무실에서 근무하고 싶지 않아요.”

“천 주임!”

“강 부장님은 그럴 수 있어요? 아까 다들 무섭다고 했잖아요? 어떻게 사람을 죽일 수 있냐고요, 그것도 아버지를!”

삐걱.

통제가 되지 않는 아수라장의 상황을 잠재울 수 있는 것은 제발 조용히 하라는 누군가의 외침이 아니라 의외로 나직한 노크 소리일 때도 있다. 교실에서 왁자지껄 떠들고 있던 아이들이 노크 소리가 들리면 모두 약속이라도 한 듯 동시에 문을 보며 입을 멈춘다. 격정적인 천 주임의 외침 사이로 끼어든 작은 소리는 모두를 그곳으로 집중시키기에 충분했다.

"주솔지 씨."

열린 문 앞에 솔지가 서 있었다. 휘둥그레진 눈으로 입을 살짝 벌린 채였다. 그녀는 뒤늦게 사람들이 자신을 보고 있다는 것을 깨닫고는 정신을 차리듯 고개를 움직였다.

"죄송해요. 노크를 해야 했는데."

"주솔지 씨."

제영이 한 발짝 앞으로 다가갔다. 순간적으로 솔지가 뒷걸음질 쳤다. 제영이 멈추었다. 가슴에 날카로운 칼이 스쳤다. 깊이 베인 상처에 묵직한 통증이 있었다.

"어…… 죄송해요. 얘기 나누시는지 모르고…… 저는 그냥…… 다시 연락드릴게요."

솔지가 빠른 걸음으로 사무실을 나갔다. 제영은 황급히 그녀의 뒤를 따르려 했다. 그러나 그의 발은 사무실 문턱을 넘지 못했다. 그는 멈춰 선 채로 굳은 목을 풀 듯 머리를 옆으로 꺾었다. 온몸에 들어갔던 힘이 스르르 풀렸다. 깊은 숨을 내쉬었다. 관절들이 부드럽게 움직였다. 제영은 천천히 돌아섰다.

"그 이야기, 어디서 들었어요?"

제영은 미소를 지었다. 빛나는 눈이 그들에게로 꽂혔다. 이기적이지만 살가웠던 천 주임의 얼굴에, 수동적이지만 다정했던 강 부장의 얼굴에, 반말은 해도 늘 그를 존중해줬던 신 차장의 얼굴에 두려움의 빛이 한층 더 진하게 물들었다.

빠르게 복도를 걸었다. 그는 주저 없이 사장실 문고리를 잡고 열어젖혔다. 사장은 책상에 올린 두 손을 마주잡고 앉아 있다가 천천히 제영을 향해 고개를 들었다. 제영이 올 것을 알고 있었다는 태도였고, 그걸 굳이 감출 마음이 없어 보였다.

"어떻게 알았어요?"

제영의 가슴이 씨근덕댔다. 사장이 픽, 웃었다.

"그럼 평생 아무도 모를 줄 알았어? 알리고 싶지 않은 거였으면 애초에 그런 짓을 하지 말았어야지."

"저한테 먼저 확인할 수도 있었잖아요? 그걸 왜 굳이 직원들에게 알리셨어요?"

그것 때문에 솔지가 알게 됐다. 원망의 마음이 말에 묻어났다.

"뭔 소리야? 당연히 그런 엄청난 사실은 직원들도 알아야지. 살인이라니, 어휴."

그는 한숨을 내쉬며 손을 팔랑팔랑 흔들었다. 도발하려는 것이다. 제영은 주먹을 움켜쥐었다. 사장이 그걸 보고는 눈썹을 쓰윽 들어 올렸다.

"왜? 나도 가만히 안 두게? 그럼 안 될 텐데?"

사장이 검지를 펼쳤다. 검지 끝으로 허공을 빙글빙글 돌리더니 제영의 뒤쪽을 향해 뻗었다. 손가락이 가리키는 곳을 따라 시선을 옮겼더니 신 차장이 거기에 서 있었다. 제영이 돌아보자 어깨를 흠칫거렸지만, 몸을 감추려고 하지는 않았다. 손에 휴대폰이 들려 있었다. 여차하면 신고하려는지도 모르고, 미리 사장의 언질을 받아 증거를 남기기 위해 동영상을 촬영하는 중인지도 몰랐다.

제영은 눈을 감고 낮은 한숨을 내쉬었다. 그러고는 팔을 뻗었다. 신 차장이 경계하듯 뒤로 한 발짝 물러났다. 그때를 놓치지 않고 제영은 사무실의 문을 거칠게 닫았다. 그는 뒤돌아서며 사장을 노려보았다. 사장이 어깨를 으쓱했다.

"직원들이 저렇게 겁내니, 원."

그렇게 말하는 의도는 명백했다.

"사표 쓸게요."

"바로 써주면 고맙겠는데."

사장이 주저 없이 종이 한 장을 내밀었다. 내용은 채워져 있었다. 자필로 이름을 적고 사인만 하면 그만이었다. 사장은 준비하고 있었다. 제영은 책상 위에 있던 트레이에서 펜을 들고 거칠게 사인했다.

"그냥 자르지 그랬어요."

언제든 그만둘 수 있다고 생각해왔지만 이런 식은 아니었다.

사직서를 들어 확인하며 마음에 드는 듯 사장이 웃었다.

"그건 불법이잖아."

사장이 가장 신경을 쓰는 것은 법이었다. 이럴 때는 법이 있어 그나마 다행이라는 생각이 든다. 그가 보아온 사장은 한결같았다. 자신이 어떤 사람으로 보이든 상관없다는 태도다. 상대가 자신의 직원들이기 때문이다. 돈으로 산 도구들이기 때문이다. 도구들에게는 어떤 속내를 들켜도 상관없었다.

"중개인을 만나게 해줘요."

사직서를 결재 파일에 꽂아 넣던 사장의 손이 멎었다. 볼 근처가 미세하게 씰룩였다. 사장은 어깨를 들썩하더니 눈을 치떴다.

"무슨 소리지? 취직이라도 알선해달라는 얘기야?"

"모르는 척 마요. 당신이 뭘 거래했는지 알고 있어요. 1월 17일 3시 24분. 사장님은 죽었어야 했죠. 그런데 다른 사람이 대신 죽었어요!"

"뭐라는 거야? 무슨 헛소리를 지껄여!"

사장이 소리를 질렀다. 그러나 사장은 떨리는 목소리를 감추지 못했다. 그 떨림이 죄책감 때문이었다면 분노에 치받쳐 사장의 멱살을 쥘 일은 없었을 것이다. 하지만 사장의 목소리에서 느껴지는 것은 거부반응이었다. 한여름, 잠자리를 괴롭히는 귓가의 모기를 쫓는 것 같은 어조였다. 사장이 돈을 지불해 산 것은 목숨이 아니었다. 대신 죽어줄 도구 하나였다. 사장의 멱살을 쥔 채로 잡아당긴 제영은 얼굴을 가까이 들이밀었다.

"말해요. 사장님 비밀은 지켜드릴게요."

"협박하는 거야? 비밀을 알리겠다고? 어디다 알릴 건데? 경찰? 방송사? 말해봐. 누가 미친놈 취급을 받을지 안 봐도 눈에 훤하네. 하긴, 나도 중개인을 처음 만났을 때 미친놈이라고 생각했으니까."

인상을 찡그리는 제영의 얼굴을 보며 사장이 기고만장하게 웃었다. 틀린 말은 아니었다. 사장이 제영의 팔을 밀치려 했다. 하지만 제영은 더욱 멱살을 단단히 거머쥐었다.

"가르쳐주지 않겠다는 거죠?"

"네가 알아서 찾아봐."

"그럼 제가 하나 가르쳐드리죠. 제가 사장님이 죽음을 피한 걸 어떻게 알았을까요?"

사장의 눈동자가 흔들렸다. 의중을 읽어내려는 듯 제영의 표정을 살폈다. 대신사에 대해 중개인이 직접 말하고 다닐 리는 없다. 대신사의 당사자 두 명과 중개인, 단 세 명 말고는 알 수도, 알아서도 안 된다. 그런 일을 제영이 어떻게 알고 있는지 계산하는 중일 것이다.

"저도 보여요."

사장의 미간이 구겨졌다. 말도 안 된다고 말하고 싶은 듯 고개를 흔들었지만, 그가 그 말을 뱉는 것보다 제영이 빨랐다. 제영은 사장의 귀에 대고 속삭였다.

"죽음의 운명이 딱 한 번뿐이라고, 누가 그래요?"

눈앞에서 교통사고를 목도한 표정으로 서 있는 사장을 두고 제영은 사무실을 벗어났다.

16

사장이 모습을 드러낸 것은 제영이 사무실을 나온 지 두 시간도 채 되지 않았을 때였다. 그 성격에 지금까지 기다린 것도 용하다 싶었다. 제영은 사장이 헐레벌떡 어딘가로 걸음을 옮기는 것을 보며 시동을 걸었다. 미리 렌트해 온 차였다. 차의 뒷좌석에는 그가 사무실에서 챙겨 나온 물건들이 아무렇게나 쌓여 있었다.

사장의 롤스로이스는 회사 건물 앞에 당당히 주차되어 있었다. 국내에 다섯 대밖에 없는 시리즈라며 사장이 금이야 옥이야 했으니 잘못 알아볼 리가 없었다. 차를 타지 않고 어디를 가는 걸까. 택시라도 잡는 건가 싶었으나 사장은 골목 안쪽으로 들어갔다. 차를 타고서는 눈에 띄지 않게 뒤쫓기 어려운 길이었다. 할 수 없이 제영도 시동을 끄고 차에서 내려 골목 안쪽으로 조심히 걸어 들어갔다.

회사에서 고작 한 블록의 거리다. 이곳은 제영에게도 익숙했다. 사무실이 밀집해 있는 지역이고 버스로 두 정거장 거리에 대학이 있으므로 원룸 건물이 대부분인 동네였다. 제영은 사장의 뒷모습을 곧장 따랐다. 황급히 걸어간 사장이 도착한 곳은 작은 부동산 앞이었다. 파란색 간판이 걸려 있었고, 같은 색의 선팅지로 유리문이 절반쯤 가려져 있었다. 선팅지 너머로 대한민국 전도가 붙어 있는 것이 보였다. 사장은 까치발을 하고 안을 들여다보고는 헐레벌떡 문을 밀고 들어갔다.

'뭐야.'

제영은 실망스런 한숨을 뱉었다. 저렇게 급한 얼굴을 하고 쫓아간 곳이 부동산이라니. 뭔가 속은 기분이었다. 자신의 계산이 틀린 건가 싶던 그 순간, 돌아서던 제영의 발걸음이 우뚝 멈추었다.

—전원주택 사업하네 마네 하더니 땅 샀나 보지. 부동산에 입금하던데.

천 주임의 말이 머릿속에 떠올랐다. 그때는 그런가 보다 하고 넘겼는데, 지금은 달리 들렸다. 땅을 사는데 땅 주인이 아닌 부동산에 입금하는 사람은 없다. 제영은 눈을 날카롭게 치떠 간판을 노려보았다. 수영부동산. 평범한 부동산으로 보이지만 진짜일까? 그가 회사에서 나온 직후 사장이 움직이길 기다린 것은 다른 이유가 아니었다. 사장의 불안감을 부추겼으니 어떻게든 중개인과 접촉할 거라고 계산했다. 안달복달하는 성격을 가진 사장이 목숨보다 더 중요하게 여기는 것은 없다. 역시 저 부동산에는 뭔가 있다.

—무슨 소리지? 취직이라도 알선해달라는 얘기야?

중개인에 대해 말했을 때 사장은 눈을 흡뜨고 그렇게 말했다. 그때는 별생각 없이 넘어갔지만 지금은 조금 다르게 생각된다. 중개인, 이라는 이야기를 들으면 부동산을 떠올리는 것이 일반적이지 않은가. 요즘은 '취직을 알선하는 사람'이라는 뜻으로 사용되는 일이 거의 없다. 의식적으로 '부동산'이라는 단어를 회피했을 가능성이 크다.

가까이 다가갈수록 그것은 확신이 되었다. 살해당할 뻔했던 밤, 경찰은 범인을 금방 잡을 수 있을 거라고 했지만 실상은 그렇지 않았다. CCTV에 전혀 찍히지 않았기 때문이다. 그것은 김충수 씨 실종 때도 마찬가지였다. 그 지역이 CCTV가 없는 곳이라고는 하지만 인근의 CCTV에서도 경찰은 행적을 파악하지 못했다. 그 지역을 아주 잘 알고 있어서 CCTV가 없는 곳과 사각지대를 정확히 파악하고 있는 사람이라면 어떨까.

'CCTV에서 혐의가 있는 인물은 없었습니다.'

CCTV에 찍힌 것이 늘 이곳을 지나다니는 부동산 직원이라면, 그 사람은 혐의가 있는 인물일까, 없는 인물일까.

부동산으로 다가간 제영은 조심스럽게 몸을 낮추고 안을 들여다보았다. 놀랍게도 안에는 아무도 없었다. 출입구 맞은편으로 나 있는 나무 문이 하나 보였다. 건물의 뒷마당으로 통하는 것은 아닐까. 저 문을 통해 사장이 중개인과 만나고 있을까. 제영은 안으로 들어가야 하나, 조금 더 기다려봐야 하는 건가 고민했다. 그러나 고민은 길지 않았다. 제영은 선 채로 굳어버렸다. 부동산 안에서는 아직 아무런 변화도 없었다. 변화는 제영의 눈앞, 부동산 안쪽이 아니라 유리창에 있었다. 검은 옷의 두 남자가 자신의 뒤쪽에 다가와 있는 것이 창에 비쳤다.

'피해야 한다.'

그러나 생각뿐이었다. 커다랗게 눈을 뜬 제영의 얼굴을 무언가가 덮쳤다. 매캐한 냄새와 함께 눈앞이 흐려졌다. 장갑을 낀 남자가 손수건으로 자신의 입을 틀어막은 것이 유리창에 비쳤다.

"깨워."

처음 들린 것은 위압적인 목소리였다. 제영의 눈이 가느다랗게 벌어졌다. 자신을 깨우려 다가오던 남자가 주춤, 걸음을 멈췄다. 제영은 눈을 몇 번 감았다 뜨며 주변을 인식하려 애썼다. 제영이 누워 있는 침대에서 조금 떨어진 곳에 한 남자가 안락의자에 앉아 있었다. 그는 다리 한쪽을 반대 다리에 얹은 채 팔짱을 끼고 있었다. 한눈에 봐도 명품인 것을 알아볼 수 있을 법한 시계가 손목에 걸려 있었다.

"깬 것 같습니다."

병실인 것 같다는 생각이 드는 것은 자신의 머리맡에 꽂혀 있는 철제 봉에 링거가 꽂혀 있었기 때문이다. 그러나 주변 환경은 그가 지금껏 수없이 누워봤던 일반적인 병실이 아니었다. 편백나무로 만든 아트 월, 벽걸이 TV와 조명 들은 차라리 호텔에 가까운 모습이었다. 상쾌한 냄새와 따뜻한 온기는 저 남자만 아니라면 한잠 더 자고 싶도록 만들었다.

"민제영 씨?"

제영은 인상을 찡그렸다. 둔한 두통이 있었다. 머리를 짚으며 몸을 일으키려 했다. 서 있던 남자가 저지하려고 했지만 안락의자에 앉은 남자가 손짓으로 그를 막았다. 제영은 일어나 앉아 머리를 흔들고는 잠깐 창밖으로 시선을 주었다. 완전히 어두워져 있었다.

"당신들, 뭡니까?"

중개인은 보이지 않았다. 제영이 남자들을 노려보았다. 안락

의자에 앉은 남자가 서 있는 남자에게 고갯짓을 했다. 서 있던 남자가 다가와 제영의 눈앞에 명함 한 장을 내려놓고는 뒤로 물러섰다. 그러고는 안락의자에 앉은 남자에게 묵례를 하고 방에서 나갔다. 한 치의 오차도 없는 기계 같은 움직임이었다. 제영은 명함을 들어 눈앞에 가까이 댔다.

은파기술 상무 최석태.

은파기술이라면 최중묵의 회사다. 제영의 이목을 끈 것은 그것만이 아니었다. 남자의 이름은 최석태.

"최중묵 대표의……."

눈치를 챘냐는 듯 최석태가 웃었다.

"아들이죠."

남자의 정체에 제영의 온몸이 순식간에 불안에 휩싸였다. 제영이 아무 말도 하지 않고 있자 최석태가 말했다.

"중개인에 대해 우리도 알고 있습니다."

불안이 실체를 드러냈다. 제영은 곧장 자신의 처지를 파악했다. 휴대폰이 들어 있던 점퍼는 어디로 갔는지 보이지 않는다. 꼼짝없이 당했다. 도움도 청하지 못하고 죽을 운명이다. 중개인에 대해 안다는 것은 제영에 대해서도 안다는 이야기와 같다. 그들에게 있어 제영은 아버지를 죽게 만들 살인자와도 다르지 않을 것이다.

여기서 나가야 한다. 한눈에 봐도 자신보다 풍채가 좋은 최석태를 운 좋게 제치고 탈출한다 해도 조금 전 나간 남자들이 문 앞에 대기하고 있을 터였다. 어떤 수를 써도 무사히 나갈 수 있는 방법은 없었다.

최석태는 제영이 눈을 굴리며 무슨 생각을 하고 있는지 다 읽고 있다는 듯 여유로운 표정이었다. 그는 말썽을 부리는 어린 아이를 다루는 듯 몹시 인자한 표정으로 말했다.

"우리가 민제영 씨를 돕겠습니다."

순간적으로 귀를 의심했다. 제영은 최석태에게로 고개를 돌렸다. 인상을 쓰고 그를 응시하자, 최석태는 제영이 들은 말이 잘못된 것이 아니라고 말하려는듯 한 글자 한 글자를 힘주어 되뇄다.

"저희는 아버지가 돌아가시길 원합니다."

최중묵이 죽어야 한다고 생각하는 제영을 가족들이 증오하리라는 것은 순진한 생각에 지나지 않았다. 그들은 오히려 최중묵의 죽음을 바랐다. 최중묵이 죽어야 재산을 분할받을 수 있었다. 오래전부터 반목하던 가족들은 최중묵의 죽음을 두고는 의견이 일치됐다. 방해가 되는 것은 제영이 아니라 중개인의 존재였다. 그 대안으로 제영을 주목한 것이다.

'황명'이라고만 찍혀 있던 명함이 떠올랐다. 중개인의 손에서 자신을 구한 사람들이 남긴 것이었다. 모두 이 사람과 관련되어 있을 거라는 생각이 들었다.

그들이 원하는 것은 제영이 최중묵의 다음 죽음을 알려주는 것이다. 그 죽음을 막으려는 중개인을 막고 운명이 그대로 최중묵을 덮치도록 하려는 것이다. 모든 재력과 인력을 동원해 중개인의 계획을 틀어버리는 것은 어쩌면 제영에게 큰 힘이 될지도 모른다.

'하지만.'

제영은 걸음을 멈추고 고개를 들어 건물을 올려다보았다. 은파대학병원 응급실 입구로 막 구급차 한 대가 들어오는 중이었다. 제영은 휴대폰을 꺼냈다. 저장된 휴대폰 번호의 목록에서 솔지의 번호를 찾았지만 차마 통화 버튼을 누를 수가 없었다. 그는 깊은 한숨을 내쉬었다.

최중묵의 자녀들은 제영이 제안을 거절할 수도 있다는 것은 아예 생각하지도 않은 듯 자신만만하게 웃었다. 마치 큰 호의라도 베푸는 듯한 표정을 지어 보였다. 제영은 중개인의 앞에서 매번 무력감을 느꼈다. 저들의 도움이 큰 힘이 될 것은 당연했다. 그런데도 거부감이 들었다. 목숨을 두고 거래하는 것, 거기에서 이득을 보는 것. 중개인과 다를 바 없는 일이 아닌가.

그럼에도 거절할 수 없었다. 어차피 운명은 정해져 있다. 이후의 일은 자신이 관여할 바가 아니라고 생각하면 제안을 거절하는 것이 어리석게 느껴졌다. 게다가 지금 김충수가 중개인의 손에 잡혀 있었다. 그들은 최중묵의 죽음을 위해 기꺼이 그를 구해내겠다고 했고, 중개인이 다른 사람을 찾는다 하여도 어떻게든 막아낼 것을 약속했다. 그들의 손을 잡지 않을 이유가 없지만, 그런데도 꺼려진다.

"어?"

카랑카랑한 목소리에 제영은 고개를 들었다. 눈에 익은 간호사가 그를 보고 알은체를 했다. 응급실에서 자주 보았던 간호사였다. 그에게 관심을 갖는 솔지에게 신경 끄라며 말리던 모습이 떠올랐다. 간호사복 위에 걸친 카디건에 '차설아'라고 적힌 이름표가 붙어 있었다. 제영은 어색해하며 인사 대신 고개를 숙였다.

"여긴 웬일이세요? 실려 온 것 같지는 않고."

차설아는 장난스럽게 제영의 여기저기를 훑었다. 제영은 흘깃 응급실 쪽을 보고는 주저하다가 말했다.

"혹시 주솔지 간호사님은……."

차설아가 눈을 휘둥그렇게 떴다. 그녀는 무슨 생각을 하는지 고개를 갸웃하고는 이내 눈을 가느다랗게 뜨며 의미심장한 웃음을 흘렸다. 솔지로부터 제영에 관해 뭔가 들은 것 같았다. 제영은 왠지 몸이 움츠러들었다.

"솔지는 오늘 오프인데요?"

"오프……."

"쉬는 날이에요."

"아……."

제영은 멈칫거리다가 살짝 뒤로 물러섰다. 허리를 꾸벅 숙여 인사하고는 몸을 돌려 도망치듯 걸음을 옮겼다.

"전화해보시죠! 전화번호 알려드릴까요?"

등을 후려치듯 차설아의 목소리가 날아왔다. 제영은 몸을 비틀고 고개를 흔들어 보이고는 다시 바쁜 걸음을 옮겼다. 차설아의 웃음소리가 뒤통수를 잡아당겼다.

병원을 벗어난 이후, 제영의 걸음은 눈에 띄게 힘이 빠졌다. 터덜터덜 걷는 동안 몇 번이고 발이 멈췄다. 생각할 시간을 달라는 제영을 최중묵의 자식들은 귀빈을 모시듯 대우했다. 모셔다 드리겠다며 기사가 달린 외제차에 그를 태웠다. "어디로 모실까요?" 놀랄 만큼 젊은 운전기사의 깍듯한 질문에 솔지가 가장 먼저 떠올랐다. 그가 살인자라는 것을, 그것도 아버지를 살인했다는 것을 듣고 돌아서던 모습이 제영의 가슴을 할퀴었다.

솔지, 최중묵과 그의 자식들, 중개인, 그리고 김충수.

어느덧 집 앞에 도착할 동안, 제영이 결론을 내린 것은 하나도 없었다. 이 시간에도 여전히 김충수는 그들의 손에 잡혀 있으며, 운명의 시간은 흐르고 있다. 누구의 손을 잡아야 하는가. 깊은 한숨과 함께 고개를 들었을 때, 제영의 숨이 멎었다.

솔지가 그의 아파트 앞에 서 있었다. 더플코트 주머니에 손을 집어넣고 몸을 웅크린 채였다. 하얗게 질린 얼굴에서 연신 뽀얀 입김이 공중으로 떠올랐다. 한참이나 여기에 서 있었던 모양이었다. 그 모습이 비현실적으로 느껴졌다. 그녀를 만나고 싶었지만, 정작 맞닥뜨린 순간 무슨 말을 해야 할지 몰라 도망가고 싶어졌다. 그런 마음을 알아채기라도 하듯 솔지가 눈을 돌려 제영을 발견했다. 솔지의 말간 눈이 제영을 끌어당겼다.

"솔지 씨 만나러 갔었어요."

제영이 용기를 내 먼저 말했다. 솔지는 제영에게서 눈을 돌리지 않았다.

"왜요?"

"이야기하고 싶어서요."

어디서부터 어떻게 이야기를 해야 좋을지 모르지만, 솔지가 얼마나 이해하고 믿어줄지는 모르지만, 그럼에도 말하고 싶었다. 두 번 다시 만나지 않을 거라는 선택을 한다 해도 그녀에게 마지막까지 살인자로 남고 싶지는 않았다.

비로소 솔지의 눈을 똑바로 응시하며 제영이 물었다.

“왜 여기 있어요?”

솔지가 대답했다.

“이야기 듣고 싶어서요.”

“아버지는 자살이었어요.”

솔지의 앞에 놓인 찻잔 안에서 뜨거운 김이 피어올랐다. 찻잔에 담긴 것은 뜨거운 물이었다. 흔한 티백 하나 커피 하나 없다는 것이 민망했다. 솔지는 뜨거운 물이면 충분하다며 양손으로 찻잔을 감싸 쥐었다. 손끝이 파랗게 얼어 있는 것을 보고 보일러의 온도를 높였다. 다시 돌아와 이야기를 시작했을 때 솔지는 놀란 눈을 감추지 못했다.

“그런데 왜…….”

“법적으로는 전과자가 맞아요. 무죄판결받지 못했으니까요. 살인은 아니고 과실치사지만.”

제영은 찻잔으로 떨어뜨린 눈길을 들지 못했다. 솔지의 표정을 보기가 두려웠다. 찻잔 속에 비친 모습이 일렁거렸다. 흔들리고 있는 것은 찻잔 속의 물인지, 자신인지 알 수 없었다. 미간을 찌푸렸다. 기억을 돌이키는 것은 잔인하리만치 고통스러웠다.

“아버지는 계속 사업에 실패했어요. 이십사 년 전에 케이제

화학 공장의 신재생 에너지 개발팀 연구원이었죠. 당시 연구중이던 물질이 누출되면서 사고가 있었고, 그 일로 형을 살았고, 연구소도 폐쇄됐어요. 사실 그건 나 때문이었죠. 내가 몰래 들어가서 그런 일이 생겼거든요. 그 일로 다친 사람이 많았어요. 내가 죽어야 했는데."

그 말을 하던 제영은 묘한 기시감을 느꼈다. 과거를 이야기하다 떠오른 장면 때문이었다. 그때 자신 말고도 한 사람이 더 있었다. 얼굴이 기억나지는 않았다. 제영은 계속 말을 이었다.

"그 일 이후 아버지는 내내 저에게 죄책감을 느끼셨어요. 왜 그런지는 모르겠지만, 술만 취하면 그때 저를 버렸다고 하셨죠. 가스 누출 피해를 막으려고 절 포기하고 차단 막을 내렸대요. 제가 그 안에 있었는데도 말이죠. 전 아버지의 결정이 당연하다고 생각했는데, 아버지는 그렇지 않았나 봐요. 어쨌든 그런 일을 겪고 나서도 아버지는 계속 미련을 못 버렸고 사업에 손을 댔어요. 투자자들이 사기로 고소했고, 그날이 첫 공판 날이었어요. 그리고 전 그날 아버지가 자살할 거라는 걸 알았어요. 그런 느낌이 있었죠. 집을 정리하고, 미안하다고 하시더니 갑자기 잘 살아야 한다고 하고, 남은 돈은 삭삭 긁어 현금으로 찾아 제 책상 서랍에 넣어놨더군요. 그래서 따라 나갔어요. 엄마가 살아 있었다면 그런 선택을 하지 않으셨을까요? 엄마는 아버지의 사업 문제가 불거질 때 저혈당 쇼크로 돌아가셨거든요."

솔지에게 모든 것을 말할 생각이었지만, 거짓을 보탤 수밖에 없었다. 죽음을 본다는 얘기를 할 수는 없다. 그것을 믿어주느냐 아니냐만의 문제는 아니다. 자신이 벗어나고 싶어 하는 이 운명의 굴레에 솔지를 엮고 싶지는 않다.

그래도 완전한 거짓말은 아니다. 그날 아침, 정말로 아버지는 집을 정리했고, 미안하다고 했고, 아버지와는 다르게 잘 살아야 한다고 했다. 그리고 남은 돈을 모두 현금으로 찾아 제영에게 남겼다. 그러나 그것을 깨달은 것은 아버지 사후의 일이었다. 제영이 아버지의 죽음을 알았던 것은 그 죽음을 봤기 때문이었다.

제영이 막고자 했던, 막을 수 있을 거라고 믿었던 그때의, 막지 못했던 두 번째 죽음. 그것이 아버지의 죽음이었고, 그 이후로 제영은 누구의 죽음도 막을 수 없다는 결론에 다다랐다.

제영은 아버지의 죽음을 보고 아버지를 살릴 수 있을 거라 믿었다. 운명의 그날, 아버지는 어떤 건물 위로 올라갔다. 아버지의 사무실이 보이는 건물의 옥상이었다.

"아버지를 막으려고 했어요. 몸싸움이 벌어졌고, 그래도 막지 못했죠. 아버지는 결국 날 뿌리치고 뛰어내렸어요. 그런데……."

목격자가 있었다. 건물 아래에 있던 행인이었다. 올려다보는 그의 눈에 두 사람의 고함은 싸움으로 들렸다. 뿌리치는 것은 밀려 떨어지는 것으로 보였다. 추락하는 아버지를 내려다보는 모습은 살인자의 것으로 생각됐다. 그렇게 경찰에 체포됐다.

가택수사가 벌어졌고, 제영의 책상에서 현금 다발이 발견되었다. 아버지가 넣어둔 것이었지만 그렇다는 증거는 없었다. 그 돈을 아버지의 현금카드로 인출하는 모습이 담긴 CCTV 속에는 제영이 있었다. 아버지가 시킨 일이었지만, 그것이 심부름이었다는 증거는 어디에도 없었다. 사건이 있기 세 달 전 아버지가 새로 가입한 보험도 문제가 됐다. 그들의 경제 상황과는 맞지 않는 보험료를 납부해야 하는 것이었으며, 수익자는 당연히 제영이었다. 자살에도 어느 정도 사망보험금이 지급되는 보험이라는 사실이 혐의를 더 짙게 했다. 보험을 가입한 것은 아버지 본인이라는 것이 확인됐지만, 그 과정에서 제영의 입김이 들어가지 않았으리라고는 누구도 믿지 않았다.

재판이 이어졌다. 변호사는 제영이 살아날 구멍이 '무죄'에 있지 않다고 판단을 내렸다. '미는 것을 봤다'는 목격자의 증언은 제영의 발목을 너무 강하게 옥죄고 있었다. 다만 제영이 수익자라는 이유만으로 살인의 증거는 되지 않았다. 변호사는 제영이 아버지의 자살을 막으려다 밀게 됐다는 '과실치사'를 주장했다. 결국 징역 이 년을 선고받았고, 모범수로 일 년 반 만에 풀려났다. 살인이 아니라 과실치사였기에 보험금은 그대로 지급됐다. 심지어 자살이 아닌 상해사망으로 처리되었기에 액수가 더 컸다.

"솔지 씨가 절 응급실에서 처음 봤던 날, 통장에 있던 돈이 아버지 보험금이었어요. 그걸 쓸 수가 없어서 갖고 있었어요. 그걸 쓰면 정말로 아버지를 돈 때문에 죽인 게 될까 봐요."

그 사건 이후 많은 사람들이 사라졌다. 가끔 안부를 물어보던 고모, 친구들, 동네 사람들. 아버지를 죽이지 않았다는 그의 절규를 믿지 않은 것은 검사 측만이 아니었다.

제영은 웃었다. 한번 시작하니 이렇게 꺼내기가 쉬운 말이었다는 게 믿어지지 않았다. 찻잔 위로 떨어뜨린 시선 앞에 솔지의 손이 내밀어졌다. 어느새 따뜻해진 그녀의 손이 제영의 볼 위로 올라왔다. 제영은 고개를 들었다. 솔지는 보드라운 손으로 제영의 뺨을 감싸고 엄지를 움직였다. 제영은 가만히 솔지의 손목을 잡았다. 솔지의 손이 젖어 있어 자신이 눈물을 흘리고 있었다는 것을 깨달았다.

"전 믿어요. 제영 씨 아버지는 스스로 죽음을 선택하셨어요. 그 죽음으로 돈을 받았든, 그 돈으로 음식을 먹든 당신의 책임은 아무것도 없어요. 제영 씨는 아버지의 죽음과 분리되어야 해요. 당신은 살아야 해요. 당신이 당신 삶에서 무엇을 누리든, 그건 아무 상관도 없는 거예요. 아버지는 자신의 운명에 따라 스스로 죽음을 선택했어요. 그냥 그것뿐이라고요."

솔지의 입에서 운명이라는 말이 나왔을 때, 제영은 조금 놀랐다. 그리고 언젠가 자신의 비밀을 솔지에게 이야기할 날이 오지 않을까 하는 기대를 했다. 하지만 생각들은 더이상 이어지지 않았다. 솔지의 입술이 제영의 입술을 덮었다. 제영의 뺨을 감싸 쥔 솔지의 손이 파르르 떨렸다. 맞닿은 입술 위로 제영의 것인지 솔지의 것인지 알 수 없는 눈물이 떨어져 내렸다. 제영은 솔지가 떠날까 두려운 것처럼 그녀의 손목을 움켜쥐었다.

"라면 먹고 갈래요? 냄비는 없지만."

빨갛게 달아오른 솔지의 얼굴을 보며 제영이 농담을 했다. 솔지는 웃음을 터뜨리며 그의 어깨를 살짝 쳤다.

그날 솔지가 돌아간 뒤, 제영은 정말로 라면을 끓였다. 냄비가 없어 컵라면을 선택했다. 면이 익기를 기다리며 제영은 최석태에게 전화를 걸었다.

"제안, 받아들이겠습니다."

운명은 정해져 있고, 그 죽음으로 무엇을 얻든 이후의 삶은 그들의 선택이다.

17

그날 밤, 제영이 전화를 끊은 직후 최석태가 보낸 남자들이 중개인의 부동산을 급습했다. 문은 여전히 잠겨 있었지만 그들은 준비해 온 둔기로 순식간에 문을 부수고 안으로 진입했다. 뒷문은 단독주택의 마당으로 연결되어 있었다. 안에서 뛰어나온 세 명의 남자가 그들과 대치했지만 상대는 일곱이나 되었고 싸움의 준비 태세에서부터 전력의 차이가 났다. 고함과 비명, 폭력의 소리들이 동네를 흔들었다. 주민들에게서 신고를 받은 경찰이 출동했을 때 그곳에는 아무도 없었다. 부동산과 주택의 소유자에게 연락을 취했지만 이 년간 전세로 임대를 해줬을 뿐이라고 말했다. 계약 당사자인 중개인의 신원은 모든 것이 가짜였다.

네 시간 후인 다음 날 새벽, 김충수가 집으로 돌아왔다. 손목과 발목을 결박당해 생긴 열상과 온몸에 남은 구타의 흔적들로 지친 상태였지만 병원으로 이송될 정도는 아니었다. 그는 자신의 딸을 분명하게 알아보았고, 이제 자신이 살았다는 것을 제대로 인지하고 있었다. 오열하며 자신에게 달려드는 딸을 얼싸안고 긴 한숨을 내쉰 후, 깊은 잠에 빠져들었다. 그는 뇌종양 크기가 목숨을 위협할 정도의 것은 아니라는 사실을 딸에게 이야기했다고 했다. 그들에게 남은 것은 이제 살아가는 일뿐이었다.

"정말 다행입니다. 푹 쉬게 해드리세요."

제영은 전화를 끊었다. 통화를 한 것은 김충수의 딸이었다. 그녀는 아빠를 집으로 돌아오게 해준 사람이 제영일 거라고 생각하고 있었다. 제영은 아니라고 말했고, 진심으로 그렇게 생각했다. 김충수는 다른 사람의 운명에 끌어들여진 것뿐이고, 돌아갈 사람이 제자리로 돌아간 것뿐이다. 김충수의 납치 관련하여 경찰은 아직 조사중에 있었다. 거기에 감금과 폭행의 죄목이 늘어날 테지만 그 죄를 받을 사람을 잡아들일 수 있는지는 미지수다. 아예 특정조차 되지 않을 가능성이 크다. 중개인이 대단해서가 아니다. 그의 뒤에 있는, 목숨만큼이나 명예가 중요한 사람들이 사력을 다해 그를 지키고 있기 때문이다. 최중묵만이 아니다. 이미 중개인을 통해 살아난 자들은 중개인의 위험을 원하지 않을 것이다.

김충수가 집으로 돌아온 그날, 최중묵의 뉴스가 보도되었다. 최중묵은 인재 개발이 회사의 미래라며, 저소득가정의 청소년들을 위해 장학재단을 설립하겠다고 발표했다. 첫 번째 수여자로 선정된 학생들 사이에 서서 최중묵은 환하게 웃고 있었다. 사회자석에 눈에 익은 남자가 서 있었다. 마이크 앞에서 그는 아이들과 손을 나란히 잡고 사진을 찍고 있는 최중묵을 향해 박수를 치고 있었다. 최중묵의 아들 최석태 상무였다.

대단한 일이 아닐 수 없다. 최석태의 얼굴에서 아버지의 죽음을 바라는 마음은 전혀 느껴지지 않았다. 사정을 알고 있는 제영 역시 혼란스러울 만큼 최석태의 가면은 견고했다. 대단한 것은 최중묵도 다르지 않다. 최중묵은 그날 새벽 자신 대신 죽을 사람이 탈출했다는 것과 누군가 자신의 죽음을 바라고 있다는 것을 알게 됐을 것이다. 그리고 어쩌면 그것이 자신의 측근임을, 나아가 가족일지도 모른다는 것을 예측하고 있는지도 모른다. 그럼에도 저렇게 멀쩡한 얼굴로 아들의 축하를 받고 있다. 죽이고자 하는 자와 살고자 하는 자가 만들어내는 축하의 장은 기이했다.

밥 먹었어요?

도착한 문자는 제영을 상념에서 깨웠다. 문자를 보는 제영의 눈이 풀어졌다. 그는 자신이 웃고 있다는 것을 깨닫지도 못한 채 솔지에게 답 문자를 보냈다.

이제 먹으려고요.

집에서 해 먹을 거 같지는 않고. 외식? 뭐 먹어요?

제영은 잠깐 멈칫하고는 다시 손가락을 움직였다.

친구네 집에 가서 먹어요.

와, 친구도 있었어요? 하하. 농담이구요. 난 오늘 나이트니까 내일 연락할게요. 삼시 세끼 잘 챙겨 먹고 있어요.

나이트. 제영은 맥락상 솔지가 밤새 일하는 모양이라고 유추했다. 그러면서 언젠가 솔지의 근무 형태를 한번 파악해둬야겠다고 생각했다.

그는 작은 가방을 가져와 간단한 짐을 챙겼다. 속옷과 세면도구가 고작이었다. 그대로 집을 나서려다가 급히 방으로 되돌아가 휴대폰 충전기를 챙겨 넣었다. 평소 같으면 그다지 중요하다고 생각지 않았을 것이다. 회사도 그만둔 참이니 그가 반드시 받아야 할 연락 같은 것은 없었다. 그러나 이제는 다르다. 솔지를 걱정시키고 싶지는 않다. 사실 내일 연락하겠다는 말에 제영은 잠시 고민했다. 그녀와 마음 편히 연락을 하거나 만남을 약속할 수 있는 것이 오늘이 될지 내일이 될지, 아니면 훨씬 더 시간이 지난 후의 일이 될지 알지 못했기 때문이다. 약속을 정할 수 없기에 말하지 못한 채로 끊었지만, 제영은 당장이라도 솔지를 만나고 싶다고 생각했다.

현관문을 열었을 때, 맞은편 벽에 기대서 있던 남자가 자세를 똑바로 하고 제영에게 묵례했다. 검은 정장에 흰 셔츠, 검은 넥타이와 짙은 흑발. 최석태가 보낸 남자였다. 고집스러워 보이는 각진 턱과 꾹 다문 입술이 허튼짓은 하지 말라는 경고를 보내고 있었다. 완전히 복도로 나선 제영은 뒤로 문을 닫았다. 문이 잠기는 기계음이 들렸다. 이 소리를 꼭 빠른 시일 안에 다시 듣고 싶다고 생각했다.

제영이 엘리베이터에 올라타자 남자가 따라 올랐다. 문이 닫힌 뒤 엘리베이터가 움직이자 남자가 입을 열었다. 듣는 사람이 없다는 것을 확신할 때까지 기다린 것 같았다.

"상무님께서 한 치의 불편함 없이 모시라 하셨습니다. 필요하신 것이 있으면 저에게 언제든 말씀해주시면 됩니다."

그 말은 언제든 자신을 감시하고 있겠다는 뜻이었다.

"한 가지 물어봐도 돼요?"

"말씀하십시오."

"그 옷은 유니폼인가요?"

지난번 중개인에게 살해당할 뻔할 때 그를 구해준 사람들도,

어제 김충수를 구출한 사람들도 모두 비슷한 정장을 입고 있었다. 맞춰 입기라도 한 게 아니라면 우연일 리 없다.

남자가 웃지 않았기 때문에 제영도 머쓱하게 다시 정면을 응시했다.

"너무 눈에 뜨일 것 같은데."

이번에도 제영의 농담은 허무하게 사그라졌다.

차가 진입하자 차고의 문이 자동으로 열렸다. 차고 내부는 제영의 아파트만 한 사이즈였고, 눈이 휘둥그레질 정도로 휘황찬란한 슈퍼 카 두 대가 주차되어 있었다. 제영이 주변을 두리번거리고 있자니 운전을 한 남자가 뒷좌석의 문을 열었다. 남자는 제영을 내부로 통한 계단으로 안내했다.

이곳은 최중묵의 집이었다. 놀랍게도 최석태는 최중묵과 함께 살고 있었다. 매일같이 얼굴을 보면서 아버지의 죽음을 바라다니, 새삼스레 소름이 돋았다. 그럼에도 그를 도와야 하는 이 순간이 끔찍하게 느껴졌다. 하지만 이미 선택한 일이다. 돌이킬 수 없는 것도 충분히 알고 있다.

최중묵이 죽도록 돕겠다고 약속한 이후 제영은 두 번의 식사를 했다. 최중묵의 죽음을 보지는 못했지만, 설령 본다고 해도 그 장소를 알 수 있겠냐는 것이 문제였다. 최중묵이 어디서 죽는지 알아야 대신사를 막을 수 있다. 그 장소를 알아보려면 최중묵이 사는 곳, 회사, 그가 다니는 모든 곳을 익혀놓아야만 했다. 그런 사실을 최석태에게 말하자 그는 오늘 남자를 제영에게 보내주었다. 그의 안내로 회사의 구석구석을 돌아보고 온 길이었다.

계단을 올라가면 바로 건물로 통할 거라고 생각했는데 예상과 달리 드넓은 정원이 나왔다. 조각처럼 잘 깎인 소나무들이 하늘을 찌르고 있었다. 개 짖는 소리가 크게 울려 뒤를 돌아다보니 놀랄 만큼 커다란 수석 사이로 검은 개가 이쪽을 내다보며 침을 흘리고 있었다. 개는 줄에 묶여 있는 것 같았지만 그를 긴장하게 하기에는 충분했다. 정원 한편에 파라솔이 달린 원목 테이블이 있었지만 의자가 치워져 있는 걸로 보아 이용하는 것 같지는 않았다. 언젠가 저곳에 모여 담소라도 나눌 생각이었던 걸까. 그런 로망마저 이 집에서는 열어보지 않는 앨범 같은 추억이 된 듯했다.

"일단 안으로 들어가시죠."

"저……."

남자가 돌아보았다.

"제가 뭐라고 부르면 될지."

"손 비서라고 하십시오."

"손……?"

"손병수입니다. 손 비서라고 하십시오."

제영이 고개를 끄덕이자 손병수가 몸을 틀어 다시 앞장섰다. 정원을 가로질러 본관 건물 앞까지 간 그는 현관문을 연 채로 제영을 향해 고개를 끄덕거렸다. 건물을 올려다보며 감탄하던 제영은 손병수의 고갯짓을 보고 열린 문 안으로 몸을 들였다. 현관문 옆으로 흰색 앞치마를 두른 중년의 여성이 서 있었다. 문을 열어준 가사도우미 같았다.

"어서 오세요."

내실에서 반색하며 나온 것은 최석태였다. 니트에 면바지를 입은, 그를 본 이래 가장 편안한 모습이었다. 거실로 올라서며 슬리퍼를 신는 제영을 향해 최석태는 만면에 웃음을 가득 머금은 채 악수를 청했다.

"여기까지 오시느라 고생하셨습니다, 민 기자님."

"별말씀을요."

모르는 사람이 보면 취재 온 기자를 반기는 겸손한 모습의 경영 후계자로 보일 것이다. 그 손을 마주 잡으며 제영은 속으로 혀를 찼다. 세상은 불공평하다. 최석태는 재벌집 아들이 아니라 연기자로 태어났어야 한다.

제영이 기자의 신분으로 위장하는 것은 최석태의 제안이었다. 여러 가지 이유로 잦은 인터뷰를 갖는데 주로 회사에서 진행하지만 간혹 집에서 편한 모습으로 인터뷰를 하는 경우도 있다고 했다. 제영도 몇 개의 잡지에서 본 적이 있는 그림이긴 했다. 재벌가의 가족들은 하나같이 우리 너무 행복해요, 하는 얼굴이었다. 니트에 면바지는 그들만의 드레스 코드라도 되는 것 같았다.

기자라면 집 안을 이리저리 둘러봐도 누가 의심하지 않을 것이다.

집 안으로 들어선 제영이 놀란 것은 광활한 거실과 고급스런 인테리어 같은 것들 때문이 아니라 거실 소파에 앉아 있는 노인의 뒷모습 때문이었다. 머리가 희끗한 그는 지금 막 한 모금을 마신 찻잔을 내려놓는 중이었다. 소파의 가장 상석에 앉은 모습 때문이 아니라도 그가 최중묵이라는 것을 알 수 있었다. 잊어버리기에는 제영의 뇌리에 너무 인상 깊게 박혀 있는 인물이었다.

“아버지.”

최석태가 부르자 그가 소파에서 일어나 뒤돌아섰다. 제영은 최중묵을 향해 허리를 꾸벅 숙여 인사했다. 나는 지금 이 사람을 죽이기 위해 이 집에 왔다. 문득 그런 생각이 들어 가슴이 무거웠다. 그리고 허리를 들어 최중묵을 정면으로 보았을 때

소름이 번개처럼 온몸을 훑었다.

'이 사람은 알고 있다.'

최중묵은 웃고 있었다. 최석태처럼, 필시 그가 지난 수십 년간 해온 것처럼 '우리 지금 행복해요' 하는 미소였지만, 그의 눈은 말하고 있었다. 제영이 누구인지, 왜 왔는지를 알고 있다고. 모를 거라는 생각 자체가 잘못됐다. 최중묵은 사력을 다해 피하려는 운명 앞에 누군가 도로 자신을 세워놓으려 한다는 것을 알 수밖에 없는 상황이다. 김충수가 누군가에 의해 구출된 것도 그렇지만 중개인이 말하지 않았을 리 없었다.

"지난번에 말씀드렸던 인터뷰요. 오늘이거든요."

"번거로우실 텐데 집까지 오시게 했군요."

최중묵의 목소리는 생각보다 낮고 위엄 있었다. 제영이 다시 고개를 숙였다.

"아닙니다. 이렇게 공개해주셔서 저희가 너무 감사하죠."

"그럼."

옆에 서 있던 최석태가 제영을 안내하듯 팔을 뻗었다. 조금 전 최석태가 나온 내실 쪽으로 복도가 길게 이어져 있었다. 최석태의 방인지, 손님을 접대하는 응접실인지는 알 수 없었다. 어쨌거나 오늘은 인터뷰를 가장하여 집 내부를 샅샅이 봐야만 했다. 최석태를 따라 안쪽으로 들어가려는데 현관문이 열리는 소리가 들렸다. 최석태가 돌아보기에 제영도 뒤를 보았다. 많아 봐야 서른이나 됐을까 싶은 청년 하나가 들어오고 있었다. 제영만큼이나 마르고 안색이 좋지 않은 사람이었다. 입고 있는 트레이닝복이 겉도는 것처럼 전혀 어울리지 않았다. 긴장한 듯 시선을 한곳에 두지 못하고 이곳저곳을 흘깃거렸다.

"전담 물리치료사도 있는데 무슨 마사지사를 들이셨어요."

최석태의 말에 제영은 조금 놀랐다. 청년은 마사지는커녕 서 있는 것도 고작인 사람으로 보였다. 눈을 돌려 최중묵을 보았을 때, 미소 띤 얼굴과 냉소적인 눈빛을 보고 깨달았다.

대신인이다.

그것을 최석태도 알고 있고, 최석태가 알고 있다는 것을 최중묵도 알고 있다. 굳이 감출 생각은 없다. 오히려 드러내고 있다. 이 사람이 대신인이다, 이번엔 곁에 두었으니 너희들이 구할 수는 없을 것이다.

최중묵이 할 수 있는 적절한 선택으로 보였다. 대신인은 최중묵과는 전혀 연관이 없었던 사람들이다. 그런 사람이 최중묵과 관련된 장소에서 죽으면 귀찮은 일이 생긴다. 경찰이 의혹을 품을 것이다. 하지만 최중묵이 바로 옆에 두었던 사람이라면 이야기가 쉬워진다.

최중묵과 최석태의 차가운 조소가 오가는 사이에서 자포자기한 사형수처럼 서 있는 청년을 제영은 물끄러미 응시했다. 아직 어려 보인다. 저 청년에게는 무슨 사정이 있는 걸까. 그의 이름은 무엇일까. 그는 속으로 청년에게 인사를 건넸다.

안타깝지만, 당신이 받으려는 죽음은 옳지 않은 겁니다. 당신은 당신의 처절한 인생을 마저 살아야 할 겁니다.

최석태를 따라 들어간 곳은 그의 침실이었다. 중세 유럽을 다룬 영화에서나 볼 법한 가구들이 안을 메우고 있었다. 거대한 침대 둘레에는 흰색 커튼이 쳐져 있었고, 햇빛이 흠뻑 들어오는 창가에는 등받이 양쪽이 촛대처럼 솟아올라 있는 소파와 마호가니 테이블이 놓여 있었다. 최석태는 제영에게 소파에 앉으라는 듯 가리켜 보이고는 문을 닫고 걸어 들어와 주머니에서 작은 리모컨같이 생긴 기계를 꺼내 버튼을 눌렀다. 그는 재차 버튼을 누르며 자신의 방 안을 둘러보았는데, 그럼에도 아무런 변화가 없자 안심한 듯 제영의 맞은편 의자에 앉았다.

"너구리 같은 영감이 내 방에 뭔 짓을 했을지 몰라서."

도청이나 불법 촬영을 하는 기계가 설치된 것을 확인할 수 있는 장치인 모양이었다. 최석태는 입술 한쪽을 끌어올리며 웃었다. 그는 최중묵을 향한 감정을 가감 없이 드러내고 있었다. 제영을 완전히 제 사람으로 생각하는 것이다.

"식사는 잘하고 있고요?"

제가 말해놓고도 최중묵은 웃었다.

“인사치고는 최악이네.”

제영도 그렇게 생각했다.

“아직 보인 것은 없습니다.”

“일단 여기가 내가 쓰는 방이고, 저 안쪽으로는 화장실이 달려 있죠. 근데 아버지가 이 방에서 죽을 일은 없다고 생각해요. 웬만하면 들어오지 않으니까. 조금 있다 응접실과 주방 쪽을 보죠. 마당이랑 창고, 옥상, 아버지의 방. 그리고…….”

“회장님의 일정은 보통 어떻게 됩니까?”

“회사와 집이 거의 전부죠. 취미라고는 없는 인간이니까요.”

그 사람이 취미도 없이 살아온 덕분에 자신이 이렇게 좋은 집에서 떵떵거리며 산다는 것은 생각하지 못하고 있는 듯했다.

“밖에서 먹는 걸 좋아하지 않아서 식당도 안 갑니다. 가는 곳이라고는 병원 정도. 당뇨랑 혈압이 있어서 단골손님이죠. 그리고 이동하는 차 정도 되겠네요. 그곳 말고는 짐작이 잘 안 됩니다.”

“병원에 가볼 수 있습니까?”

“이야기해놓죠.”

“그래도 혹시 평소와 다른 일정이 생길 수도 있으니 잘 지켜보시는 게 좋을 겁니다. 제가 본 곳이 어디인지 특정할 수 없을 수도 있습니다."

"그거야 뭐."

어깨를 으쓱하며 최석태는 여유롭게 웃었다. 이미 회장에게 사람을 붙여놓았다, 그렇게 말하고 싶은 것이다. 너구리 같은 영감, 그 말을 최석태에게 그대로 돌려주고 싶은 기분이었다.

여유롭고 꼼꼼하게 볼 수 있는 것은 최석태의 방과 거기에 달린 화장실이 전부였다. 응접실에서는 인터뷰를 하는 척해야 했고, 옥상에서는 팔자에도 없는 사진사 역할을 했다. 문제는 최중묵의 방이었는데, 어떤 이유를 대도 부자연스러울 것 같아 최석태가 주는 사진으로 대체하기로 했다. 저녁이 되어 권유받은 식사 자리에서는 체할 뻔했다. 아버지가 죽기를 바라는 아들과, 그 아버지와, 그 아버지를 대신해서 죽어야 하는 사람과, 대신사를 막을 사람이 섞인 테이블의 분위기가 숨을 막히게 했다. 손을 씻는다는 핑계로 자리에서 일어서는 제영을 향해 최석태는 회심의 미소를 지었지만, 단순히 화장실을 눈에 익히려는 의도만은 아니었다. 이 무거운 자리에서 벗어나고 싶은 마음이었다.

건식인 화장실 내부 바닥에는 편백나무가 깔려 있었다. 넓은 화장실을 가로지르고 있는 커튼 안쪽으로 대형 월풀 욕조가 놓여 있었는데 욕조에 올라갈 수 있는 계단과 욕조 난간에 모두 미끄럼 방지 실리콘이 부착되어 있었다. 제영은 내부를 눈에 담고 다시 커튼을 쳐놓은 후 세면대로 가서 손을 씻었다. 화장실에서 나간 그는 주방으로 돌아가 최석태에게 눈짓을 했다. 이제 더 확인하고 싶은 곳은 없다는 표시다.

"손 비서, 기자님을 모셔다 드리고 바로 퇴근해요."

물론 약속된 거짓말이다. 퇴근하라는 말도 거짓이었다. 손 비서는 퇴근하지 못했다. 그대로 제영을 차에 태우고 영인호텔로 향했다. 회장의 죽음을 보기까지 제영이 안전해야 했기 때문이다. 최석태가 예약해둔 객실로 들어서면서 제영은 자신의 평생에 이런 고급 호텔의 스위트룸에서 밤을 보낼 날이 올 줄은, 그것도 시커먼 남자와 단둘이 보내게 될 줄은 몰랐다고 생각했다.

다음 날 제영은 회장이 당뇨 치료를 받고 있다는 병원의 진료실을 보았고, 원장에게 그가 다녀간 것을 함구하라고 신신당부하는 손 비서를 보았고, 그가 소유한 슈퍼 카들의 내부를 보았다. 그리고 손 비서가 입수해 온 향후 일주일간 회장의 스케줄 장소를 미리 답사했다. 그러느라 솔지에게 걸려 온 전화는 받지 못했고, 사과와 함께 지금은 출장중이라 다녀와서 연락하겠다는 거짓말을 문자로 보냈다. 출장이 어쩌면 거짓말이 아닐 수도 있다는 생각을 하면서 손 비서가 직접 준비한 식사를 했다. 손 비서는 틈틈이 필요한 것이 없느냐고 물었고, 그것은 밥을 한 번 더 먹지 않을 거냐는 말과 같았기에, 워낙 안 먹어 쪼그라든 위라 삼시 세끼도 버겁다고 말했다. 그가 회장의 죽음을 본 것은 회장의 집을 처음 확인한 날로부터 삼 일 후의 일이었다.

18

제영은 태어나 이런 야경을 본 적이 없었다. 새카만 서울 도심을 밝히는 차량의 불빛 행렬, 아파트에서 나오는 온기의 불빛, 그 빛에 반사되어 반짝이는 한강의 물결. 도시를 비추는 빛 하나하나는 제영과 그리 다르지 않은 사람들의 흔적일 것이다. 누군가의 기진한 퇴근길, 피로한 몸을 누이는 그저 그런 집 안, 쓰레기들로 괴로움을 토해내는 한강. 지긋하게 평범한 그것들을 모아놓고 조망하는 아름다움이 새삼 불쾌하다. 평범한 사람들이 만들어내는 아름다움조차 5성급 호텔 최상층 스위트룸을 차지한 자들이 사유한다.

티 테이블에 앉아 창밖을 내려다보던 제영은 문이 열리는 소리에 고개를 돌렸다. 최석태가 들어오고 있었다. 문을 열어준 손 비서가 그가 벗는 코트와 캐시미어 머플러를 받아 들고 고개를 숙인 뒤 방을 나갔다. 걸어와 맞은편에 앉는 최석태의 모습을 제영은 앉은 채로 보았다. 그는 일어나지도 않는 제영의 태도에 약간의 불편함을 느낀 듯한 표정을 지었지만 곧 사람 좋아 보이는 웃음을 지으며 입을 열었다.

"그래, 영감이 어디서 죽어 자빠지던가?"

제영이 그를 싸늘하게 응시했다.

"그렇게 거침없이 말하시는 게 아무래도 착각하시는 것 같아 말씀드리는데요."

최석태의 표정이 굳었다. 불손한 말투가 마음에 들지 않는 모양이었다. 제영은 말을 멈추지 않았다.

"이사님과 저, 같은 편 아닙니다. 목적이 같다고 같은 편은 아니죠."

"무슨 말이 하고 싶은 거지?"

제영은 어깨를 으쓱했다.

"선을 긋는 거죠. 인간쓰레기랑 같은 급으로 묶지 말라고요. 그리고."

제영이 눈을 치떴다.

"말 좀 가려서 하시라고."

최석태가 피식 웃더니 양손을 슬쩍 들어 보였다.

"좋아, 좋아. 정의로운 역할을 맡고 싶나 본데, 인정. 내 역할이 뭐든 상관없어. 자네는 영웅 해. 그럼 됐지?"

"아뇨. 같은 편이 아니라는 건 그보다 더 중요하죠. 같은 편이 아닌데, 제가 이사님 좋은 일에 살신성인할 이유가 뭐죠? 봉사도 아니고."

"잊었나? 이건 거래였어. 네가 영감의 죽음을 알려주는 대신 김충수를 지켜준다는……."

"절 바보로 아세요? 김충수 씨를 지키는 일은 이사님의 이익을 위한 거죠. 회장님이 또다시 김충수 씨를 데려다 대신사시킬까 봐 막는 거, 모를 줄 아세요? 그게 아니라면 지금이라도 약속 거둬도 전 상관없어요."

더이상 최석태의 얼굴에서 웃음기를 찾아볼 수 없었다. 사업가의 얼굴이란 이런 걸까? 무섭도록 사나운 표정에서는 냉기가 뚝뚝 흘렀다.

"원하는 게 뭐지?"

"거래에는 대가가 따르죠."

"쉽게 말해."

제영은 웃음을 터뜨렸다.

"뭘 그렇게 정색하세요. 이사님이 저에게 줄 수 있는 건 하나뿐이잖아요."

최석태의 입가가 비죽 올라갔다. 그가 무슨 생각을 하고 있는지 알고 있다. 다른 사람의 목숨을 돈으로 사서는 안 된다고 한껏 정의로운 척했지만 결국엔 제영 역시 목숨을 담보로 돈을 요구하고 있다. 최석태의 눈초리에는 비난과 비웃음이 뒤섞여 있었다. 상관없다. 제영은 그렇게 결정했다. 최중묵의 죽음으로 최석태는 제영이 상상도 못 할 거액을 갖게 된다. 점점 더 많은 것을 사유화하게 될 것이다. 그건 부당하다.

"금액은?"

제영이 테이블 위에 메모지를 쓱 내밀었다. 계좌번호가 적혀 있었다.

"이억."

"소심하군."

조금의 주저함도 없이 말한 최석태는 주머니에서 휴대폰을 꺼내 누군가에게 전화를 걸었다. 상대가 전화를 받자 그는 몇만 원짜리 음식을 주문하듯 아주 가벼운 어조로 말했다.

"불러주는 계좌번호로 지금 바로 송금해, 삼억."

최석태는 계좌번호를 불렀다. 전화를 끊고 의기양양한 듯 제영을 보았다.

"일억은 보너스, 어때?"

"맘에 드네요."

“그럼 이제 비용이 지불됐으니 물건을 받아볼까?”

제영은 잠깐 눈을 감았다. 그리고 몇 시간 전 자신이 보았던 것을 똑똑히 떠올렸다. 거짓말할 생각은 없다. 최석태의 말대로 비용이 지불됐으니 자신이 본 그대로 말해주면 된다. 이제 운명이 움직일 시간이다.

“회장님은 욕조에 물을 받고 목욕을 하시는군요. 충전기를 꽂은 채로 욕조에 들어가시나요?”

“습관이지. 그냥 샤워하는 법이 없어. 꼭 욕조에 뜨거운 물을 받아서 두 시간은 몸을 담가야 직성이 풀리는 양반이거든. 건강법이래. 얼마나 오래 살겠다고 그러는지 원. 충전기를 꽂는 것까지 봤다니 진짜로 보이는가 보군.”

최석태는 새삼스레 제영을 신기하다는 듯 보았다. 진짜로 ‘보는’ 사람이 아니면 알 수 없는 정보였을 것이다. 제영을 찾아온 것은 그가 ‘본다’는 것을 알고 온 것이지만, 그냥 아는 것과 직접 목격하는 것은 또 다른 느낌인 듯하다. 제영이 대답 없이 곧은 눈으로 응시하자 최석태가 말을 이었다.

“그래 봬도 그 양반이 영화광이야. 두 시간씩이나 반신욕을 하면서 영화를 보는데 배터리가 닳아서 꺼지거나 경고가 뜨는 걸 제일 싫어하거든. 그래서 충전기를 꽂은 채로 들어가.”

제영은 눈을 깊게 감았다가 천천히 떠올렸다.

"어댑터가 꽂힌 채로 휴대폰이 욕조에 빠져 있네요. 물이 가득 차 있고 회장님은 바닥에 끌어 내려졌어요. 나체로 심폐소생술을 받고 있어요."

심폐소생술을 하는 것은 최석태다. 옆에서는 손 비서가 초조한 얼굴로 휴대폰을 들고 있다. 구급대원과 통화중인 듯했다. 발을 동동 구르며 다급하게 달려온 가사도우미가 들고 온 컵을 회장의 입에 대려 했다. 최석태가 그것을 거칠게 내쳤다. 기도라도 막히면 어쩔 거냐고 짐승처럼 소리쳤다. 가사도우미는 연신 고개를 조아리며 뒤로 물러났다. 이어지는 심폐소생술에도 회장은 눈을 뜨지 않았다. 몸과 얼굴이 온통 창백했다. 팔과 다리가 아주 잠깐 움직였지만 그것은 짧은 경련에 지나지 않았다. 구급대원이 도착해 들것이 들어올 때까지 멈추지 않은 심폐소생술에도 회장은 움직이지 않았다. 구급대원들이 회장을 들것에 싣고 그를 옮겼다.

최석태가 눈을 빛냈다.

"감전사라니."

최석태는 황당하다는 듯 웃었다. 앉아 있는 의자의 팔걸이를 손가락 끝으로 초조하게 두드리면서도 웃음을 멈추지 않았다.

"오래 살자고 하던 짓 때문에 죽는다니 어이가 없군."

어떤 죽음들은 어이가 없을 만큼 찰나에 일어난다. 그렇기에 많은 죽음의 순간, 흘려버린 시간을 잡기 위해 후회로 가득 찬 손을 허망히 뻗는 것이 아닐까.

"문제는."

제영이 말했다.

"그것이 언제인지 알 수가 없다는 겁니다."

욕실에는 달력도 시계도 걸려 있지 않았다. 휴대폰조차 물속에 빠져 있으니 날짜를 확인할 만한 것이 아무것도 없었다. 회장이 머무는 장소마다 날짜까지 표시되는 시계를 놓는 것을 고려하지 않은 것은 아니지만 속셈이 뻔히 보이는 짓을 할 수는 없었다. 그런 짓을 보고만 있을 회장도 아니었다.

웃음을 멈춘 최석태가 잠시 생각에 빠져들었다가 고개를 끄덕거렸다.

"어쨌든 욕실에서 죽는다는 거군."

"제가 본 바로는 공용 욕실이었습니다."

"그럼 대신사할 놈이 공용 욕실에 들어가지 못하게 하면 된다는 건데."

그는 고민하는 듯 음, 소리를 냈다. 예정된 죽음과 같은 시각, 같은 장소에서 다른 사람이 대신 죽으면 회장은 운명을 피할 수 있다. 중개인 역시 제영과 마찬가지로 같은 죽음의 순간을 보았을 것이다. 그렇다면 어떻게든 대리인을 회장과 같이 욕실에 들여보낼 것이다. 회장 대신 욕조에 들어가 죽음의 순간을 기다리게 한다. 그렇게 좋아하는 반신욕이라도 대신사가 이뤄질 때까지 회장은 욕조에 몸을 담그지 않을 것이다. 죽음을 감수하고서라도 반신욕을 하겠다고 나서는 바보는 없다.

대신인을 욕실 안으로 들어가지 못하게 하는 것이 가장 큰 방어법이긴 하지만 어떤 이유로도 막기는 힘들 것이다. 저들도 최석태의 목표를 알고 있기 때문이다. 죽음을 보아도 막기 어려운 일이다.

"그 방법은 우리가 강구해보지."

최석태가 급히 의자에서 일어서 문 쪽으로 걸음을 옮겼다. 방문 바깥에서 듣고 있었는지 기다렸다는 듯 문이 열리고 손 비서가 들어왔다. 손 비서의 시중으로 최석태가 코트를 입는 와중에도 앉은 채 있던 제영은 잠시 창밖을 내다보았다가 고개를 돌렸다.

"부탁이 있어요."

최석태가 잠깐 움직임을 멈추었다. 살짝 미간을 찌푸린 뒤 고개를 젓더니 몸을 한번 들썩, 하며 코트를 여몄다.

"보너스까지 줬는데 욕심이 좀 있군."

제영은 최석태를 응시했고, 의미심장한 미소를 지었다.

죽음을 본 후 오 일째. 화면 속에서 문이 열리고 남자 두 명이 거대한 욕실 안으로 들어온다. 두 명 모두 흰 가운을 입고 있었는데, 가운 아래로 맨다리가 드러나 있다. 하나는 회장이고, 하나는 대신인이다. 화면 속에서 회장과 대신인이 나란히 가운을 벗는다. 나체가 고스란히 드러난다. 벌써 다섯 번째, 남의 알몸을 보는 것은 신물이 난다.

회장이 대신인에게 뭔가를 지시하는 듯 손가락을 뻗는다. 대신인은 주춤주춤 욕조로 다가선다. 잠시 굳어 있던 그가 주먹을 움켜쥐고 눈을 질끈 감았다가 욕조 안으로 발을 들인다. 회장은 여유롭게 옆에 있는 의자에 엉덩이를 붙이고 앉는다. 오른쪽 다리를 반대편 허벅지에 올리는 바람에 노구의 힘없이 늘어진 성기가 그대로 보였다. 역겨울 만큼 짜증났다. 저렇게 당당한 회장의 태도도, 어이없을 만큼 맥빠진 대신인의 순종도.

대신인은 욕조에 들어가 앉았다. 물이 담긴 욕조 아래에서 기포가 올라왔지만 그는 휴대폰을 한 손에 든 채 어정쩡한 자세로 불편하게 앉아 있었다. 언제 죽을지 알 수 없으니 편할 리가 없다. 대신인은 담배에 불을 붙이고는 씁쓸히 한 모금을 빨았다. 화면에 변화가 생긴 것은 그로부터 삼십 분이 지난 후, 대신인이 담배에 두 번째로 불을 붙일 때였다.

욕조에 앉아 있던 대신인이 엉거주춤 일어섰다. 잠겨 있던 그의 상체가 덩달아 모습을 드러냈다. 어딘가를 응시하던 대신인의 시선 끝에는 회장이 있었다. 회장은 앉아 있던 의자에 거의 누워 있는 모습이었다. 앉은 채로 미끄러져내린 것처럼 엉덩이는 거의 바닥에 닿아 있었고 의자에는 목만 간신히 걸쳐져 있을 뿐이었다. 대신인이 벌떡 일어나 욕조를 벗어났다. 대신인이 들고 있는 휴대폰과 방수 콘센트 사이에 꽂힌 충전기 줄이 팽팽하게 당겨졌다. 대신인은 그 바람에 휴대폰을 놓쳤고, 휴대폰은 그대로 욕조의 물 안으로 빨려 들어갔다.

대신인이 다급하게 회장에게로 다가갔다. 회장의 무너진 몸을 일으켜 의자에 앉힌다. 회장은 그의 손을 밀치려 한다. 아마 욕조 안으로 돌아가라고 하는 듯하다. 대신인이 어쩔 줄 몰라 하며 회장과 욕조를 번갈아 본다. 그사이 회장의 몸이 크게 떨린다. 회장은 움켜쥔 주먹을 가슴 위에 올리며 무너지듯 앞으로 고꾸라진다. 몇 번을 경련하던 회장은 결국 몸을 벌러덩 뒤집는다.

화면으로 이 상황을 보고 있던 중개인이 벌떡 일어섰다.

"감전사가 아니었어!"

중개인은 휴대폰을 움켜쥐었다. 전화번호를 누르려는 찰나 문이 굉음을 내며 열렸다.

"그만해."

경악한 듯 일그러진 얼굴로 눈동자를 떨며 자신을 응시하고 있는 중개인의 앞으로 제영이 걸어갔다. 제영은 새기듯 강한 어조로 다시 말했다.

"끝났어. 그만해."

중개인이 돌아보았다. 그가 보는 화면 안에서 최중묵 회장은 심폐소생술을 받고 있었다. 늘어진 팔이 속절없이 흔들렸다. 중개인도, 제영도 본 적 있는 모습이다. 그 끝이 어떻게 될지도 알고 있다.

"어떻게 된……."

"최중묵은 감전으로 죽지 않았어."

자신들이 본 죽음 속에서 욕조에 빠져 있던 충전선이 일으킨 착각이었다. 하지만 제영만이 알아챈 작은 사실 하나가 있었다. 최중묵의 몸은 흠뻑 젖어 있었는데, 그 바닥의 건식 나무판이 전혀 젖지 않았다. 최중묵의 몸이 젖은 것은 물에 들어갔다 끌려 나왔기 때문이 아니었다. 온몸을 적시도록 흘린 땀 때문이었다. 하얗게 질린 몸과 얼굴, 경련과 혼절. 제영이 본 적이 있으며 최석태의 말 속에서 들었던 최중묵의 지병. 최중묵의 사인은 저혈당 쇼크사였다.

"말도 안 돼……."

신음처럼 중얼거리는 중개인의 얼굴은 넋이 나간 것 같았다.

아마 그가 처음으로 겪은 실패일 것이다. 그런 그를 일깨운 것은 규칙적이고도 차가운 구둣발 소리였다. 몇 명의 사람들이 두 사람이 있는 사무실 쪽을 향해 오고 있었다. 중개인이 일그러진 표정으로 제영을 노려보았다. 제영이 데리고 온 사람들이라고 생각하는 것이다. 하지만 당황한 것은 제영도 다르지 않았다.

제영이 최석태에게 마지막으로 부탁한 것은 중개인을 만나게 해달라는 것이었다. 중개인은 한 번 실패한다고 해서 물러설 사람이 아니었다. 중개인이 하는 일이 얼마나 잔인한 것인지 알게 해주고 싶었다. 중개인은 분명 멀지 않은 곳에 있다. 인테리어 회사 사장과 통화할 때 분명 '중도금'이라는 단어를 썼다. 일이 끝난 후 받을 잔금이 있다는 것이다. 가까운 곳에서 죽음의 운명이 바뀌는 순간을 지켜보고 있을 것이다. 만약 그 순간을 보기 위해 집 안에 카메라를 설치해놓았다면 그것이 송신되는 위치를 찾는 건 어렵지 않다. 제영이 부탁한 지 열 시간이 지나지 않아서 찾아온 손 비서가 그에게 주소가 적힌 메모지를 전했다. 지산타워 8층. 바로 이곳이다.

하지만, 그들이 이곳으로 사람을 보낼 리 없다. 최석태는 최중묵이 언제 죽을지까지는 알지 못한다. 그런 상황에서 제영의 뒤에 사람을 붙일 이유가 없다. 임무가 완수될 때까지 제영은 그들에게 필요한 사람이다.

"내가 부른 게 아냐."

"비열한 자식……."

제영은 눈을 크게 떴다. 그들이 누구의 하수인인지 알 것 같았다.

"회장이 보낸 거야!"

중개인은 제영의 말을 믿지 않았다.

최석태는 아직 제영이 필요하다. 그러나 회장은 어떨까? 자신의 죽음을 피하기만 하면 되는 일이다. 계획은 완벽히 세웠다. 이제는 중개인이 필요치 않다. 그는 너무 많은 것을 알고 있다. 비밀을 알고 있는 중개인은 거추장스러울 뿐이다.

중개인의 눈빛이 떨렸다. 그 역시 짐작한 것 같았다. 그때 중개인의 눈이 제영의 뒤쪽으로 향했다. 남자들이 어느새 제영의 뒤까지 바짝 다가와 있었다. 중개인의 눈빛이 돌연 희번덕거리며 변했다.

"씨발!"

중개인이 앉아 있던 의자를 집어 들고 크게 휘둘렀다. 제영은 순식간에 몸을 낮추었고, 의자 다리가 허공을 그었다. 남자들은 간단히 상체를 젖혀 몸을 피했다. 중개인은 막무가내로 주변의 물건들을 밀친 후, 남자들이 주춤한 사이 문 쪽을 향해 달렸다. 한 명이 그의 뒤를 좇았고, 나머지 두 명이 제영 쪽으로 고개를 돌렸다. 제영은 엉겁결에 옆에 세워져 있던 스프레이 살충제를 쥐고 그들을 위협했다.

그러나 그들은 여유로운 웃음을 흘릴 뿐이었다. 저쪽은 두 명이었고, 누가 봐도 다년간의 싸움으로 단련된 몸이었으며, 제영은 한 손가락만으로 제압이 가능해 보일 정도로 유약한 몸이었다. 제영은 그들과 싸움을 할 생각이 없었다. 궁지에 몰리던 약자가 악에 받쳐 몸을 날린 끝에 결국 이기고 마는 드라마 같은 일은 현실에선 벌어지지 않는다. 그는 스프레이를 뿌리려는 척하다가 팔을 번쩍 들어 올려 힘껏 천장을 향해 분사했다.

따르르릉.

화재경보기가 작동하면서 날카로운 소리를 질러대었다. 경보기에 스프레이를 분사하면 화재 연기로 오인해 작동하게 된다. 리모델링을 진행할 때 페인트 스프레이를 쓰던 작업자들의 실수로 경보기가 울린 일들이 많았다. 제영은 처음으로 자신이 리모델링 사무소에 다닌 경력이 자랑스러웠다.

경보음에 남자들은 당혹해하며 천장을 보았고, 제영은 그 틈을 놓치지 않았다.

"으아아아!"

제영은 테이블을 밀어 남자들을 넘어뜨렸다. 그러고는 그대로 테이블 다리를 힘껏 들어 남자들 위로 엎어버렸다. 남자들이 고함을 지르며 버둥거리는 동안 제영은 중개인이 사라진 문 밖으로 뛰쳐나갔다. 원치 않았지만 자신이 시간을 벌어준 것이다. 하지만 그런 생각은 복도로 나간 순간 사라져버렸다.

복도 바닥에 누운 중개인의 배를 한 명이 무릎으로 누르고 있었다. 그는 왼팔로 중개인의 목을 제압했고, 다른 한 팔을 허공에 뻗고 있었다. 그 손에 들린 칼이 싸늘하게 빛났다.

"안 돼!"

제영은 비명을 질렀고, 그 소리에 중개인의 얼굴이 이쪽으로 돌아왔으며, 남자가 든 칼은 중개인의 가슴에 박혔다.

"컥! 커억……."

중개인의 목울대에 핏줄이 섰다. 터질 듯 검붉은 색으로 변한 얼굴이 부들부들 떨렸다. 남자가 칼을 빼내자 핏줄기가 솟구쳤다. 중개인은 다른 공격을 막기 위해 본능적으로 손을 버둥거렸지만 남자의 손 근처에도 가지 못했다. 남자는 다시 칼을 고쳐 쥐었다.

"그만 둬, 이 새끼들아!"

어느새 제영의 손에는 소화기가 들려 있었다. 제영은 호스 끝부분을 잡고 남자의 얼굴에 분사했다. 눈앞이 소화기의 분말로 하얗게 덮였다. 제영은 중개인의 멱살을 잡아 쥐고 그를 일으켰다. 중개인은 반쯤 뒤로 넘어간 눈동자를 희번덕거렸다. 여기서 주저할 수는 없었다. 제영은 중개인의 팔 아래로 어깨를 넣어 그를 부축했다. 자신에게 그런 힘이 있을 줄은 몰랐다. 중개인 역시 피가 흐르는 가슴을 누르며 열심히 힘을 내 걸었다.

엘리베이터에 덮치듯 달려들어 하향 버튼을 눌렀다. 위쪽을 향해 고개를 치켜들었지만 엘리베이터의 위치 표시등이 꺼져 있었다. 버튼을 연거푸 눌렀지만 반응이 없었다. 계단실로 통하는 방화문을 열자 아래쪽에서 희미한 구둣발 소리가 울렸다. 사무실에 있던 남자 두 명과 조금 전 복도의 그 남자. 그들은 두 사람을 금세 잡을 수도 있을 테지만 그러지 않고 있다. 엘리베이터를 꺼놓고 도주로를 차단했기 때문에 급할 이유가 없는 것이다.

제영은 옥상 쪽으로 올라갔다. 중개인 역시 두 다리에 힘을 싣고, 피를 뚝뚝 흘리면서도 열심히 계단을 디뎠다. 두 개 층을 올라가자 곧장 옥상으로 통하는 방화문이 나왔다. 다행히 문은 잠겨 있지 않았다. 문을 벌컥 열자, 중개인은 쓰러질 듯 비틀거리며 옥상의 제일 안쪽으로 달려갔고, 제영은 뒤돌아 방화문을 잠그고 주변을 두리번거렸다. 문을 막을 것이 필요했다. 옥상에는 누렇게 죽어버린 화분이 몇 개 있을 뿐이었다. 제영의 눈을 잡은 것은 낡은 벤치였다. 의자 부분은 나무로 되어 있었지만 프레임은 황동이라 꽤 묵직했다. 주저할 틈도 없이 그것을 밀어 방화문을 막았다. 얼마나 시간을 벌 수 있을지는 미지수였다.

제영은 휴대폰을 들고 다급히 112를 눌렀다. 신호가 떨어지는 것을 들으며 뒤로 돌아선 순간 우뚝 멈춰 설 수밖에 없었다.

"112 상황실입니다."

중개인이 옥상 난간 위에 위태롭게 서 있었다. 그 모습을 놓치면 그대로 떨어져버릴 것처럼 제영은 중개인에게 시선을 박은 채 홀린 듯 말했다.

"지산타워 옥상입니다. 괴한들이 저흴 죽이려 하고 있어요. 한 명은 칼에 찔렸습니다."

"괴한이요? 좀더 자세히 말씀해주시겠어요?"

"……빨리 좀 와주세요."

제영은 그대로 전화를 끊었다. 그것을 보며 중개인이 피식 웃었다.

"경찰이 할 수 있는 일이 있을 것 같아?"

"여기서만 나가면 돼. 어차피 최중묵은 죽었어. 더이상 지시를 내릴 사람도 없다는 뜻이야."

"순진하네."

한 번 더 웃음을 터뜨린 중개인은 인상을 구기며 상처에 손을 올렸다. 입을 벌린 채로 잠시 숨을 멈췄다. 그는 한차례 고통이 지나가길 기다린 뒤 원망의 눈길을 제영에게로 돌렸다.

"너 때문에……."

"이건 애초에 해서는 안 되는 일이었어."

그렇게 말했을 때 방화문에서 절그럭거리는 소리가 났다. 잠긴 실린더를 억지로 열려는 모양이었다. 잠시 뒤 쿵쿵거리는 거센 소리가 이어졌다. 부수려는 것이다. 제영은 잠시 그쪽을 보았다가 중개인에게로 눈을 돌렸다.

"더이상 죽음을 거래하지 않겠다고 약속해. 그럼 내가 널 여기서 나갈 수 있게 해줄게."

"웃기지 마. 내가 뭘 잘못했지?"

"누구도 예측하지 못하는 사이 움직이는 게 운명이야. 그래서 평등하고. 돈 없는 사람이 돈 있는 사람을 대신해서 죽는다는 게 말이 된다고 생각해?"

"나한텐 그게 평등이야."

"너 대신 죽었다는 누나에게도 그렇게 말할 수 있어?"

중개인의 입이 꾹 다물렸다. 누나에 대한 이야기가 나오자 그의 얼굴이 더욱 사납게 변했다. 그는 깊은 분노를 표출했다. 그 모습이 오히려 중개인이 외면해왔던 깊은 곳의 양심이 건드려졌다는 걸 보여주었다.

"너는 그렇게 도덕적인가? 최석태에게 죽음을 알려주는 대가로 받은 게 없어?"

이번에는 제영의 입이 다물렸다. 흔들리는 그의 눈동자를 보던 중개인이 비죽 웃었다.

"너도 똑같은 인간이잖아."

대답하지 않는 제영을 향해 비난의 조소를 흘린 중개인은 난간 바깥을 향해 돌아섰다. 그는 마치 정상에 오른 등산가처럼 깊이 숨을 들이켜 가슴을 부풀렸다. 상처에서는 여전히 피가 흐르고 있는데 고통이 느껴지지 않는 모양이었다. 그는 오히려 홀가분해 보였고, 그래서 제영은 불안했다.

"무슨 생각이야. 하지 마."

중개인이 목을 뚜둑, 꺾고는 천천히 돌아섰다.

"네 말은 틀렸어. 돈이 없다는 건 죽을 이유가 맞아."

그는 웃으면서도 얼굴을 일그러뜨렸다.

"아니면 내 누나가 죽을 이유가 뭐야?"

돈이 있었다면 누나는 죽지 않았다. 돈이 없었으니까 죽었다. 밥 먹는 것보다 폭력을 더 쉽게 휘두르는 아버지에 비해 더 벌 수 없었기에 죽었다. 아버지는 벌 수 있어서, 아들을 키울 수 있을 정도의 돈벌이가 있어서 살았다. 그러니까 돈이 죽음을 결정지을 수 없다는 말은 틀렸다.

그는 돈이 필요했다. 돈이 있어야 했다. 그래야 자신 때문에 누군가가 죽는 걸 막을 수 있다고 생각했다.

돈 때문이 아니잖아.

중개인은 자신의 가슴에서 울리는 소리를 들었다. 알고 있다. 나 때문인 것을. 내가 죽음을 보지만 않았더라도 누나는 대신 죽겠다는 결정을 내리지 않았다. 이 저주스러운 능력으로 돈이 없는 것들을 저주했다. 책임질 능력도 되지 않는 주제에 부모라고 이름을 달고 있는 자들. 자신의 빚 때문에 딸을 룸살롱에 보내고, 멋대로 사업을 벌이다 무책임하게 사라지고는 오히려 더이상 찾지 않는 가족들에게 패륜이라는 딱지를 붙인 사람들. 그들에게 기회를 주었다. 자식들에게 목숨을 다해 사죄하고 돈을 남긴 뒤 사라질 기회를.

누나는 그러지 말아야 했다. 자신 대신 그따위 아버지를 남기지 말아야 했다.

"돈이 아니야. 너야. 널 사랑했기 때문이야."

중개인은 웃었다.

"네가 같은 일을 당해도 똑같이 말할 수 있을까?"

모든 것이 나 때문이다.

"내 걱정 하지 말고 네 걱정이나 해. 최석태 그 새끼가 널 가만히 둘 것 같아? 회장이나 그 새끼나 같은 피야. 뒤통수치는 피는 어디로 안 간다고."

"그 말, 그대로 돌려줄게. 너나 걱정해."

피식, 웃던 중개인의 얼굴이 굳었다. 무슨 생각이 들었는지 그는 인상을 쓰고 떨리는 눈을 제영에게로 돌렸다.

"혹시 내 죽음을 봤어?"

볼 수 있는 죽음의 대상은 얼굴을 아는 자다.

"글쎄."

제영은 대답하지 않았다.

그 순간 문이 부서졌다. 그 소리와 함께 중개인은 아래로 뛰어내렸다.

"안 돼!"

제영의 외침이 허공을 갈랐다.

19

문을 부수고 들어온 것이 경찰이라는 것을 알았다면 중개인은 뛰어내리지 않았을까? 모를 일이다. 그것을 말해줄 중개인이 없으니.

제영의 신고를 받고 온 경찰들이 옥상으로 진입했을 때는 이미 그자들이 사라지고 난 뒤였다. 경찰이 출동한 것을 알고 도주한 것이다. CCTV를 통해 남자들의 위치를 파악하겠다고 했지만 찾아낼 수 있을지는 미지수였다.

결론부터 말하자면 최중묵 회장은 죽었다. 사인은 병사. 저혈당으로 인한 쇼크사였다. 세상은 떠들썩했다. 회사의 주가가 크게 요동을 쳤다. 누군가는 이것이 기회라고 주식을 사들였고, 누군가는 아무리 돈 많고 대단한 권력을 쥔 사람이라도 죽을 때는 다 공평하게 죽는다며 소유의 덧없음을 설파했다. 최중묵의 장례식장에는 국무총리의 이름으로 화환이 배달되었고, 정재계 안팎에서 그의 명복을 비는 인터뷰를 하였다. 회사에서는 주주들의 주도하에 정상화 방안이 논의되었고, 누가 차기 회장을 맡을지가 최대 관심사로 떠올랐다. 그리고 최중묵이 사망한 지 삼 일째, 놀랍도록 세상엔 아무 일도 없다.

중개인은 말했다. 최중묵이 죽으면 수백 수천 명이 거리에 나앉을 거라고. 그래서 김충수보다 최중묵의 목숨이 더 가치 있는 거라고 말이다. 지금 이 상황들을 중개인은 알고 있을까? 제영은 문득 그의 표정이 궁금해졌다.

경찰은 중개인의 시신을 찾지 못했다. 혹시 제영이 잘못 본 것은 아닐까 하고 의심하는 듯했지만 중개인은 분명 제영의 눈앞에서 허공으로 몸을 던졌다. 팔 층의 건물. 그 아래는 도로가 이어졌다. 중개인은 그 도로 위에서 산산조각이 나 있어야 했지만, 그의 머리카락 하나 발견되지 않았다.

중개인이 몸을 던졌을 때 마침 지나가는 트럭이 있었고, 그 위로 떨어져 중개인의 시신이 어딘가로 옮겨졌을 극적인 가능성을 경찰들이 논의한 것으로 알고 있다. 그러나 그의 수색에 큰 성과를 거두지는 못했다. 그 시각 건물 아래를 지나던 트럭은 없었고, 물론 관련된 신고나 목격자도 찾을 수 없었다.

혹시 사라진 남자들이 중개인의 시신을 가져간 건 아닐까. 중개인의 흔적을 없애려는 의도라면 가능하다. 하지만 뭘 위해서? 일을 지시한 최중묵은 죽었고, 이제 그들이 걱정해야 할 것은 중개인이 세상에 드러나는 것이 아니라 자신들의 안위다.

중개인이 살아 있지는 않을까? 그는 용의주도한 인물이다. 최중묵이 변심할 것을 예측하지 못했을까? 만약 예측했다면 도주의 방법을 세워두지 않았을까. 엘리베이터가 꺼져 있는 것을 확인한 중개인은 계단실로 나가 곧장 옥상으로 올라갔다. 거기에 도주의 방법을 숨겨두지 않았을까. 그래서 주저 없이 몸을 날렸을지도 모른다.

—네가 같은 일을 당해도 똑같이 말할 수 있을까? 내 걱정하지 말고 네 걱정이나 해.

차가운 조소가 눈에 선연하다. 최중묵이 중개인을 없애려 했다면 같은 역할을 맡은 제영을 최석태가 없애려 하지 않을 이유가 없었다. 하지만…….

고개를 드는 제영의 눈빛이 날카롭게 빛났다. 그는 벽에 붙어 있는 TV를 노려보았다. 화면 안에서 그의 눈에 익숙한 건물을 카메라가 훑고 있었다. 화면 아래쪽 빨간 테두리에 박힌 굵은 글씨가 눈을 사로잡았다.

〔속보〕 은파기술 최석태 이사 체포, 아버지 최중묵 회장 살인 교사 혐의

뉴스에서는 연신 최석태에 관해 조명했다. 그가 아버지인 최중묵과 함께 진행한 인터뷰나 봉사활동 장면들이 흘러나옴과 동시에 아나운서가 그가 받고 있는 혐의 내역을 읊었다. 함께 출연한 범죄심리학자는 격앙된 어조로 그가 살인을 지시한 배경과 경위에 관해 설명했는데, 그가 놀란 것인지, 이 사태를 심각하게 보고 있는 건지, 신이 난 건지 잘 구분이 가지 않았다.

범죄 사실을 폭로한 제보자에 대해서는 아주 짧게 설명되었고 신원은 밝히지 않았다. 제보를 받은 박진수 형사가 약속을 잘 지켜줘서 다행이었다. 그러지 않았으면 제영이 이렇게 병원 입원실에 편안히 누워 뉴스를 감상하지는 못했으리라.

처음부터 이상한 일이었다. 운전기사가 딸린 최중묵의 차량은 늘 별도의 차고에서 관리되었다. 그 정도 재력을 갖고 있는 인물이니 운전기사가 주기적으로 차량을 점검받았을 것은 분명했다. 그럼에도 불구하고 달리던 차에서 바퀴가 빠지는 치명적인 고장이 하필 유일하게 최중묵이 직접 운전하는 그날 일어났다는 것은 우연이 아니라는 뜻이다. 죽음을 바랐던 최석태의 욕망이 그날이라고 달랐을까. 제영은 최석태를 의심했고 죽음

의 순간을 보았을 때 확신했다.

처음엔 제영도 감전사라고 착각할 뻔했다. 그러나 젖지 않은 바닥, 온몸을 적신 땀, 하얗게 질린 몸과 얼굴, 경련하는 팔다리. 그것들은 제영이 너무나 잘 아는 것이었다. 어머니를 데려간 저혈당 쇼크. 하지만 최중묵의 쇼크가 당뇨를 앓고 있는 환자들이라면 누구에게나 일어나는 일이었을까? 최중묵은 전담의사가 있었다. 그렇다는 것은 혈당 관리를 매일같이 했다는 이야기다. 그런 사람이 갑자기 저혈당 쇼크가 온다?

의심스러운 것은 그것만이 아니다. 최중묵이 쓰러졌을 때 가사도우미는 컵을 들고 와 그의 입에 대려고 했다. 그것을 막아세운 것은 최석태였다. 최중묵의 바로 옆에서 수발을 들었던 가사도우미는 그것이 저혈당 증상이라는 것을 알았을지도 모른다. 박진수 형사에게 제보할 때 그 점을 이야기했더니, 즉시 그녀를 찾아간 박진수는 그때 컵에 담아 내왔던 것이 망고주스라는 진술을 받았다. 최석태가 막아 음료수를 먹이지 못한 것이다.

하지만 그때만 해도 최중묵이 보인 게 저혈당 증상이라는 것이 명확하지 않았다. 혼절한 사람에게 뭔가를 먹여서는 안 된다는 것은 응급처치의 기본이다. 그런 차원에서 최석태가 음료를 먹이지 못하게 했다면 그것을 문제 삼을 수가 없었다. 하지만 이건 어떨까. 그의 저혈당 증세가 최석태의 계획하에 발생된 것이라면?

첫 번째 시도에서 실패한 사람들이 두 번째 죽음의 기회를 앉아서 기다리고 있을 리가 없다. 하지만 최중묵의 경계는 너무나도 삼엄하다. 그는 온몸으로 자신이 자식들의 의도를 알고 있음을 피력했다. 섣부른 행동을 하지 말라는 경고다. 그러므로 이전처럼 차 사고를 위장할 수는 없었다. 무엇보다 최중묵은 그 이후로 차를 직접 운전하지 않았고 차 사고에 대비해 만반의 태세를 갖췄다. 그런 상황에서 최중묵의 저혈당 쇼크가 발생했다면, 그것을 그냥 우연에 기대 기다리고 있었다고 생각하기 힘들다. 하지만 쇼크를 어떻게 유도할 수 있을까.

일단 그가 먹는 것에 의심을 두었지만, 쇼크 사태 당시 가사도우미는 그에게 저혈당 응급식품을 먹이려고 했다. 그러므로 그녀가 이용되지는 않았을 것이다. 가능성이 있는 것은 하나뿐이다. 의사. 담당 의사가 의심스러웠다.

그래서 제영은 최중묵의 담당 의사가 누구인지 확인하기 위해 병원을 봐야 한다고 말했던 것이다. 담당 의사의 이름을 확인해 박진수 형사에게 제보했다. 1차 조사에서는 그의 혐의점을 찾지 못했다. 대가성의 현물을 받은 내역을 찾지 못했기 때문이다.

살인에 가담한 자가 본인 명의의 계좌로 돈을 받았을 리 없다. 마찬가지로 최석태 역시 본인이 드러날 계좌를 통해 돈을 주지 않았을 것이었다. 돈이 이동한 흔적을 찾아내지 못한다면 수사조차 어려울 상황이었다. 그때 제영이 또 하나의 제보를 했다.

—이 계좌번호를 확인해보세요.

제영이 경찰에 넘긴 계좌번호는 최석태에게 삼억을 받았던 계좌번호, 더 샘 인테리어 이부원 사장의 것이었다. 경찰은 사장에게 입금한 상대방의 계좌를 찾아냈고 거기서부터 조사가 이어졌다. 무슨 돈인지, 그것이 자신에게 입금되었는지도 몰랐던 사장 역시 조사를 받게 될 테지만, 그 정도는 그가 중개인을 통해 부당하게 얻어낸 목숨에 비하면 아무것도 아니다.

제영이 준 것은 단서에 불과했지만 그래도 경찰은 결정적 증거를 찾아낸 모양이었다. 화면 속에 연행되는 최석태의 모습이 비쳤다. 기자들이 아귀같이 달려들었고, 최석태의 머리 위에서 쉴 새 없이 플래시가 터졌다. 최석태는 입을 굳게 다문 채 경찰서 안으로 걸음을 옮겼지만, 이리저리 끌어당겨지고 밀쳐지느라 헝클어진 머리를 보고 있자니 가슴이 후련해졌다. 폐쇄된 병원의 모습을 마지막으로 제영은 TV를 껐다.

운명은 정해져 있고, 타인의 죽음으로 무엇을 얻든 이후의 삶은 그들의 선택이다. 그리고 죄를 지은 자는 벌을 받는다. 그것이 운명이다.

노크 소리가 들렸다. 고개를 돌려 문 쪽을 바라보자니 빼끔히 문을 열고 솔지가 들어오고 있었다. 제영의 얼굴을 보자 솔지는 혀를 차며 눈을 가볍게 흘겼다.

"이젠 단골손님이 아니라 우리 병원 최대의 VIP네요. 우리 이제는 좀 바깥에서 만나도 되지 않을까요?"

제영은 멋쩍어서 고개를 숙일 수밖에 없었다. 제영은 병원에 입원해 있는 참이었다. 폭행으로 인한 가벼운 뇌진탕 증상까지 보였으므로 검사가 필요했다. 다인실의 자리가 없어 1인실에 입원한 것이긴 하지만, 자리가 있었다 해도 경찰들은 그에게 1인실을 권유했을 것이었다. 어쨌거나 제영을 폭행한 그들을 아직 붙잡지 못했으니까.

작은 동네라 여기서 쓰러지면 은파대학병원 말고는 올 곳이 없는 것이 안타까울 뿐이다. 덕분에 솔지를 만나는 것이 대부분 환자복을 입은 채라는 것이 민망했다.

"괜찮아요?"

침대 옆까지 다가온 솔지는 손으로 제영의 이마를 짚었다.

"간호사 선생님, 체온 재는 방식이 상당히 구식이네요."

"지금 제가 간호사로 보여요?"

미간을 찌푸린 솔지의 얼굴을 올려다보았다. 걱정과 화와 안도가 뒤섞인 얼굴. 제영은 웃으며 고개를 저었다.

솔지가 테이블의 의자를 끌고 와 제영의 침대 옆에 앉았다. 그녀가 까만 눈으로 제영의 눈을 빤히 응시했으므로, 제영은 잠시 아무 말도 하지 못했다. 솔지가 말했다.

"대체 무슨 일을 하는 거예요?"

시선을 피한 채 제영이 대답했다.

"원래는 인테리어 회사에 있었는데 지금은 실직 상태예요."

"인테리어 회사 다니다가 사기라도 쳤어요? 왜 깡패들한테 쫓겨다녀요?"

제영은 대답 대신 피식 웃었다. 응급실에서 솔지는 제영을 그렇게 만든 게 깡패들이라고 들은 모양이었다.

"웃어요?"

"그냥 직장인이었어요. 걱정 말아요."

"그럼 빚이라도 엄청 많은 거예요? 그래서 집에 가구며 뭐며 하나도 없는 거 아니에요?"

"아하하. 아니에요."

솔지의 눈이 가라앉았다.

"나한테는 아직 할 수 없는 얘기예요?"

제영은 잠시 고민했다. 언젠가 이 이야기를 솔지한테 이야기할 수 있게 되는 날이 올까? 제영은 중개인을 떠올렸다. 고개를 가볍게 저었다.

"알았어요. 더이상 안 물을게요. 대신 밥 좀 잘 먹어요."

솔지가 한 손을 올려 제영의 뺨을 감쌌다. 따뜻한 온기가 전해져왔다. 가슴이 뻐근해졌다. 심장이 뛰고 있는 곳이 가슴이 아니라 솔지의 손이 닿은 뺨인 것 같았다. 제영은 자신을 바라보는 눈을 응시한 채로 솔지의 손 위에 제 손을 덮었다. 그녀의 눈에 담긴 걱정과 애정이 자신의 것이라는 게 믿어지지 않았다. 솔지가 목소리를 낮추며 물었다.

"오늘 퇴원이죠?"

"네."

"라면 먹으러 갈까요?"

제영도 은근한 목소리로 대답했다.

"아뇨. 약속 있어요."

솔지가 돌연 손을 홱 뿌리쳤다. 그 모습을 보며 제영은 웃음을 터뜨렸다. 솔지의 눈이 점점 더 가늘어졌다.

"퇴원하자마자 여자 친구 두고 누굴 만나러 가겠다는 거예요?"

그 말의 어감만큼이나 제영의 눈 끝이 둥글어졌다. 그는 손을 뻗어 솔지의 허리를 감쌌다. 그동안 어디서 그런 당찬 모습이 나왔나 싶을 정도로 가느다란 허리였다. 제영은 솔지의 허리를 당겨 부드럽게 안았다.

"여자 친구군요."

솔지가 입술을 비쭉 내밀었다. 그러고는 못 이기는 척 제영의 머리를 감쌌다.

"여자 친구죠."

제영은 웃었고, 모처럼 행복했다.

제영을 초대한 것은 김충수였다. 제영의 입원 사실을 모르고 있던 김충수는 뉴스를 보고 그에게 전화를 걸어왔다. 그는 최석태의 구속이 제영의 작품임을 알고 있었다. 김충수는 제영에게 식사를 대접하고 싶어 했다. 반드시 오늘이어야 하는 것은, 그들이 내일 아침이면 이곳을 떠날 예정이기 때문이었다.

그들은 상처가 짙게 밴 이 도시를 떠나기로 했다. 빚 때문에 자식을 룸살롱에 보냈던 아버지라는 것도, 모르는 남자들에게 매달려 몸을 내준 여자라는 것도 아무도 모르는 어딘가로 떠나기로 했다. 마지막으로 제영에게 꼭 하고 싶은 말이 있다고 했다.

제영을 위해 한 상 차려놓은 거실 주변으로 꼼꼼히 싸놓은 짐들이 보였다.

"고생 많으셨지요."

김충수가 다가와 제영의 손을 잡았다. 제영은 웃으며 고개를 저었다. 김세희가 다가와 아버지의 감사함을 대신 전하려는 듯 고개를 숙였다. 화장기 없는 얼굴을 보니 다른 사람 같기도 했지만, 이 모습이 그녀의 진짜 얼굴이라는 생각이 들었다. 제영은 두 사람이 이끄는 대로 거실 중앙에 펼쳐진 상 앞에 앉았다. 맛깔스러워 보이는 반찬 몇 가지가 접시에 소담히 담겨 있었다. 김세희가 얼른 주방에서 커다란 냄비를 들고 와 상의 중앙에 올렸다. 냄비를 열자 커다란 닭 두 마리가 뽀얀 국물 안에 들어 있었다.

김세희가 가위로 솜씨 좋게 닭의 사지를 분리했다. 다리가 달린 커다란 한 점을 대접에 얹고 국물을 퍼 담은 뒤 제영의 앞에 놓아주었다.

"맛있을지 모르겠어요."

제영은 숟가락으로 국물을 떠 입에 넣었다. 기름지지 않고 담백했고, 깊은 맛이 있었다.

"맛있는데요."

그제야 김세희가 안심했다는 얼굴로 김충수의 대접을 채웠다.

"갈 곳은 정하셨어요?"

"제복도로 내려가려고 합니다. 군청에서 보증금 없이 연세

백만 원에 버려진 집을 빌려주는 제도가 있어서 구해놨어요."

제영이 놀란 눈을 했다. 더 샘 인테리어 근무 당시 리모델링 의뢰가 있어 기억에 남아 있지 않았다면, 이름을 듣고 알아듣지 못할 정도로 알려지지 않은 섬이었다.

"그래서 한번 뵙자고 했습니다."

김충수가 말하며 김세희를 향해 고갯짓을 했다. 그녀가 일어나 방 안으로 들어갔다가 서류 봉투 하나를 들고 나왔다. 김충수가 받아 그것을 제영의 앞에 내밀었다. 제영이 어리둥절한 얼굴로 안에 들어 있는 서류를 꺼냈다. 차용증과 제복도의 주소가 적힌 임대 계약서, 그리고 김세희의 취업 증명서였다. 그녀는 일주일 뒤부터 부림시의 김치 공장에서 일하기로 되어 있었다. 제복도에서 사십 분가량 배를 타고 나와야 갈 수 있는 지역이었다.

"이 아이는 취직이 결정됐고요, 저는 일단 뇌종양 수술을 하고 회복되는 대로 내려갈 겁니다. 어느 정도 몸만 추스르면 동네 이장님 마늘밭에서 일하기로 했어요. 취업 증명서 같은 건 없지만. 저희가 살고 있는 곳 주소도 거기에 다 적혀 있고요."

"이걸 왜……."

"저희 돈 빌려주셨잖아요. 저희가 가 있는 곳은 알고 계셔야죠."

차용증에는 제영이 그들에게 빌려줬던 액수와 오 년 이내에 전액 상환하겠다는 약속이 적혀 있었다.

"이런 것까지 안 주셔도 돼요."

"그래도 저희가 꼭 갚겠다고, 얼마나 감사한지는 말씀드리고 싶었어요."

옆에 앉아 있던 김세희가 거들었다. 제영은 곤란한 얼굴로 서류와 김충수의 얼굴을 보다가 미소를 띠며 지고 말았다.

"감사합니다. 꼭 갚아주세요."

두 사람에게는 그런 의욕 또한 삶의 원동력이 될 것이다.

"네."

그제야 김충수가 환하게 웃었다. 덕분에 기분이 가벼워졌다. 제영은 자신이 틀리지 않은 일을 했다고 다시 한번 확신하게 되었다.

두 사람이 대접한 백숙은 아주 부드러웠다. 김충수는 연신 제영에게 많이 먹으라고, 너무 마르셨다고 말했다. 제영은 열심히 고기를 발라 먹었지만 그러면 그럴수록 대접에 더 많은 고기가 쌓였다. 이 대접은 오늘 안에 비워지지 않을 것 같았다. 제영을 챙기면서도 연신 아버지의 음식까지 챙기는 김세희와, 그런 딸을 바라보는 사랑 가득한 아버지의 눈길. 제영은 엄마가 살아 계셨다면, 아버지가 그런 선택을 하지 않았다면 자신의 가족들이 이런 모습이지 않았을까, 잠시 생각했다. 눈시울이 뜨거워지는 것을 감추기 위해 제영은 급히 밥을 입에 넣었다.

그때였다. 갑자기 눈앞이 흔들렸다. 제영은 눈을 깜박이며 정신을 집중하려 했다.

"괜찮으세요?"

바로 옆에 앉아 있는 김세희의 목소리가 먼 곳에서 울려오는 것처럼 퍼졌다. 그를 향해 뭔가 말을 하려 고개를 든 순간, 그의 목이 뒤로 휙 넘어갔다. 제영의 희멀겋게 뜬 눈에 핏발이 섰다.

보였다.

하얗게 쳐져 있는 커튼에 인쇄된 병원 마크, 침대 천장에 걸린 '응급 구역' 표지판, 이쪽을 보며 비명을 지르는 사람들의 경악한 얼굴. 그리고 그 중앙에 선 솔지와 그 앞을 막아선 한 남자. 남자는 앞으로 몸을 웅크리고 있었고, 그가 내뻗은 팔에 들린 것이 솔지의 배를 찌르고 있었다. 그 끝에서 피가 뚝뚝 떨어진다. 입을 벌린 솔지는 차마 비명을 지르지 못하고 억눌린 신음을 흘린다.

"선생님?"

김충수가 그의 어깨를 흔들어 제영은 퍼뜩 정신이 들었다. 그는 눈을 찢어져라 뜬 채로 현실을 부정하려는 듯 그를 보았다.

"괜찮으세요?"

그 말에 대답할 새도 없이 제영은 자리를 박차고 밖을 향해 뛰었다. 김충수와 김세희가 제영을 불렀지만 뒤돌아보지 못했다. 거친 숨을 내뱉으며 달리는 그의 귓가에 익숙한 음성이 끼어드는 것 같았다.

—네가 같은 일을 당해도 똑같이 말할 수 있을까?

막아야 한다. 더이상은 아무것도 잃을 수 없다.

20

그때까지만 해도 제영은 자신이 죽음을 막을 수 있을 줄 알았다. 이전에 한 번의 실패를 겪었지만, 그것은 아주 작은 차이 때문이었다고, 다음에는 반드시 막아낼 수 있을 거라고 생각했다. 자신은 대상이 어떻게 죽을지를 알았고, 운이 좋으면 날짜와 시간까지도 알아낼 수 있었으니까. 신이 자신에게 죽음을 보게 한 이유가 거기에 있을 거라고, 그렇지 않으면 자신이 그것을 볼 이유가 없다고 생각했다. 아버지의 죽음을 막지 못한 그날까지만 해도 말이다.

아버지는 스스로 죽음을 선택했다. 제영에게 당부를 전하고, 주변을 정리한 다음 옥상에 올랐다. 신발을 벗고 잠시 머뭇거렸으나 눈을 감고 옥상에서 뛰어내렸다. 제영은 그 모습을 보았고, 아버지의 죽음을 막을 수 있을 거라는 데 한 치의 의심도 없었다. 그것이 언제인지 알 수 없는 것이 불안하긴 했지만 언제고 아버지의 옆을 떠나지 않으면 된다고 생각했다. 패인은 자신의 그런 '능력'을 아버지가 알고 있다는 사실을 잊었다는 것이다. 아버지와 오랜만에 오붓하게 술잔을 기울인 다음 날 정오, 제영은 침대 위에서 눈을 뜬 직후 아버지가 자신에게 일부러 술을 먹였다는 것을 깨달았다.

아버지는 전화를 받지 않았다. 제영은 달렸다. 아버지가 마지막 장소로 어디를 택할지는 알고 있었다. 늦지 않을 거라고 생각했다. 그리고 늦지 않았다. 이제 막 신발을 벗으려 하는 아버지를 찾아냈을 때, 깊은 안도의 한숨을 토해냈다.

아버지의 팔을 붙들고 어떤 말을 쏟아냈는지 정확하게 기억나지는 않는다. 아버지는 끊임없이 놓으라고 외쳤고, 자신이 죽어야 제영이 살 거라고 말했다. 그 말을 들을 생각도 없이 제영은 아버지를 살리기 위한 고함들을 질러댔고, 서로에게 닿지 않는 간절한 부탁들이 허공에서 부서졌다.

몸싸움이 있었다. 아버지는 제영의 손을 뿌리치고 허공을 향해 몸을 날렸다. 그것이 누군가에겐 제영이 아버지를 밀치는 것으로 보였다. 그 역시 한동안, 아버지가 자신과 몸싸움을 하다가 떠밀려 떨어진 것은 아닌지 괴로워했다. 그래도 자신의 손에는 구원 같은 상흔이 있었다. 마지막 순간, 아버지는 자신의 옷깃을 잡고 놓아주지 않는 제영의 손을 주머니에 있던 볼펜 끝으로 찍었다. 제영이 놓친 사이 아버지는 뛰어내렸다. 아무도 믿어주지 않아도 그것이 진실이라고 상흔이 말해주어 살아낼 수 있었다.

형태는 바뀌어도 죽음은 바뀌지 않는다. 그때 이후로 제영은 운명을 거스를 수는 없다고 결론지었다. 하지만.

'절대 그렇게는 안 놔둬!'

이번만은 바꿔야 했다. 운명이 솔지를 집어삼키게 두지 않을 것이다. 그것은 솔지의 운명이 아니었다. 제영이 솔지의 앞에 나타나지만 않았어도, 그녀가 그런 운명을 받진 않았을 것이다. 모든 것은 자신 때문이다. 그러니 자신이 이 운명을 감당해야 했다.

제영은 핸들을 꾹 붙잡은 채로 시간을 확인했다. 고작 십 분밖에 남지 않았다. 그는 이를 악물었다. 심장을 태우는 불이 더욱 속도를 빨리했다. 힘을 주어 액셀러레이터를 밟아 속도를 높였다.

은파종합병원의 간판이 주변을 환하게 밝히고 있었다. 제영은 병원 진입로로 들어가지 않고 곧장 핸들을 꺾어 왼편의 응급실 앞으로 차를 몰았다. 급정거 때문에 생긴 마찰음을 듣고 나온 경비 직원이 손짓을 하고는 운전석 쪽으로 다가왔다.

"구급차 진입로라 여기에 차를 대면 안 됩니다. 응급실에 볼 일이 있으셔도 병원 내 주차장에 차를 대고 내려오셔야 해요."

제영은 그 말을 들을 시간이 없었다. 운전석 문을 열어젖히자 경비원이 반사적으로 물러섰다. 그 틈에 제영은 황급히 응급실 안으로 뛰어들어 갔다. 뒤에서 경비원이 그를 불렀지만 돌아볼 새는 없었다.

대기실과 초진 구역을 거쳐야 했지만 제영은 곧장 응급실로 뛰어 들어갔다. 조금 전 그를 제지했던 경비원이 고함을 지르며 따라 들어오는 통에 응급실에 있던 사람들의 시선이 한 번에 이쪽으로 몰렸다. 제영은 거친 숨을 내쉬며 성마른 시선으로 안을 훑었다. 오래지 않아 솔지를 찾을 수 있었다. 누군가의 처치를 위해 이동하던 중이었는지 손에는 개봉하지 않은 링거액을 든 채 놀란 얼굴로 그를 바라보고 있었다. 솔지를 데리고 일단 이곳을 벗어나야 한다. 죽음의 두 번째 법칙. 생의 운명은 바뀌어도 사의 운명은 바꿀 수 없다. 죽음의 운명은 가까스로 피해도 다시 대상에게 칼을 겨눴다. 그렇다면 평생을 도망쳐 다니면 된다. 제영은 그녀를 향해 걸음을 떼었다.

눈을 휘둥그렇게 뜬 솔지의 얼굴이 곧장 일그러졌지만 제영은 그것이 당황했기 때문이라고 생각했다. 눈앞에 하나의 목적밖에 없다는 것은 다른 것을 시야에서 흐릿하게 밀어낸다는 것임을 간과했다. 그래서 그녀의 시선이 제영이 아니라 그의 어깨 너머로 향하는 것을 알아차리지 못했다.

솔지가 제영의 품으로 달려들었다. 솔지에게 허리를 잡힌 그는 눈앞이 휘도는 순간에도 자신에게 무슨 일이 일어난 건지 알아차리지 못했다.

"허억."

날카롭게 들려온 신음이 솔지의 사랑스러운 목소리라는 것을 제영은 뒤늦게 깨달았다. 사방에서 비명이 쏟아졌다. 바닥에 처박힌 제영이 고개를 돌렸을 때, 그 장면이 눈에 들어왔다. 검은 옷에 모자를 깊게 눌러쓴 남자가 솔지의 배에 칼을 꽂아 넣고 있었다.

제영의 패착은 하나였다. 자신이 본 것을 맹신했다는 것. 그것을 직관적으로 믿었다는 것.

괴한이 죽이려 했던 것은 솔지가 아니었다. 제영이었다. 그가 제영을 쫓아왔다는 것은 알지 못했다. 그렇다는 것은 제영이 이곳에 오지만 않았어도 솔지가 죽지 않았을 거라는 것을 뜻했다. 운명은, 벗어날 수 없다.

남자가 솔지의 배에서 칼을 빼냈다. 그런 뒤 다른 팔로 솔지를 밀치고 제영에게로 달려들려고 했다. 하지만 솔지는 뿌리치려는 그의 팔에 매달려 다시 한번 앞을 막았다. 그녀의 가슴 속으로 다시 칼이 사라졌다.

솔지는 끈이 끊어진 마리오네트처럼 바닥에 풀썩 쓰러졌다. 남자의 눈이 다시금 제영을 향해 돌아왔다. 그가 칼을 치켜들며 제영을 향해 달려들었다. 경비원이 남자를 향해 가스총을 분사했다. 매캐한 냄새와 함께 비명들이 줄을 이었다. 남자가 허리를 숙이며 얼굴을 감쌌다. 괴로운 듯 신음하는 얼굴은 중개인이 아니었다. 솔지가 울컥, 피를 토했다. 그 모든 아수라장이 꿈이라도 되는 것처럼 제영의 눈앞에서 펼쳐졌다. 정말이지, 꿈이길 바랐다.

수술실 앞에는 묵직한 고요가 한기를 뿜어내고 있었다. 솔지가 수술실로 실려 들어간 지 꼭 여덟 시간이 되었다. 중간에 몇 번쯤 새로운 의료진들이 굳은 얼굴로 수술실에 들어가거나 푸른 수술복을 입은 간호사들이 다급히 뛰쳐나왔으나, 그때마다 일어서는 제영에게 상황을 설명해주지는 않았다. 차설아는 그들을 붙들면 수술이 지연되기라도 할까 간절한 표정으로 쳐다보기만 할 뿐 말을 걸지 못했다.

형사들이 다녀갔다. 그중 한 명은 제영을 알아보았다. 중개인에게 살해당할 뻔했던 날, 사건을 담당했던 박진수 형사였다.

박진수는 의혹에 찬 얼굴로 몇 가지를 물었지만 그것은 제영의 귀로, 뇌로 전달되지 않았다. 아무런 대답도 하지 못하는 제영 대신, 사건 당시 응급실에 있었던 차설아가 상황을 설명했다. 박진수는 제영이 진술을 할 상황이 되지 않는다고 판단한 듯 몇 번 더 질문을 시도하다 결국 연락을 달라는 말을 남기고 사라졌다.

"원래 수술이란 게 기본 열 시간씩 잡아먹어요. 너무 걱정 마세요. 솔지는 괜찮을 거예요."

그렇게 말하는 차설아의 흠뻑 젖은 얼굴을 쳐다본 제영은 다시 바닥으로 고개를 떨궜다. 제영은 눈물이 나지 않았다. 가슴 속에 휘도는 감정이 분노인지 고통인지 알지 못했다. 솟구치는 뜨겁고 붉은 피, 쏟아지는 비명, 자신을 향해 몸을 날리던 솔지, 쓰러지던 솔지, 피를 토하는 솔지, 바닥을 적시는 피의 장면들이 자꾸만 그의 의식과 감정 속으로 끼어들었다.

그로부터 얼마나 더 시간이 흐른 건지 알 수 없던 때, 수술실의 문이 열렸다. 땀으로 흠뻑 젖어 수술복이 훨씬 진한 색으로 변한 남자가 지친 얼굴로 나왔다. 의자에 앉아 있던 차설아가 스프링처럼 튀어 올랐기 때문에 제영도 몸을 일으켰다.

"선생님, 주 쌤은요?"

의사가 차설아를 보았고, 다시 제영에게로 시선을 돌렸다.

직후, 그의 시선이 가라앉았다.

"가족에게 연락했습니까?"

물음에 돌아온 또 다른 물음은 부정적 의미를 내포하고 있었다. 의사의 팔을 간절히 잡았던 차설아의 손이 미끄러져 내렸다.

"장기의 손상이 있었는데 문제는 심장의 대동맥 파열입니다. 끊어진 대동맥을 잇는 수술을 진행했지만 손상 부위가 워낙 크고 출혈이 잡히지 않았어요. 중간에도 벌써 세 번의 심정지가 있어 간신히 돌려놨지만, 더이상은 장담할 수가 없어요. 가족을 부르는 게 좋겠어요."

"가족이……."

허망하게 말하며 차설아가 제영을 보았다. 수술실 앞을 떠나지 말라는 말을 하고 의사가 다시 수술실 안으로 들어갈 때까지 제영은 꼼짝하지 않고 굳은 채 서 있었다. 차갑게 몰아치는 분노가 점점 그 위세를 키웠다.

"아니야. 솔지는 괜찮을 거야."

두 손을 마주 잡고 기도라도 하듯 흔들면서 차설아가 중얼거렸다. 그녀는 자신의 뺨을 타고 흐르는 눈물이 좌절임을 알지 못하는 것 같았다.

제영은 절망 속에서 걸음을 떼었다. 그는 알고 있었다. 차설아의 기도는 이뤄지지 않을 것이다. 그는 죽음을 본다. 그 죽음은 피할 수 없다.

형사과의 문을 거칠게 밀고 들어간 제영의 손에는 박진수의 명함이 있었다. 그러나 명함의 주인을 찾아 물어보고 다닐 필요는 없었다. 그가 선 입구에서 곧장 몇 걸음 앞에 그 남자가 있었다. 헝클어진 머리와 창백한 낯빛, 둥글게 말아 웅크리고 있는 옹색한 등, 모은 두 손을 다리 사이에 끼우고 고개를 조아리고 있는 모습에서는 열 시간 전 무자비하게 칼을 휘두르던 사람을 찾아볼 수 없었다. 그의 맞은편에 앉아 있던 박진수는 고개를 가로저으며 혀를 차는 듯하더니 컴퓨터로 뭔가를 입력했다.

콰당탕!

남자가 바닥을 뒹굴었다. 그가 앉았던 철제 의자가 나동그라지며 시끄러운 소리를 냈다. 박진수가 놀라 자리에서 벌떡 일어섰고, 형사인지, 직원인지 모를 사람들이 달려와 제영을 저지했다. 제영은 조금 전 남자를 걷어찬 다리를 버둥거리며 핏발을 세웠다.

"놔! 놓으라고! 죽일 거야, 내가 죽여!"

그사이 다른 사람들의 부축을 받아 일어난 남자는 연신 허리를 조아리며 어깨를 들썩였다. 주먹만 한 눈물이 바닥으로 뚝뚝 떨어졌다. 허옇게 갈라진 입술로 남자는 연신 뭔가를 중얼거렸다. 그것이 '정말 죽을죄를 졌습니다'라는 것을 알았을 때 제영은 터뜨리지 못한 분노를 괴성으로 대신했다.

박진수의 눈짓으로 다른 형사들이 남자를 어딘가로 데려갔다. 제영은 목소리를 높였다.

"잠깐만요, 물어볼 게 있어요! 잠깐만요!"

그들은 기다려주지 않았다. 제영이 제압되어 있는 동안 형사들은 그를 보호했다. 그는 솔지를 해쳤는데, 왜 자신은 그에게 따져 물을 수조차 없는 것인지, 지금 보호를 받아야 하는 것이 누구인지 이해되지 않았다.

박진수가 제영에게 종이컵에 담긴 뜨거운 커피를 내밀었다. 박진수는 제영을 안정시키려 애썼다. 그를 제압하기 위해 썼던 힘들에 대해 사과했지만 제영은 아무런 말도 해줄 수 없었다. 사과를 하면 '괜찮다'고 해줘야 하는데 전혀 괜찮지가 않았다. 폭풍우가 몰아친 뒤 모든 것을 잃은 마을처럼, 제영은 헛헛한 공허 속에 멍하니 앉아 있었다.

"왜…… 그랬대요?"

"그게……."

일 년 전 은파대학병원에서 해고당한 자라고 했다. 총무과에서 근무하던 사무직 직원이었는데 복지 단체에서 기부한 돈을 유용한 것이 들켰기 때문이었다. 해고 처리만으로 끝나지는 않았다. 병원은 남자를 경찰에 고발했다. 그 일로 남자는 전과가 생겼고, 취직이 힘들어지고 말았다. 남자는 모든 것이 병원 때문이라고 생각했고, 앙갚음을 하고 싶었다, 라는 것이 박진수의 설명이었다.

제영은 믿지 않았다. 자신을 향해 곧장 걸어오던 그의 시선을 기억한다. 그가 들었던 칼끝이 될 대로 되라, 하는 식으로 불특정다수를 향했던 것이 아님을 제영만은 확실히 알고 있었다. 만약 그랬다면 그가 응급실에 들어오는 내내 마주쳤을 경비원과, 대기실의 직원과, 초진 담당 의사가 무사할 이유가 없다. 저 남자의 뒤에는 분명 중개인이 있을 것이다. 지금 중개인에게 위협이 되는 것은 죽은 회장이나, 그의 아들들이 아니었다. 이번 일은 그에게 하나의 실패에 지나지 않는다. 다만 실패가 다음까지 이어진다면 이야기가 달라진다. 제영이 계속 재미없는 일을 벌인다면 중개인이 선택할 수 있는 것은 제거다. 아까의 그 남자는 돈 때문에 중개인의 제안을 받아들인 또 다른 피해자에 지나지 않을 것이 분명했다. 제영은 확신했다. 중개인은 살아 있다.

"한 번만, 그 남자를 만나게 해주세요."

진정된 후, 제영은 굳은 목소리로 말했다. 박진수는 회의적인 표정을 지었다.

"소란 피우지 않겠습니다. 물어보고 싶은 것이 있어서 그래요."

박진수는 주저했다. 잠시 고민하다가 이내 제영에게 따라오라고 했다. 남자는 유치장에 갇혀 있었다. 분리수거장에 버려진 대형 인형처럼 구석에 힘없이 기대어 앉아 있던 남자가 인기척에 고개를 들었다. 남자의 눈이 휘둥그레 커지고, 진동했다. 주머니처럼 늘어진 눈 아래쪽이 검었다. 제영을 발견한 남자는 부들거리는 두 손을 합장하듯 모으고 나무 바닥에 엎드렸다.

"잘못했습니다, 죽을죄를 지었습니다."

떨리는 목소리는 젖어 있었다. 제영은 파들거리는 남자의 어깨를 보다가 살짝 고개를 틀어 박진수를 보았다. 그는 곤란하다는 표정으로 물러서지 않았다. 아무 말도 없이 그러고 있자니 할 수 없다는 듯 두 걸음 정도 물러섰다. 멀지 않은 곳에서 지켜보고 있다는 것을 알리고 싶은지 큼큼, 헛기침 소리를 내었다. 제영이 남자에게로 다가갔다.

"사주를 받은 거죠?"

"잘못했습니다. 정말 잘못했습니다."

제영은 마음이 갑갑했다. 목소리를 낮추고 다시 물었다.

"어쩔 수 없었던 상황이 있었을 거라는 거 알아요. 지금은 당신 탓을 하려는 게 아니에요. 그 사람을 어디서 만났죠?"

"그분을 죽이려던 게……. 정말 제가 어떻게 되어버린 건지……."

"제발! 제발 말씀해주세요."

제영의 애원에도 남자는 잘못했다는 말을 반복해 중얼거렸다. 뒤에서 낮은 한숨이 들렸다. 그때였다. 남자가 천천히 고개를 들었다. 흐트러져 내려와 얼굴을 가린 앞머리 사이로 남자의 눈이 매섭게 빛났다. 희끄무레한 눈이 데굴 굴렀다. 형사의 위치를 파악하는 것이다. 이내 남자가 뭔가를 중얼거렸다. 제영은 창살에 바짝 붙었다.

"……지민동 94번지."

제영이 남자를 보았다. 남자의 한쪽 입술 끝이 호를 그리며 올라갔다.

"그쪽으로 가. 그의 지시야."

—목적지에 도착했습니다. 안내를 종료합니다.

내비게이션의 안내를 듣고 제영은 차의 속도를 줄였다. 렌트 서비스로 빌린 차였다. 고개를 꺾어 위를 올려다보았다. 시커먼 건물이 위압적으로 그를 내려다보고 있었다. 공사가 중단된 건물인 것 같았다. 건물 여기저기에 힘줄처럼 툭툭 불거진 배관

들이 흉물스럽게 드러나 있었다. 길에는 행인도, 다른 차량의 통행도 없었다. 길의 한쪽 끝에 차를 세우고 건물 앞으로 가 섰다. 여기라고 알리듯 건물 외벽에 주소가 휘갈겨 쓰여 있다.

제영은 건물 안으로 발을 디뎠다. 중개인을 만나 어떻게 하겠다는 계획은 없었다. 분노했지만 그를 죽이려는 건 아니었다. 어떻게든 그의 마음을 돌려 앞으로 죽음을 가지고 장사하지 못하게 하겠다는 도덕적 욕구도 없었다. 다만 그를 용서할 수 없기에 이곳에 왔을 뿐이다.

4층까지 지어지다 만 건물에는 먼지가 주인 행세를 하고 있었다. 흙냄새가 훅 끼쳤다.

"나와."

제영의 목소리만이 건물 여기저기로 울렸다. 인기척은 없었다. 제영은 조금 더 안으로 들어갔다. 1층 내부는 통으로 트여 있었는데 아무것도 없었다. 사람이 몸을 숨길 만한 곳도 없어서 2층으로 올라섰다. 버려진 페인트 통과 꺼멓게 썩은 합판들이 널려 있었을 뿐 거기서도 볼 수 있는 것은 없었다. 3층으로 올라가기 위해 계단에 발을 디뎠을 때, 전화벨이 울렸다. 저장되어 있지 않은, 낯선 번호였다.

제영은 수신 버튼을 누르고 전화기를 천천히 귀에 가져다 대었다. 하나의 소리라도 놓칠세라 본능적으로 숨을 멈췄다. 그가 가만히 기다리고 있자 전화기 너머에서 목소리가 들려왔다.

"감상을 듣고 싶어서."

제영은 몸을 이리저리 돌려 주변을 확인했다. 뻥 뚫린 곳 어디에서도 사람은 찾을 수 없었다. 유리가 달리지 않은 창으로 바람이 밀려들어왔다. 거기에서도 시선은 없었다. 하지만 제영은 중개인이 지금 어디선가 이곳을 보고 있다고 확신했다.

"살아 있었어?"

"덕분에."

"무슨 짓이야?"

"말했잖아. 감상이 듣고 싶다고. 소중한 걸 잃어버린 소감이 어때? 지금도 생각엔 변함이 없나?"

"그 여자는 아무 상관도 없는 사람이야."

휘, 하고 휘파람 소리가 들렸다.

"무슨 말이야. 아무 상관없다니. 아주 눈물겨운 사랑이던데."

역시 중개인은 모든 것을 보고 있었다.

"사랑하니까 목숨을 잃은 거라며? 어때? 사랑하는 사람이 내 대신 죽었으니까, 아, 열심히 살아야겠다. 그런 생각이 들어?"

중개인은 그를 비웃고 있었다. 남의 인생을 단 오 분도 직접 살아보지 않고 함부로 말한 제영을 혼쭐내기라도 하는 듯했다. 그의 말대로다. 솔지의 잃어버린 시간만큼 열심히 살아야겠다,

그런 생각은 조금도 들지 않는다. 눈앞에 중개인이 있다면 죽이고 싶었다. 이것이 운명이라면 운명을 증오한다. 모든 것이 저주스러웠다. 부서져버린 솔지의 심장처럼 이 세상이 산산조각나기를 바랐다.

"맞아. 내가 아니었으면 그녀가, 솔지가 죽는 일은 없었을 거야."

그럴 줄 알았다는 듯 후, 중개인이 웃었다.

제영은 주먹을 움켜쥐었다.

"이제 그 죽음에 값을 매기면 되는 건가, 너처럼?"

전화기 너머가 조용해졌다. 바람이 소리를 만들어냈다. 언젠가 보았던 그의 깊은 분노가 생생히 되살아났다.

21

"어쩌면 네 말이 맞을지도 몰라. 그래, 네 누나는 죽어 마땅했어. 그렇지?"

"닥쳐!"

"왜, 틀려? 그렇잖아. 동생한테 아무것도 해줄 수 없으니 죽어야지. 돈이 있는 아버지의 목숨값으로 죽는 건 당연한 거 아냐?"

"입을 함부로 놀린 걸 후회하게 해줄까?"

"이제 내가 할 수 있는 일은 나 때문에 죽은 거라고 좌절해서 스스로를 부수거나, 죽음에 가치를 매기거나. 둘 중 하나를 선택하는 거겠지."

중개인은 후자를 선택했다. 그래서 죽음을 이용해 돈을 취했다.

“솔직히 말해. 넌 너 때문에 죽은 거라는 걸 인정하고 싶지 않아서 눈을 가리길 택한 거야. 진실이 무서워서 스스로 무서운 존재가 되어버린 거지.”

“소설을 쓰는군.”

“지금 네가 하는 짓은 말이야. 누나의 죽음에 경중을 매기는 거나 다름없는 짓이야. 부끄럽지 않아? 사실은 나도 겁이 나. 그래도…… 난 살겠어. 솔지 대신 살아남아서 그녀의 몫까지 다 해내겠다, 그런 거창한 생각 같은 건 없어. 솔지를 대신할 수 있는 건 아무것도 없으니까. 그냥, 그렇게 목숨을 바쳐 날 살리길 원했으니까, 나를 잃지 않을 거야. 인간으로서 내가 할 수 있는 일을 하면서 살겠다고 생각하는 나를. 내가 세상을 바꾸지는 못할 게 분명해. 그래도 그 세상 속에 물들지는 않을 거야. 지금 살고 있는 사람으로서, 인간으로서.”

전화기 너머는 조용했다. 그가 무슨 생각을 하고 있는지는 알 수 없었다. 이런 말로 그를 설득할 수 있다 자신하지 않는다. 이 말은 스스로에게 새기고 있는 것과 마찬가지다. 솔지를 잃고서 솟는 어떤 분노 속에서도 망가지지 않기 위해서다.

“그게 네 결정인가?”

“그래.”

"이것만 말해주지. 넌 지금 네가 살 기회를 놓쳤어."

중개인의 뜻에 동조하고, 앞으로 제영도 그처럼 살아가겠다고 했다면 살려줬을 거라는 뜻이다. 제영은 생각했다. 그따위 것은…….

"상관없어."

전화가 끊겼다. 그 직전, 후 하고 웃는 소리가 들렸다. 웃음의 의미는 알 수 없었다.

협력할 것인가, 그대로 반목해 죽음을 자초할 것인가. 제영의 의사를 확인하기 위해서만 이곳까지 불렀을 리는 없다. 그러니 이제 분명 목숨을 거두려들 것이다. 휴대폰을 주머니에 넣은 채로 제영은 경계 태세를 갖췄다. 사방은 적막했다. 텅 빈 건물인지라 다가오는 발걸음 소리를 감출 수는 없을 것이다.

타다다닥!

다급한 뜀박질 소리에 제영의 어깨가 움찔했다. 소리는 건물을 울리지 않았다. 밖에서 들리는 소리였다. 재빨리 뻥 뚫어진 창가로 달려가 밖을 내다보았다. 검은 점퍼에 검은 모자를 쓴 누군가가 막 건물을 빠져나가 달려가고 있었다.

'벗어나야 해!'

순간적인 판단과 함께 제영은 건물을 달려 내려가기 시작했다. 상대가 제영에게 위해를 가하려 들지 않고 이 건물을 벗어나는 이유는 하나뿐이다. 이 건물과 함께 제영을 날려버리려는 생각인 것이다. 화재는 아니다. 불을 지르고 도망간 것이라면 벌써 휘발유나 매캐한 연기 냄새가 났어야 한다.

폭발. 소름이 신경을 타고 돋아 올랐다. 건물 어딘가에 폭발물을 설치해놓고 버튼을 눌러 동작이 되는 동안 최대한 멀리 떨어져 몸을 피하려는 것이라는 결론이 나왔다. 더는 지체할 수 없었다. 2층에서 곧장 몸을 날려 도로에 떨어졌다. 온몸에 통증이 밀려들었지만 곧장 일어나 차에 올라탔다. 발목이 시큰거렸다. 황급히 시동 버튼에 손가락을 올린 순간이었다.

퍼벅!

차가 뒤흔들릴 만큼의 충격과 함께 눈앞이 하얗게 변해버렸다. 정신을 차려보니 차의 전면부 유리가 완전히 박살나 있었다. 거미줄처럼 사방으로 뻗은 파손선이 워낙 촘촘해 흰색 페인트라도 뿌린 것 같았다. 유리의 정중앙에 직경 20센티미터가량의 움푹 파인 파손이 있었다. 급작스러운 일에 상황을 제대로 인지하기도 전, 누군가 운전석을 덮쳤다. 제영은 비명도 지르지 못한 채 반사적으로 팔을 뻗어 방어했다.

"시동 걸면 안 돼요!"

제영은 눈을 크게 떴다. 자신의 팔 사이로 운전석 문을 열기 위해 애쓰는 사람의 얼굴이 보였다. 박진수 형사였다. 제영은 홀린 듯한 얼굴로 잠금을 해제했다. 곧장 문을 열어젖힌 박진수가 제영을 끌어내리다시피 당겼다.

"무슨……."

경찰서에서 남자로부터 이곳의 주소를 듣고 오기 전, 제영은 박진수에게 그 사실을 알렸다. 남자가 남긴 것은 중개인의 전언이 분명했지만 중개인에 대한 말을 할 수는 없었다. 경찰의 입장에서 지금 중개인은 위법한 사람이 아니다. 죽음을 보는 능력으로 돈을 버는 것, 회장의 죽음에 개입해 대신사할 사람을 구했던 것, 그리고 그것에 실패한 것. 무엇도 현재의 사법 체계 안에서 처벌할 수 없었다. 하지만 주소를 말한 상대는 제영을 죽이려 했던 용의자다. 병원에 대한 원망 때문에 묻지 마 범죄를 저지른 것이라고 진술하고 있지만, 제영을 어딘가로 불러내려 한다는 것은 그것이 사실이 아닐지도 모른다는 것을 시사하고 있다. 형사가 멀리 떨어진 뒤 제영에게만 뭔가를 말하는 모습이 담긴 유치장 CCTV가 큰 역할을 했다.

제영은 박진수를 이용해 중개인을 잡을 생각이었다.

"조금 전 여기서 도망치던 놈을 하나 잡았는데, 그놈한테서 이게 나왔어요."

박진수가 손바닥을 펼쳐보였다. 그의 손바닥 가운데에 오십 원짜리 동전만 한 원형의 무언가가 놓여 있었다.

“리모컨이라고 보면 돼요. 이걸 조작하면 폭발물이 작동되기 시작하고 엔진이 움직이는 순간 터지죠. 저도 경찰대학에서 본 이후로 처음 봅니다.”

공사장 주변으로 마구 널려져 있는 벽돌을 집어 던진 것은 박진수의 빠른 판단이었다. 파손에 대한 배상은 따로 청구하라며 박진수가 장난스럽게 웃었지만, 제영의 온몸에 돋은 소름을 가라앉혀주지는 못했다.

제영을 건물 안으로 유인한 사이 그가 타고 온 차에 폭발물을 설치한다. 일부러 뛰어나가는 모습을 보게 한 다음 위험을 감지한 제영이 차에 오르도록 하는 것이다. 그가 시동을 걸었다면 모든 것이 끝났을 것이다.

폭발물이라니. 이것이 중개인이 혼자 할 수 있는 일인가? 제영은 혼란스러웠다.

그때 지그럭거리는 소리와 함께 봉고차 한 대가 진입했다. 박진수는 차에서 내리는 사람들을 향해 손짓을 했다. 네 명의 사람들이 이쪽을 향해 걸어왔는데 성별을 전혀 알 수 없을 정도로 특수한 복장을 하고 있었다. 머리에 쓴 우주선에나 어울릴 법한 헬멧 뒤로 용도를 알 수 없는 호스가 길게 이어져 있었으며, 몸 크기의 네 배는 되어 보이는 거대한 장갑과 신발을 신고 있었다. 카키색 몸체는 움직일 때마다 버석거리는 소리를 냈다.

그들이 다가오자 박진수가 멍하니 서 있는 제영을 밀어 뒤쪽으로 움직이게 했다. 폭발물 처리반이라고 했다. 제영은 박진수가 이끄는 대로 한참을 걸어가 차에서 멀리 떨어졌다.

"폭발물을 설치한 사람은 누구죠?"

"만나보겠습니까?"

제영이 고개를 끄덕거리자 박진수가 그를 건물에서 훨씬 떨어진 곳에 주차된 승합차로 데려갔다. 문이 열린 승합차 앞을 세 사람의 형사가 지키고 있었다. 차 내부에 한 남자가 자포자기한 듯 몸을 늘이고 앉아 있었다. 긴 다리가 앞을 향해 쭉 뻗어 있었고, 손목에 채워진 수갑의 한쪽이 철제 바에 묶여 한쪽 팔을 들고 있는 모습이었다. 두 사람이 다가가는 인기척에 남자가 고개를 돌렸다. 제영은 경악했다.

중개인이 아니었다. 손 비서였다. 그는 제영을 보고는 거부하듯 시선을 돌렸다.

"최석태의 사주일 겁니다. 아직 입은 안 열었지만."

제영이 비척비척 손 비서에게로 다가갔다.

"중개인은 어디 있어요?"

중개인에 대해 전혀 모르는 박진수가 의아한 표정을 지었지만, 거기까지 생각할 틈이 없었다. 고개를 든 손 비서는 무슨 이상한 소리를 하느냐는 듯 인상을 찌푸렸다.

"그 새낀 죽었잖아."

전혀 거짓말을 하는 표정이 아니었다. 제영은 크게 뜬 눈을 깜박이다 돌연 몸을 홱 뒤로 돌렸다. 그러고는 황황히 이곳저곳을 향해 시선을 돌렸다. 왜 그러냐고, 박진수가 묻는 소리는 귀에 들어오지 않았다. 버려진 건물들, 황량한 밭두렁, 여기저기 세워져 있는 거대한 물탱크들, 녹슨 채 방치된 차와 동네를 점령한 어둠이 눈앞을 빠르게 스쳐지나갔다. 그중 어디선가 중개인이 그를 보고 있을 것만 같았다. 아니, 확실했다. 중개인은 제영을 보고 있는 것이 확실했다. 중개인은 살아 있다. 솔지의 죽음을 본 그는 제영이 위험에 처하길, 그래서 그가 두려워하고 후회하길 기다리고 있는 것이다.

그날 저녁, 최석태가 수감된 상태에서 제영에 대한 살인 청부를 또 시도한 사실이 보도되었다. 그의 지시가 어떻게 외부로 전달되었는지 샅샅이 조사하겠다는 교정 당국의 기자회견이 있었고, 세상은 한 번 더 술렁거렸다. 진술을 받으면서 박진수는 제영에게 피해자 보호 프로그램을 권유했지만 응하지 않았다.

제영이 은파대학병원으로 돌아온 것은 날짜가 바뀐 새벽 시간이었다. 제영은 엘리베이터 앞에서 잠시 멍하니 있었다. 수술실은 3층, 영안실은 지하에 있다. 그는 상향 버튼과 하향 버튼

사이에서 손가락을 멈춘 채 가만히 있었다.

"저기……."

조심스러운 목소리에 제영이 고개를 돌렸다.

"맞죠? 솔지의."

제영은 고개를 숙였다. 차설아가 곧장 그를 알아보지 못하는 것은 당연한 일이었다. 그사이 제영의 옷차림은 완전히 엉망이 되었고, 머리는 물론이고 얼굴에는 생기라고는 찾아볼 수 없었다. 전쟁터에서 간신히 구조된 피난민의 모습과 다르지 않았다. 자신이 죽지 않았다는 수치가 얼굴을 가득 메우고 있었다.

"솔지 보러 오셨어요?"

차설아는 검은 모직 정장을 입고 있었다. 그 모습에 솔지의 죽음이 절절히 인식되어 제영은 숨이 막혔다.

"저는 아까 다녀오긴 했는데, 퇴근하기 전에 한 번 더 인사하고 가려고요. 같이 가시죠."

눈앞이 흐려져 제영은 대답도 하지 못한 채 그저 고개를 주억거렸다. 몸을 돌린 차설아가 엘리베이터 버튼을 눌렀다. 그녀가 손을 떼었을 때 상향 버튼에 불이 들어와 있었다.

제영은 눈을 크게 떴다. 엘리베이터의 문이 열리자 올라타는 설아의 모습에서는 실수했다는 느낌이 전혀 없었다. 안으로 들어간 그녀는 층수 버튼을 누르다 아직 타지 않고 있는 제영을 이상하다는 듯 보았다. 제영이 떨리는 다리를 간신히 움직여 안으로 들어갔다.

"솔지 씨는……."

"아직 안 깨어났을 거예요. 시간이 좀 걸린다고 했어요. 그래도 그만한 게 어디예요? 정말 하늘이 도왔죠."

그 말을 들은 순간 무릎이 훅 꺾였다. 제영은 가까스로 안전바를 잡았다.

"괜찮으세요?"

살았을 리 없다. 지금껏 그가 봐온 모든 죽음은 단 한 번도 먹잇감을 놓친 적이 없었다. 한번 실패해도 어떻게든 죽음을 맞이하게 했다. 운명은 탐욕스러웠다. 그 죽음이 아니라면 다른 죽음이라도 채워야 만족하고 굴레를 끊었다. 그것을 알기에 중개인은 대신사를 벌였다. 그런데 어떻게…… 솔지가 살 수 있단 말인가.

정신을 차리자 제영은 어느새 엘리베이터에서 내려 차설아 뒤를 따르고 있었다. 차설아는 8층에서 내려 곧장 오른쪽으로 꺾어 들어갔다. 텅 비어 있는 대기석들을 지나자 유리문이 나왔다. 차설아가 인터폰을 들고 누군가와 대화를 나누는 동안 제영은 위쪽을 올려다보았다. 중환자실. 글자를 하나하나 읽는 동안 심장이 쿵쿵 뛰었다.

이내 문이 열렸다. 차설아가 따라오라는 듯 제영을 슬쩍 돌아보고는 앞장 서서 안으로 들어섰다. 가장 먼저 각종 기계에 얽혀 있는 환자들의 침대가 눈에 들어왔다. 이곳에 정말 솔지가 있을까. 제영의 혼란에 답을 주듯 차설아는 한 침대 앞에서 걸음을 멈추었다. 철제 침대의 발치에 그녀의 이름이 걸려 있었다. 제영은 한참이나 그 이름을 바라보았다. 눈이 잘못된 것이 아니었다. 이곳은 영안실이 아니었다. 그녀는 살았다. 살아, 남았다.

침대에 솔지가 있었다. 산소 호흡기를 끼고, 납빛의 얼굴로, 온몸을 늘어뜨리고 있었지만 그녀는 분명 살아 있었다. 온 힘을 다해 제영에게 그것을 알리기라도 하듯 솔지의 호흡기에 김이 서렸다 사라지는 것이 반복됐다. 규칙적인 기계음이 솔지의 생존을 증명하고 있었다.

"어떻게……."

휘돌아가는 머릿속에서 간신히 짜낸 그 말을 뱉은 순간, 눈물이 툭 떨어졌다. 그걸 본 차설아가 당황했다.

"혹시 모르셨어요? 저는 아시는 줄 알고."

그녀는 안절부절못하며 제영을 위로하려 했지만 눈물은 멈추지 않았다. 그러던 차설아는 자신이 검은 옷을 입고 있다는 것을 알아차렸는지 옷 위를 더듬거리며 발을 굴렀다.

"이건 장례식장에 가려고……. 솔지 대신 인사라도 해야 할 것 같아서요."

"네?"

차설아는 잠시 말실수를 했다는 듯한 표정을 지었지만 곧 한숨과 함께 말했다. 이 말을 하는 것은 명백한 불법행위이지만 어쩔 수 없다고 말을 덧붙였다.

의료진은 솔지의 회생을 위해 최선을 다했지만 망가진 심장 대동맥을 연결해내지 못했다. 점점 맥박이 떨어졌고 솔지는 그만큼의 속도로 죽음을 향해 달려가고 있었다. 그때 수술실에 긴급 전화가 연결되었다. 은파병원에 장기 입원해 있던 혼수상태 환자의 뇌사 판정이 났다는 것이다. 긴급 상태였고, 같은 구역에 있었던 솔지가 가장 첫 번째 기증 순위자가 되었다. 보호자의 동의에 따라 심장이식 수술이 시행됐다.

죽음의 세 번째 법칙. 다른 사람이 대신 죽으면 죽음의 운명을 피할 수 있다.

제영은 그 자리에 주저앉고 말았다.

"사실 운이라고만 하기에는 어폐가 있어요. 솔지의 목숨을 살린 건 어쩌면 솔지 자신일지도 몰라요."

제영도 솔지에게 심장을 주고 떠난 사람에게 인사를 하고 싶었다. 함께 장례식장으로 이동하는 복도에서 차설아가 말했다. 제영은 그것이 무슨 뜻인지를 알아듣지 못했지만, 곧장 장례식장으로 들어갔으므로 물어볼 타이밍을 놓쳤다.

장례식장 앞은 부산했다. 상기된 얼굴로 외부 출입문 근처에서서 담배를 피워 물고 있는 사람도 있었고, 화환을 나르는 장례 업체 직원이나, 누군가와 통화를 하느라 목소리를 높이고 있는 상주도 보였다. 복도를 통해 나 있는 문들 안에서는 슬픈 이별이 있을 테지만, 문 하나 너머에서는 그 이별을 위한 현실들이 이어지고 있었다. 차설아는 조심스러운 움직임으로 국화실로 들어갔다. 조문실은 비어 있었다. 상주가 잠시 자리를 비운 모양이었다. 소담한 국화꽃 장식 사이에 망자의 사진 액자가 서 있었다.

잘해야 오십 대 중반이 되었을까 싶은 여성이 이쪽을 보며 굳은 얼굴을 하고 있었다. 어딘가에 제출하려던 사진이었을지도 모른다. 그녀는 자신이 찍고 있는 사진이 영정 사진으로 사용될 줄을 알았을까? 그렇지 않을 거라는 생각이 들었다. 그런 생각을 하기에 그녀는 아직 너무나 젊어 보였다. 솔지에게 심장을 이식해준 것은 뇌사자라는 것을 차설아에게서 전해 들었다. 사진 속 그녀가 무슨 일로 뇌사 판정까지 받았는지 안쓰러웠고, 그런 사람 앞에서 감사 인사를 한다는 것 자체가 이기적으로 느껴졌다. 제영은 죄스러운 마음을 다해 사진 앞에 향을 피웠다.

차설아와 함께 절을 하는데 버석거리는 소리가 들렸다. 바닥에 양손을 붙인 팔 너머로 흰색 양말과 검은 상복 치맛자락이 보였다. 상주가 돌아온 것 같았다. 어떤 말로 자신을 소개해야 할지 알 수 없었다. 제영은 두려움을 느끼며 몸을 일으켰다.

상주석에 서 있는 그녀를 보고 제영은 놀랐다. 상대방 역시 제영을 알아본 듯 놀란 눈을 했다. 제영은 그녀를 이전에 본 적이 있었으며, 그때도 그녀는 상복을 입고 있었다.

사장의 죽음을 대신하기 위해 간판 밑에 깔려 숨을 거두었던 대신인의 딸. 솔지와 함께 그의 장례식장에 왔던 날을 계기로 제영은 중개인을 막아야 한다고 결심했었다. 그녀의 어머니가 이 병원에 식물인간 상태로 입원해 있다는 얘기를 들은 것이 기억났다.

"아시는지 모르겠지만 주솔지 선생님은 아빠 장례식이 끝날 때까지 함께 지켜주셨어요. 처음엔 장례비를 못 치를까 봐 병원 입장에서 이런저런 제안을 해주시는 걸로 알았는데, 아빠가 남긴 돈이 있다는 걸 아신 뒤에도 마지막까지 옆에 계셔주셨죠."

그는 대신사의 대가로 받은 돈을 자신의 딸에게 남겼다.

"그래서 엄마의 심장을 기증받을 사람이 주솔지 선생님이라는 걸 알았을 때, 이렇게 보답할 수 있어서 다행이라고 생각했어요."

기증자의 가족에게 기증을 받을 사람을 알려주는 것은 불법이었다. 그런 것을 알면서도 그녀는 끈질기게 물었다. 아무리 죽는 것이 확실하다 하여도 엄마의 심장이 누구에게서 뛰게 되는지는 알고 싶었다. 그 박동이 가치 있기를 바랐다. 그렇게 동의서 작성을 미루던 그녀에게 차설아가 찾아왔다. 심장을 받을 사람을 알고선 곧장 기증을 결정했다. 솔지가 스스로를 살렸다는 차설아의 말은 이것을 뜻했다.

운명은 경이로웠다. 사장을 대신한 그의 죽음으로 제영은 대신사를 막기로 결정했다. 그 결정 덕에 살아난 김충수가 있다. 반면 솔지는 그 결정 때문에 죽을 뻔했다. 그러나 대신인의 아내의 심장이 그녀를 살렸다. 운명의 굴레 속에서 모든 인간은 미약하다. 매번 제영은 그 앞에서 무릎 꿇곤 했다. 그러나 간과하고 있었다. 운명의 굴레는 벗어날 수 없다. 반드시 돌아온다. 그러나 돌아오는 운명이 어떤 형태를 하고 있을지는 오늘의 선택에 따라 달라진다. 제영은 그것을 눈앞에서 목격한 기분이었다.

조문을 마치고 제영은 솔지의 중환자실로 돌아왔다. 면회 시간은 종료되었지만 차설아가 도와주어 가능했다. 솔지는 아까와 조금도 다르지 않은 모습이었다. 규칙적인 맥박과 온기 없는 손은 그대로였다. 하지만 그런 그녀를 보는 제영의 가슴은 뜨거웠다. 제영은 가만히 솔지의 손을 쥐었다.

그는 결정했다. 어딘가에서 중개인이 자신을 보고 있을 거라고 확신했다. 그렇다면 보여주리라. 죽음을 미리 알 수 있는 것은 능력 따위가 아니며, 그는 여전히 운명 앞에 한없이 미약한 존재다. 그 사실을 겸허히 받아들이는 동시에 누군가의 죽음을 애석해하고 안타까워하며, 분명 그럴 수 없을 테지만 막아내고자 하는 마음을 가질 것이다. 그 모든 노력은 반드시 무위로 돌아갈 테지만, 그럼에도 막아보려고 하는 인간다움을 잃지 않겠다. 그것만이 인간의 죽음을 함부로 사유화하는 중개인에게 보내는 경고가 될 것이다.

솔지의 긴 속눈썹이 희미하게 흔들렸다고 생각한 순간, 그녀의 미간이 살짝 찌푸려졌다. 솔지는 아주 천천히 눈꺼풀을 들어 올려 천장을 보았다. 그러고는 다시 눈을 깊이 감았다가 떠올리더니 숨도 쉬지 못하고 지켜보고 있는 제영을 향해 눈동자를 돌렸다. 이내 솔지는 웃었다.

그녀의 입술이 조금 움직였고, 제영은 그녀가 하려고 하는 말을 알아들을 수 있었다.

살았다.

22

삼 년 후.

적막하다. 접시에 부딪는 수저의 달그락 소리가 이만큼 부담스럽게 들려온 적은 없었다. 전쟁터에서 담벼락에 몸을 숨기고 저 멀리서 들려오는 적군의 발걸음 소리를 의식하며 총을 움켜쥐는 순간처럼, 제영은 젓가락을 지탱하고 있는 손가락에 힘을 바짝 주고 숨을 들이켰다. 그가 공략한 것은 평소에도 좋아하는 섬초 무침이지만, 단순히 선호 순위에 따른 선택은 아니었다. 감히 식탁을 가로질러 팔을 뻗을 수가 없었기 때문이다. 조심스럽게 섬초를 쥐는 순간, 또 다른 젓가락 한 쌍이 불청객처럼 불쑥 고개를 들이밀었다. 그녀의 손이 우뚝 멈췄기에 제영은 자신도 모르게 움찔하면서 젓가락을 거뒀다. 그의 젓가락에는 아무것도 걸려 있지 않았다.

젓가락을 멈췄던 솔지는 거슬린다는 듯 한쪽 눈썹 끝을 쓱 들어 올리고는 다시 눈을 내리깔고 식사를 계속했다. 제영은 그런 솔지를 힐끔거리며 빈 젓가락을 빨았다. 그는 용기를 내어 입을 열었다.

"화났어?"

솔지가 고개를 들었다.

"화 안 났는데?"

웃고 있다. 그 모습이 어딘가 부자연스럽다. 말투는 냉랭하다. 그래서 더 무서웠다. 그가 운영하는 인테리어 사무실의 정 차장은, 아내가 표정이 굳은 채 아무 말도 하지 않는 것이 십 분이 넘었다면 화가 나지 않았다는 말을 곧이곧대로 믿어서는 안 된다고 충고했었다. '화났는데 뭘' 하고 말하는 것은 불난 데 기름을 붓는 짓이라는 말도 잊지 않았다. 목구멍 위로 솟으려는 위험한 말을 꾹꾹 누르면서 제영은 열심히 머리를 굴렸다.

인생이 편하려면 사과해야 한다. 그러나 그것이 무턱대고 하는 사과여서는 안 된다. 자신이 뭘 잘못했는지 알아내야 했다. 그것만이 얼어붙은 솔지의 마음을 풀어줄 수 있다. 그냥 분위기를 풀어보려는 생각만 앞서, 덮어놓고 잘못했다는 말만 한다면 곧장 '뭘 잘못한 건지 아느냐'는 질문이 날아온다. 대답을 하지 못하면 파국이다.

가장 처음으로 짚이는 것은 어제의 일이다. 아니, 어제의 일이 아니라 오늘의 일이라고 해야 하나. 연초를 맞아 제영은 사무실 식구들과 회식 자리를 가졌다. 경리 직원인 이 주임이 참치횟집이 어떠냐고 해서 흔쾌히 그러자고 했던 게 문제였는지도 모른다. 미리 슬쩍 검색해봤더니 코스 요리가 깜짝 놀랄 만큼 비싸긴 했지만 사장 입장에서 번복할 수도 없어 그대로 정해버렸다. 아직 법인 카드가 없어 개인 카드로 결제를 했다. 당연히 솔지에게 문자가 전송됐을 것이다. 둘이서는 그만한 식사를 해본 적이 없으니 화날 만했다. 그래, 그것이 확실하다.

"어제 회식비가 너무 과했지?"

그 말에 솔지는 조금의 주저도 없이 말했다.

"그럼 그 정도도 안 사? 연말에 내내 야근시켰는데, 그 정도는 당연한 거지. 이번 설날에 보너스 잘 챙겨."

"그래야지."

진심이 느껴진다. 오답이었나 보다.

다음으로 짚이는 것은 귀가 시간이다. 어제의 일이 아니라 오늘의 일이라고 했던 것은 그가 어제 늦은 귀가를 한 것이 아니라 오늘 새벽에나 귀가했기 때문이다. 엄밀히 따지면 외박이다. 그가 집에 들어왔을 때 솔지는 영지에게 젖병을 물리고 있었다. 두 시간에 한 번씩 배가 고프다니, 대단한 식욕이다. 완전히 독박 육아나 다름없으므로 그의 늦은 귀가가 무책임하게 느껴질 수도 있고, 당연히 화가 날만한 일이기도 하다.

"어제 내가 너무 늦었지?"

"회식이라고 미리 전화했잖아. 그 정도는 예상했어."

이전보다 목소리가 훨씬 냉랭하게 들렸다. 제영은 연옥의 문을 열었다는 것을 감지했다. 그러나 여전히 그 문이 열린 연유를 알 수가 없다. 그녀의 목소리에 가시가 돋친 것은 '전화' 부분에서다. 그는 어제 회식이 정해졌을 때 솔지에게 전화를 걸었다. 회식을 알리면서 밤에도 혼자 영지를 돌봐야 하는 것에 대해 미안하다는 말을 잊지 않았다. 그녀의 대답이 어땠던가. 흔쾌히 "내 걱정 말고 재밌게 놀다 와"라고 말했다. 분명 '흔쾌'했다. 그때까지만 해도 말이다. 그런데 뭐가 문제란 말인가.

빠른 속도로 눈치를 보던 제영은 실마리를 찾았다.

아, 이것은 '곧이곧대로'가 벌인 참사였다.

'나 요즘 살쪘지?', '저 배우 진짜 예쁘지?'와 같은 경우다. '내 걱정을 말라'고 했다고 전혀 걱정하지 않아서는 안 됐던 것이다. 저녁 7시 30분에 회식이 시작해서 새벽 3시까지 3차의 이동이 이어졌는데, 제영은 중간에 한 번도 솔지에게 전화를 하지 않았다. 적어도 현재의 위치와 귀가 예정 시간, 무엇을 먹었는지 정도는 보고해야 했고, 솔지가 밥을 먹었는지, 아이는 힘들게 하지 않는지 걱정해야 했다. 걱정을 말란다고 해서 진짜로 걱정하지 않는 바보는 아침밥에 모래가 들어 있다고 해도 할 말이 없다.

"혹시라도 자기 힘든데 괜히 귀찮게 할까 봐 문자도 한번 안 했는데 생각해보니 걱정을 끼친 것 같더라. 진짜 미안해."

솔지가 옅은 한숨을 내쉬며 젓가락을 놓았다.

"알기는 아셔?"

정답이다. 제영은 우쭐한 기분을 억누르며 눈썹을 팔자로 만들었다.

"그때 알았으면 내가 백 번이고 전화했지. 바보처럼 생각도 안 하고 있다가 새벽에 들어오는데 당신 안 자고 있는 거 보고 아차, 싶었어. 정말 미안해. 두 번 다시 이런 일 없을 거야."

"새벽까지 안 들어와서 걱정하긴 했지. 혹시 회식 방해할까 봐 전화하기도 뭐하고."

목소리가 한층 누그러졌다. 역시 자아비판이 최고다. 잘못을 아는 자에겐 용서가 따른다. 이다음 필요한 것은 화제 전환을 할 줄 아는 유려한 컨트롤.

"대신 내가 자기 복직하면 회식 때마다 운전기사 노릇할게."

"복직해도 될까?"

솔지가 고개를 돌려 방 안쪽을 보았다. 문이 열린 안방 안으로 아기 침대가 보였다. 제 엄마를 밤새 고생시킨 것도 모르고 영지는 곤히 잠에 빠져 있다.

"당연히 복직해야지. 계속 하고 싶어 했잖아."

"그래도 영지 맡아줄 사람도 없는데."

"요즘엔 훨씬 더 어릴 때부터 어린이집에 맡기기도 한다잖아. 내년이면 영지도 더 클 거고, 내가 픽업도 하고 더 잘 돌볼게, 걱정 마."

"고마워."

솔지가 미소를 지었다. 상황 종료. 하지만 상황 모면을 하려는 말만은 아니었다. 진심이었다. 솔지는 간호사의 일에 자부심을 느꼈고, 제영도 그런 그녀가 좋았다. 영지가 태어났지만, 아이의 미래를 위해 솔지의 현재를 바치길 바라지는 않았다. 다른 사람들처럼 아기를 돌봐줄 가족이 하나도 없는 것은 아쉽지만, 극복 못 할 문제는 아니었다.

솔지와 결혼한 지 삼 년, 아직도 이따금 제영은 이 순간이 꿈인 것만 같았다. 자신이 가져도 되나 싶을 만한 행복은 한 번도 꿈꿔본 적이 없는 것이었다. 영지는 제영이 만들어 일일이 색을 칠한 모빌을 올려다보며 클 것이다. 그러고는 점점 부모의 손이 필요 없어지겠지. 서운하지 않다. 아이의 세상이 넓어지는 만큼 그에 비례한 행복이 찾아온다는 것을 제영은 확신하고 있었다.

"참, 옷장에 바지 하나 사다 걸어놨어."

"뭘 새로 샀어. 그냥 늘리면 되는데."

솔지가 장난스럽게 눈을 흘겼다.

"그것도 어느 정도지. 끝도 모르고 계속 늘어나는데. 무슨 칭기즈칸이냐고, 자꾸 땅을 차지하게. 그러다가 배 나온 아저씨 되면 영지가 학교 들어갈 때 아빠 창피하다고 입학식에 못 오게 할지도 몰라."

지난 삼 년, 제영은 솔지와 함께 많은 것을 먹었다. 그동안의 결핍을 채우려는 듯 마른 사막 같았던 몸은 비를 흡수하는 것처럼 많은 영양소를 집어삼켰다. 살이 점점 올라서 더이상은 '살 좀 찌셔야 되겠어요' 같은 말을 듣지 않았다. 솔지가 긁지 않은 복권은 긁고 보니 사실 꽝이었던 거라며 장난스럽게 말했지만, 제영이 이전보다 훨씬 더 보기 좋아졌다는 것을 부정하지 않았다.

죽음이 보이지 않는 것은 아니었다. 그동안에도 제영은 몇 번, 자신이 알고 있는 자들의 죽음을 보았다. 오가며 몇 번 인사한 이웃 주민의 돌연사, 제영이 투표를 했던 지역구 국회의원의 사고사, 그가 면회를 했던 이 주임 아버지의 병사.

그것들을 목격하는 일은 매번 끔찍했고 적응되지 않았다.

그래도 제영은 밥을 먹기를 포기하지 않았다. 그에겐 이제 자신을 지탱해주는 원동력이 있었고, 제영은 그들을 지켜야 했다. 남의 운명을 보는 이 능력을 기회라고 생각하지 않는다. 정해진 운명은 바꿀 수 없다. 하지만 그 안에서 인간은 매번 선택해야 하고, 그 선택은 반드시 인간적이어야 한다. 솔지를 살렸던 것은 바뀐 운명이 아니라, 솔지가 남을 위해 온 마음을 다해 아파했던 그 순간이었다.

그후로 중개인을 본 적은 없었다. 가까이서 그의 존재를 느낀 적도 없다. 제영은 그가 여전히 살아 있다고 생각했다. 죽음의 권력을 탐했던 그가 쉽게 손을 놓았으리라고 생각하지 않았다. 그는 지금도 제영이 모르는 어디선가 죽음을 거래하고 있을지도 모른다. 그것이 그의 선택이라면 그는 운명이 선택한 올가미를 달게 받아야 할 것이다. 어디선가 중개인이 자신을 보고 있을지도 몰랐다. 제영은 오히려 그러기를 바랐다. 이 저주스러운 운명의 굴레에서 인간이기를 포기하지 않고, 끝내 행복을 거머쥔 자신을 그가 보았으면 좋겠다고 생각했다.

"뭐 해? 빨리 먹고 출근해야지. 속 아파? 해장국 끓일걸 그랬나?"

솔지가 걱정스러운 얼굴로 그를 보고 있었다. 제영은 잠깐 졸다가 깨기라도 한 사람처럼 눈을 크게 뜨고는 고개를 저었다. 제영은 보란 듯이 국그릇을 통째로 들고 들이마셨다.

순간 그는 멈칫했다. 보였다, 새로운 죽음이.

"왜 그래? 또 어지러워?"

병원에서는 원인도 없다고 하고, 왜 그러는 거야 대체. 솔지의 걱정스러운 말이 멀리서 들려온다. 제영은 홀린 사람처럼 대접을 내려놓았다. 일그러진 얼굴을 안방 쪽으로 돌렸다.

죽음의 첫 번째 법칙. 죽음이 보이는 대상은 제영이 얼굴을 아는 사람이다.

그의 시선 끝에 영지가 곤히 잠들어 있었다.

못 먹는 남자

초판 발행 2023년 8월 11일

지은이 정해연

책임편집 박을진 | **편집** 임지호 김유진
표지디자인 이경란 | **본문디자인** 이원경 | **저작권** 박지영 형소진 최은진 서연주 오서영
마케팅 정민호 한민아 이민경 안남영 김수현 왕지경 황승현 김혜원 김하연
브랜딩 함유지 함근아 박민재 김희숙 고보미 정승민 배진성
제작 강신은 김동욱 이순호 | **제작처** 천광인쇄사

펴낸곳 (주)문학동네 | **펴낸이** 김소영
출판등록 1993년 10월 22일 제2003-000045호

주소 10881 경기도 파주시 회동길 210
문의 031-955-1918(편집) 031-955-2696(마케팅) 031-955-8855(팩스)
전자우편 editor@elmys.co.kr | **홈페이지** www.elmys.co.kr | **인스타그램** @elixir_mystery

ISBN 978-89-546-9923-5 03810

○ 엘릭시르는 출판그룹 문학동네의 장르문학 브랜드입니다.
이 책의 판권은 지은이와 엘릭시르에 있습니다.
○ 이 책 내용의 전부 또는 일부를 재사용하시려면 반드시 양측의 서면 동의를 받아야 합니다.

잘못된 책은 구입하신 서점에서 교환해드립니다.
기타 교환 문의: 031-955-2661, 3580